追い出され女子は
異世界温泉旅館でゆったり生きたい

登場人物紹介
タッちゃん
タツノオトシゴの
姿をした水の精霊。
オルレア
ワラビの宿がある田舎の村で引きこもり、
変人扱いされている魔法使い。
トリップした時に遭遇したためか、
それとなく真由を気にかけてくれる。
口が悪くて無愛想なのがたまにきず。
真由
温泉が大好きなOL。
山奥にある温泉に入っていたところ、
その身一つで異世界トリップした。
勇者一行に振り回された後、
ワラビの宿でお世話になることになり
温泉の普及に励みはじめて……
モグリン
モグラの
姿をした土の精霊。

サラ
勇者一行の仲間で、この国の姫。
実はアベルに好意を
寄せていて……
アベル
魔王討伐のために選ばれた勇者。
思い込んだら一直線で、
人の話を聞かない。
アスワド
ワラビの宿の常連客。
ちょっぴり不思議な雰囲気で
いつもおどおどしている。
ワラビ
田舎の村にある宿の女将。
真由の熱烈なすすめにより、
宿屋に温泉施設を作ることに。

プロローグ

夏のはじめのある日、緑が鮮《あざ》やかな山の奥に、爽《さわ》やかな風が吹きわたった。小川のせせらぎや山鳥の綺麗な鳴き声が聞こえ、清涼な空気が満ちている。

そこにある露天風呂に浸《つ》かりながら、宮原真由《みやはらまゆ》は思わず感嘆の声をあげた。

「う〜ん、最高。やっぱり来てよかったわ」

真由は普段、都会でＯＬとして働く二十五歳。無類の温泉好きである彼女は、有給休暇を取って平日に温泉に行くのが趣味なのだ。

今日は都会の喧騒《けんそう》を離れて、秘境の名湯に来ていた。山の中にあるとても小さな旅館から、さらに山道を延々と歩いたところに、ポツンとある露天風呂だ。交通の便が悪すぎる上に、道路が整備されていないため、知る人ぞ知る場所である。

今日が平日ということもあってか、温泉は貸し切り状態。行きずりの相手と語り合いながら入る温泉も趣《おもむき》があるが、風光明媚《ふうこうめいび》な露天風呂を独り占めできるのも、また得難い幸運だ。

真由はにんまりと笑いながら、両手をお椀《わん》の形にして温泉をすくう。温泉は透明で、ほんのり甘い香りがする。

「確かここは、石膏泉《せっこうせん》だったわよね」

その情報は、旅館の女将《おかみ》から聞いたものだ。彼女は一見無愛想そうだったが、実は話し好きだったらしく、温泉の効能まで詳しく教えてくれた。

石膏泉《せっこうせん》は硫酸塩泉《りゅうさんえんせん》の一種でカルシウムイオンを含んでおり、鎮静効果に優れているという。筋肉痛やリウマチ、打撲《だぼく》、動脈硬化、便秘にも効くのだとか。

そんな話を思い出しながら、真由は山道を歩いて酷使した足を、思い切り伸ばした。

温泉のフチのなめらかな石に頭をのせ、寝転ぶようにしてゆったりのんびり温泉を満喫《まんきつ》する。

「はあ〜ぁぁ、極楽！　これだから温泉好きはやめられないわ！」

仕事で疲れた体がジワッととろけていくような感覚を味わいながら、真由はリラックスした。本当に心の底から幸せで、眠くなってくる。

(……このまま眠ったら、さすがにまずいわよね)

そう思った時――突如《とつじょ》、真由はかすかな異変を感じた。

「え？　何、このお湯の動き？」

慌てて体を起こして温泉を見ると、お湯が川のように流れている。

よく見たら、露天風呂の真ん中に渦《うず》ができていた。

「……へっ？」

ものすごく間抜けな声が出た。

そうしているうちにも、渦《うず》はグルグルと大きくなる。

「なんだかお風呂の栓《せん》を抜いたあとみたい？　――っていうか、その通りなんじゃない⁉　ひょっとして、お湯が抜けているの⁉」

真由はびっくりして目を見開いた。

露天風呂とはいえ、そこが整備されたものならば、清掃のために風呂の底に栓《せん》があるのは当然だろう。しかし問題は、なぜ栓《せん》が急に抜けたのかということだ。

「私、知らないうちに栓《せん》を抜いてしまったの？」

足で引っかけてしまったのかと思ったが、そんな感覚はなかった。そもそも風呂は広く、渦《うず》ができている真ん中付近には近づいていない。

真由が困惑している間に、渦《うず》はますます大きくなり、水の流れが強くなった。

「ちょ、ちょっとヤバイかも」

体が持っていかれるような感覚を覚えて、真由は慌てて立ち上がり――ツルリと足を滑《すべ》らせた。

バシャーン‼　と派手に水飛沫《みずしぶき》が上がる。

「ギャアァァ～ッ‼」

真由の悲鳴が水音に負けないくらい、大きく響き渡った。

その音に驚いたらしく、周囲の森から鳥が一斉に飛び立つ。しかし残念なことに、それだけの大きな悲鳴でも、遠く離れた旅館にいる女将《おかみ》には聞こえないだろう。

孤立無援《こりつむえん》の真由。

水流はますます強くなり、大きな渦《うず》を作っていく。ゴゴゴォッ！　と音を立てて、お湯は地下へ吸い込まれていた。

真由は必死に抗《あらが》ったものの、流れに巻き込まれてしまう。

（温泉で溺死なんて、恥ずかしすぎて死ねるわ！）

残念ながら、これでは生き延びるのは無理だろう。

不幸中の幸いと言えるのは、真由が両親と早くに死に別れていること。先に逝《い》くという親不孝にならないことはよかったが……そういう問題でもない。

真由は渦巻《うずま》くお湯の中から、必死で手を伸ばす。

しかしその手は何もつかむことができず……やがて、渦《うず》に呑み込まれた。

（……もう、だめ……）

こぽこぽと温泉に沈み、彼女は意識すら手放してしまう。

お湯が流れる激しい水音だけが、山中に響く。

しばらくしてそれもやみ、あとには、空《から》っぽになった露天風呂だけが残った。

第一章　目を開けたら異世界にいて、勇者の仲間になりました

「……××△◇×！　××△◇×！」

誰かの声が聞こえて、真由はふと目を開けた。

すると、ふくよかな女性の心配そうな顔が、目に飛び込んでくる。彼女の背後には、葉を茂らせた木の枝と青い空が見えた。

（えっと、温泉旅館の女将《おかみ》さん？　でも、ちょっと顔が違うみたい？　少しぽっちゃりなのは変わらないけれど、女将《おかみ》さんはもっと気難しそうな顔で、鼻が低かったような気もするわ）

真由は首を傾《かし》げる。

（それに……そうだわ、目が茶色い!?）

温泉旅館の女将《おかみ》は髪を茶色に染めていたが、瞳の色は間違いなく黒かった。ところが、真由をのぞきこんでいる女性の目は薄茶色。光の加減で茶色に見えるというには、明るすぎる色だ。

「××△◇×！」

おまけに言葉も通じなかった。

（え？　なんて言ったの？）

真由は驚きながら上半身を起こす。

そんな彼女の肩を、ふくよかな女性が慌てて支えてくれた。ついでに黒いフード付きのマントを真由の体にしっかりと巻きつけてくれる。肌に直接当たったマントのゴワゴワ感に、真由は少し驚いた。

(あ……そうか、私、露天風呂で溺《おぼ》れたんだった)

ならばマントの下は素っ裸なのだろう。そう気づいて、真由の頬は熱くなる。

(この人が助けてくれたのかしら?)

真由は慌てて頭を下げた。

「あ、ありがとうございます」

お礼の言葉もやはり通じないようで、女性は訝《いぶか》しげに眉を寄せる。

「……○◇××!」

その時、別の方向から低い男の声が聞こえてきた。しかしやっぱり何を言っているのかはわからない。

声のした方を向くと、そこには銀色の髪を一つに結んだ、紫色の目の男性がいた。

(う、わぁ〜! 外国人だわ)

彫りの深い整った顔立ちに、白い肌。おまけに身長はスラリと高い。

彼は真由に向かって話しかけてくるが、言葉はやはりわからない。耳に馴染《なじ》みのない言葉で、まるっきり理解できなかった。

(外国人で間違いないわよね?)

そう思っていたら――

「――×□……おい、わかるか？　意味が通じるか？」

突然、はっきりと言葉の意味がわかるようになった。聞こえてきたのは日本語だ。

「へ？　え、えぇ。……あ、はい」

（日本語が話せるのなら、最初から日本語にしてくれればよかったのに。ここは日本なのだから……あぁでも、慌てていたのかもしれないわ）

真由はつい顔をしかめたが、思い直して不満を抑えた。

その様子を見た銀髪の男性は、どことなく不機嫌な顔で話しはじめた。

「意思疎通《そつう》が可能になったのは、俺が〝翻訳《ほんやく》魔法〟を使ったからだ。種族が違う精霊同士が使う魔法だが、どうやら人間にも効いたようだな」

「……魔法？　精霊？」

真由はわけがわからない。

「そうだが……まさか、君は魔法を知らないのか？」

男は驚いたように紫の目を見開いた。

「えっと……何かのドッキリですか？　私、一般人ですけれど」

まさかテレビのドッキリ番組に騙《だま》されているのだろうか。真由はキョロキョロと周囲を見回して、テレビカメラを探し――

（……ここはどこ？）

呆然としてしまった。なぜなら彼女は、まったく見覚えのない場所にいたからだ。

しかも、ここにいるのは真由と薄茶色の瞳の女性、そして銀髪の男の人だけ。

(私、山奥の露天風呂にいたわよね？　周りは山で、木々が鬱蒼《うっそう》と茂っていたのに？)

周囲には大きな木が数本立っているが、ほかは茶色い地面がむき出しになっていた。ところどころ雑草が生えているだけの土地なので、いわゆる空き地《あきち》なのだろう。

近くに建物はなく、少し離れたところに普通の民家にしては大きな木造の家があった。

そして、真由たちのすぐ近くに――温泉が湧いている。

ゴポゴポとお湯が地面から噴き上がり、周囲に走る亀裂に流れ込んでいた。

(湯気が出ているし、この匂いは間違いなく温泉よね？　……あったはずの露天風呂がなくなって、代わりに地面から温泉が湧いているなんて、どうなっているの？)

遠くを見れば、木造の家の向こうに小規模な集落がある。どうやらここは、どこかの村らしい。

いつの間にここへ連れてこられたのか不思議だが、そこがドッキリのポイントなのかもしれなかった。

(テレビカメラは見えないけれど……あ、隠しカメラでこっそり撮影しているのかしら？)

そう思った真由は、視線を銀髪の男性に戻す。彼は難しい顔で考え込んでいた。

「オルレア、どういうことだい？　どうして掘り当てた水――いや、お湯から、このお嬢さんが現れたんだい？」

真由の体をずっと支えてくれている女性が、男性に向かってたずねる。

彼の名前はオルレアというらしい。

「……わからないが、ひょっとしたら彼女は〝異世界〟から来たのかもしれない」

「異世界っ⁉」

「異世界だってっ⁉」

オルレアの言葉に、真由と女性が同時に声を上げる。

「ああ。だって、魔法を知らないなんてありえないだろう？」

（ありえないのは、あなたの方よ！）

真由はそう言いたかったが、女性は神妙な顔で頷《うなず》いた。

「確かに、使える使えないにかかわらず、魔法を知らない者なんているはずがないからね」

真由は困ってしまう。いくらドッキリの仕掛け人でも、役になりきりすぎだ。

「あの？　本当にドッキリならもう勘弁してもらえませんか？」

真面目にお願いしたのに、オルレアは首を傾《かし》げる。

「ドッキリ？」

「だから、私を驚かせようと、嘘をついたり演技をしたりしているのでしょう？」

真由の問いに、彼は難しい顔で首を横に振った。

「残念だが、この状況は、君の言うドッキリとかではない」

「いい加減にしてください！」

ドッキリでないならば、なんだと言うのだ。

真由が怒り出すと、オルレアは大きなため息をついた。

「わかった。……いいから、これを見ろ」

彼は真由の方に両手を伸ばし、突然叫んだ。

「出《い》でよ、水の精霊！　土の精霊も！」

すると、オルレアの手のひらの上に、突然光の球が現れた。右手の上には水色の球が、左手の上には茶色の球が浮かび、光を放ちながらクルクルと回っている。

突然の超常現象に、真由は目を真ん丸に見開く。

やがて球は、ポン！　と音を立てて破裂した。そして、水色の球からは水色のタツノオトシゴが、茶色い球からは茶色いモグラが現れる。

「え？　えぇぇぇぇ？」

「水の精霊と土の精霊だ。この世界には精霊がいて、俺のような魔法使いは、彼らの力を借りて魔法を使っている。――小さな子供でも知っている、この世界の一般常識だ」

オルレアは話しながら、両手を真由の顔に近づけてきた。

目の前に迫《せま》るタツノオトシゴとモグラを凝視《ぎょうし》し、真由は力なく首を横に振る。

「そ、そんな。信じられないわ。手品か何かなんでしょう？」

戸惑《とまど》う彼女の前で、タツノオトシゴが動き出した。本来、水の中でしか生きられないはずの生き物が、クルリと巻かれた尻尾をバネにピョンと飛び上がる。

『手品って何？』

真由の頭の中に、男の子の可愛い声が響いた。オルレアの声とも女性の声ともまったく違う声だ。

「え？　……何、これ？」

『僕だよ。僕の声だよ』

タツノオトシゴは、真由の目の前で宙に浮いたままクルクルと回った。

呆気《あっけ》にとられている彼女の膝に、オルレアの左手からポトンとモグラが落ちる。モグラはコロンと転がったあと、顔をむくりと上げて、真由を見上げてきた。

『あたしも知りたいわ。手品って何？』

聞こえてきたのは女の子の声だ。その声に合わせて、モグラがペシペシと真由の膝を叩く。

「……ま、まさか、あなたが喋《しゃべ》っているの？」

『ほかに誰がいるっていうのよ。疑《うたぐ》り深い人間ね』

モグラはツンとした態度で言った。

それは非常に人間臭い表情と仕草で、とても作り物——人形だとは思えない。

「そ、そんな——」

真由は絶句した。信じたくないのに、目の前の小さな生き物が真由の常識を壊してくる。

信じざるを得ない状況に、空を見上げた。

すると——青い空に、昼間の白い月が〝二つ〟浮かんでいる。

（あの大きさは、どう見たって月よね……でも二つって）

「あの……あれは？」

震える手で月を指さし、真由はたずねた。

「ああ。バーブとクーガだ。……君の世界には、月はないのか？」

オルレアは、こともなげにそう答える。

「………あるわ。一つだけだけど」

どうやら本気で信じなければならないようだ。

ここは異世界。真由は、俗《ぞく》にいう異世界トリップをしたらしい。

（しかも、素っ裸で）

自分の置かれた状況に頭が痛くなり、彼女は頭を抱えた。

「信じる気になったか？」

オルレアに聞かれ、真由は不承不承《ふしょうぶしょう》頷《うなず》く。

すると、真由を支えている女性が、安心したように「よかった」と声を出した。

「自分の置かれている状況がわからないことほど、やっかいなことはないからね。納得してもらえてよかったよ」

彼女はニコニコ笑いながら、真由の顔をのぞきこんでくる。人好きのする優しそうな顔だ。

「まずは自己紹介からかね。――あたしはワラビ。ワラビ・シランっていうんだよ。ワラビが名前でシランが苗字さ。この村で宿屋をやっている。そっちはオルレア――うぅ～ん？　苗字はなんだったかねぇ？　まあ、見ての通り、魔法使いさ」

（いやいや、見てもわからないから！）

心の中でツッコミを入れるが、指摘するのもなんなので、真由は黙って頷《うなず》く。

「あんたの名前は？」

「あ……私は宮原真由です。宮原が苗字で、真由が名前です」

「そうかい、そうかい。真由だね。……まったくたいへんな目に遭《あ》ったもんだねぇ。あれを見な。あんたは、あのお湯の中から現れたんだよ」

女性──ワラビはそう言って、地面から湧き出るお湯を指さした。

真由はびっくりして目を見開く。

「あのお湯から、私が？」

「ああ、そうさ。あたしとオルレアはここで井戸を掘っていたんだ。そしたら、急にお湯が湧いてきたのさ」

井戸を掘ろうとして温泉を掘り当てるというのは、よく聞く話だ。そこは納得できるのだが、この場には井戸を掘るための掘削機《くっさくき》はおろか、スコップの一本もなかった。

「どうやって掘ったんですか？」

真由が怪訝《けげん》に思って首を傾《かし》げると、ワラビが説明してくれる。

「オルレアの魔法で掘ったんだよ。いやなに、オルレアを訪ねてこの村にやってきた大柄な男が、うちの宿で無銭飲食をしてね。お代を払う代わりにオルレアが井戸を掘るって話になったんだよ」

「無銭飲食ではない。金貨で払おうとしたのに断ったのはそちらだろう」

オルレアがムッとしたように言い返すと、ワラビはハンと鼻を鳴らす。

「金貨なんて、あたしら庶民に使えるわけがないだろう？　お釣りも出せないじゃないか」

いくら価値があっても、あまりに高額な貨幣《かへい》は扱えないということだろう。

オルレアの客人は、かなりお金持ちだったようだ。

それはさておき、オルレアは精霊に力を借りて、魔法で井戸を掘ろうとしたらしい。

「今は落ち着いているけれど、ついさっきまでお湯がすごい勢いで噴き上がっていたんだよ。あんたは、その噴き上がったお湯と一緒に現れたのさ。そうだねぇ……十メートルは吹き飛ばされたんじゃないかい？　あたしがあんたを見つけて、オルレアが風の魔法で助けたんだ。そうでなきゃ、今頃、大怪我をしていただろうね」

確かに十メートルもの高さから、素っ裸で地面に叩きつけられたら、無事では済まない。

自分がずいぶんと危なかったのだと知り、真由はブルッと震えると、慌てて二人に頭を下げた。

「助けてくださってありがとうございました」

「礼には及ばないよ。困った時はお互い様さ。それにあんたが現れたのも、ひょっとしたらオルレアの魔法が原因かもしれないからね」

「……え？」

「井戸を掘り当てた時にちょっとトラブルがあってね。魔法が暴走したんだよ。グラグラと大地が揺れてお湯が湧いて……そのお湯と一緒に、あんたが現れた。どうにも無関係に思えなくってねぇ」

ワラビは申し訳なさそうに視線を逸《そ》らす。

オルレアは、苦虫を噛《か》み潰したような顔をした。

真由は呆然としてしまう。

「魔法が暴走？　……って、私がこの世界へ来たのは、お二人が原因なんですか？」

「違う！」

オルレアがすぐさま否定した。

「魔法が暴走しただけで、異世界とこの世界をつなぐことなどできるはずがない。そんな力のある魔法じゃなかったんだ！」

オルレアはきっぱりと断言する。しかし、真由がジッと見つめたら、彼はスッと視線を逸《そ》らした。

ワラビも気まずそうに黙り込む。

――真由は、大きく息を吸い込んでから、吐き出した。

(ここで二人を責めても、なんにもならないわ)

真由は経験上、それをよく知っている。――彼女の両親は七年前、自動車事故で亡くなった。その時、どんなに怒《ど》鳴《な》り喚《わめ》いても、両親は戻ってこなかった。

起こってしまったことは二度と元に戻せない。嫌というほど思い知ったことだ。

(私が考えなければいけないのは、これから先のことよ)

元の世界に思い残すことがないと言ったら嘘になるが、とにもかくにも生きていかなければ。

真由が深呼吸して心を落ち着かせていると、フヨフヨと浮かんでいた水色のタツノオトシゴが、オルレアの隣でペコリと頭を下げる。膝の上のモグラは、真由の足をポンポンと叩いた。

どうやら彼らは、オルレアの代わりに謝ったり真由を慰《なぐさ》めようとしたりしているらしい。

(水の精霊と土の精霊か……よく見ると可愛いわね)

真由はクスリと笑った。波立っていた感情がゆっくり鎮《しず》まっていく。

「……私は帰れますか?」

真由の質問に、オルレアがピクリと震え、こちらを向いた。

「あ。……いや。……その……すまない。おそらく無理だ。この湧き出しているお湯が、君の世界とまだつながっている可能性は、ほとんどない」

まったく違う次元にある別の世界とこの世界がつながるということは、本来はありえないこと。たとえ一瞬つながっても、すぐに切り離されるものなのだという。

「この世界には〝異世界召喚〟という魔法がある。魔王の力が大きくなりすぎて、この世界に住む人間だけではどうにもならなくなった時に、異世界から救世主を召喚する魔法だ。使われることは滅多《めった》にないが、召喚した者を帰還させることができるとは、聞いたことがない」

異世界召喚魔法があることを知っていたからこそ、オルレアは真由が異世界からやってきたのではないかと考えたのだという。

(っていうか、この世界って魔王がいるの?)

精霊がいて、魔法が使えて、魔王がいるなんて……とんでもなくファンタジーな世界に来てしまったらしい。それはともかく、真由は落胆する。

「……私、帰れないんですね」

「すまない」

オルレアはもう一度、小さな声で謝った。

真由はフーッと大きなため息をつく。

水の精霊のタツノオトシゴと土の精霊のモグラも、しょんぼりと肩を落としている。

(これからどうしよう?)

モグラを撫《な》でながら、真由は考え込む。

そんな彼女の両肩を、ワラビがガシッと掴んだ。そして女性とは思えないほど強い力で、ユサユサと揺さぶる。その振動で目を回しそうになったモグラが、慌てて真由の膝から下りていった。

「そんなにガッカリおしでないよ。あんたの気持ちはわからないでもないけれど、命があっただけでも儲《もう》けもんだろう? 大丈夫だよ。今後のことなら、あたしに任せな。……真由、あたしの宿屋に住み込みで働く気はないかい?」

ワラビは満面の笑みを浮かべて、そう聞いてきた。

「住み込み?」

真由はポカンとしてしまう。

「ああ、そうさ。衣食住の面倒はあたしが見てあげるよ。その代わりあんたは、うちの宿の掃除をしたり洗濯をしたりするんだ。悪い話じゃないだろう?」

提案を受け、真由は少し考え込む。

文字通りその身一つで異世界トリップしてしまった真由には、住むところはおろか、着るものも食べるものもまったくない。ワラビの申し出は、何よりありがたいものだ。渡りに船とはこのことだろう。

(働かなくても、ひょっとしたら村や国が保護してくれるのかもしれないけれど……。でも、タダより高いものはないって言うし……働かざる者食うべからずよね?)

真由はどちらかと言えば自立心が強いタイプだ。自分でできることは自分でやりたい。

だから真由はワラビの申し出をありがたく受けようとした。

ところが、そこに突如《とつじょ》、横槍《よこやり》が入る。

「ちょっと待った! その娘が異世界から来たと言うのなら、俺たちと一緒に来てもらうぞ!」

なんだか偉そうな声が、あたりに響いた。

真由は慌てて、声がした方を振り返る。

すると少し離れた場所に、四人の男女が立っていた。

一番前に立っているのは、金髪碧眼《きんぱつへきがん》のハッとするほど人目を引く、凛々《りり》しい男性。年の頃は二十代半ばで、大きな剣を背負っている。

そして彼の後ろに、真っ白な髪と赤い目をしたうつむき加減の女性と、燃えるような赤毛に緑色の目でスタイルのいい女性が立っていた。二人とも、二十歳そこそこに見える。

最後は、灰色の髪と灰色の目で白い鎧《よろい》をガッチリ着込んだ大柄な男性。彼だけは三十代に見えた。

いずれもタイプは違うものの美男美女揃いで、とても目立つ。

ワラビは訝《いぶか》しそうに彼らを見る。

「え？　なんだい、あんたたちは？　……って、その格好、ひょっとして勇者さま一行かい!?」

「……勇者さま一行？」

真由はポカンとしてしまう。

（えぇっ!?　この世界って、魔王だけじゃなく勇者までいるの？　……魔王がいるのなら、勇者がいてもおかしくないのかもしれないけれど）

まるでファンタジーゲームみたいな世界だ。

特に背中に大きな剣を背負った男性は、スラリとした長身にライトアーマーをつけていて、いかにもゲームの中の勇者という外見をしていた。白い髪の女性は衣装も白でなんとなく聖女っぽいし、赤髪の女性は弓を背負っているから弓使い《アーチャー》だろう。灰色の髪の大柄な男性は、どう見ても立派な騎士だ。

（そういえばオルレアさんだって魔法使いなんだもの。魔法使いって職業があるのなら、勇者って職業があっても不思議じゃないわよね？）

真由はオルレアに視線を向ける。

彼は不機嫌そうに眉をひそめ、勇者一行から距離を取るように一歩後ろに下がった。いつの間にか精霊たちも姿を消していて、この場にいるのは人間だけになっている。

そこで、『勇者さま一行か』というワラビの質問に、金髪の青年が大きく頷《うなず》いた。

「ああ、そうだ。俺は勇者アベル。この聖剣に選ばれて、魔王を倒すために仲間と旅をしている」

自《みずか》ら勇者と名乗った青年は、誇らしそうに背中の剣に手をかけて話を続ける。

「この村にはついさっき着いたばかりだ。小さな村だから素通りするつもりだったんだが、大きな揺れと轟音《ごうおん》に気づいて、来てみたんだ。そうしたら見慣れぬ黒髪と黒目の娘がいて、しかも異世界から来たと話しているじゃないか。もしもその娘が本当に異世界から来たのだというのなら、俺たちの仲間になってもらおう。異世界から来た者は、何かしら優れた力を持っているというからな」

アベルの態度は、ものすごく尊大だった。

真由の意志など無視して『自分たちの仲間になるのが当然』という顔をしている。

彼女は思わず顔をしかめた。自信たっぷりに自分の価値観を押しつけてくる人間が、苦手なのだ。

（ムリムリ。いくらイケメンでも、この人と一緒になんて行けないわ。それに――）

「あの、お仲間に誘っていただけるのは嬉しいのですが、私にはそんな優れた力はありません」

自慢ではないが、真由はごくごく普通のＯＬだ。温泉通という以外は取り立てて趣味も特技もない、平凡な人間である。優れた力などあるはずもなく、期待されても困るばかりだった。

「そんなこと、まだわからないだろう。自分で自分の限界を決めつけてどうする？　大丈夫だ。君が自《みずか》らの力を見つけるまでは俺がサポートしよう。安心して仲間になればいい」

勇者は真由の言葉を謙遜《けんそん》と受け取ったのか、励ましてきた。自分の言葉に絶対の自信を持っていそうな彼の態度に、真由は頬を引きつらせる。

「いえ、だから――」

なんとか穏便に断りたいが、どう言えばいいのかわからない。

迷っていると、誰かが怒《いか》りの声を上げた。

「あなた！　いったい何を言っているの⁉　アベルがここまで言って誘っているのに断るなんて、何様のつもり？」

怒鳴《どな》ったのは赤い髪の女性で、美人なのにものすごく怖い顔をしている。彼女は緑の目をつり上げ、真由を睨《にら》みつけてきた。

「あなたが今までいた世界がどうかは知らないけれど、この世界には魔王がいて、それを放っておけばやがて世界に災《わざわ》いが溢《あふ》れるの。アベルはその災《わざわ》いを防ぐべく、魔王に立ち向かっているのよ。この世界に生きるすべての者は、アベルに日々感謝し、協力する義務があるわ。……あなただって、この世界に来たのなら例外じゃない。拒否するなんてもってのほかよ！」

そんな風に言われても困ってしまう。真由はこの世界の事情なんてまるでわからないのだから。

「そう言われても、私には協力できるような力がないんです」

「まだ逃げるつもりなの‼」

アベルだけでなくこの赤い髪の女性も、真由の話を聞く気がないようだ。

途方に暮れていると、騎士が話に入ってくる。

「落ち着け、サラ。こちらの女性はまだ異世界から来たばかりで、この世界のことは何もわからないのだぞ。怯《おび》えさせてどうするのだ」

どうやら赤い髪の女性はサラという名前らしい。

騎士の声は落ち着いている。この中では、彼が比較的話が通じそうに見えた。

（勇者は問題外だし……白い髪の女性はさっきからうつむいたまま、一言も話さないもの）

騎士に注意されたサラは、顔をしかめてツンと横を向く。

騎士はやれやれといった風に肩をすくめた。

「すまない。サラも悪気はないのだ。ただ、アベルが絡むと冷静ではいられなくなるようでな」

「カロン!!」

サラは騎士を怒鳴《どな》りつける。彼女の顔は赤くなっていて、たぶんアベルが好きなのだろうと、真由は察した。

(だからって、私に怒鳴《どな》るのはやめてほしいけど)

騎士は苦笑して言葉を続けた。

「俺の名は、カロン・リュディック。見た通りの騎士だ。国王陛下の命令で、勇者アベルによる魔王討伐《とうばつ》の旅に同行し、彼を補佐する任務に就《つ》いている。……あなたは？」

こんな風に丁寧に聞かれれば、答えないわけにもいかない。

「宮原真由です。宮原が苗字で真由が名前です。職業は普通の会社員をしていました」

どこまで通じるのかわからないが、とりあえず名前と職業を伝える。

すると、カロンはフムと考え込んだ。

「カイシャインというのは、聞いたことがない職業だな」

「会社という仕事場に勤める人のことです。主に事務……書類の作成や整理をしていました」

「ふむ、文官に近いのか？　あまり戦いに向いている職業ではなさそうだが……剣は使えるか？」

「まさかっ!!」

真由はブンブンと首を横に振った。

「私のいたところでは、剣なんて持って歩いたら、即座に警察に捕まってしまいます！」

「……ケイサツ？　捕まるということは警備隊のようなものか？　よくわからない世界だな」

カロンは不思議そうに呟《つぶや》く。

サラはバカにしたようにフンと鼻を鳴らした。

「剣も持ち歩かずに、どうやって身を守るっていうのよ？　こんな田舎《いなか》ならいざ知らず、ちょっと大きな町なら、住民は誰でも護身用の剣くらい持つし、使えるものよ。あなたがいた世界は、よっぽど田舎《いなか》だったようね」

「え？　……確か、東京都の人口は千三百万人以上だと思いますけれど」

東京が田舎《いなか》だとは、絶対言えないだろう。

「千三百万――？」

カロンはあんぐりと口を開けた。サラも目を見開いて固まっている。ほかの者も驚いたようで、呆気《あっけ》にとられた顔をした。

「……ま、まあ、その千三百万人が本当かどうかはさておいて、あなたがなんの力もないと言うのは、どうやら本当らしいな。剣を持ち歩いたこともないのでは、とてもじゃないが戦力にはならないだろう。――どうするアベル？　それでも彼女を旅の仲間にするのか？」

カロンに問いかけられたアベルは、真面目な顔で頷《うなず》く。

「もちろんだ。異世界人についてはいろいろ噂があるからな。異世界人はこちらの世界に召喚される際に強い力を授《さず》かると聞く。元々の彼女に力がなくても、きっと強い力を授《さず》かっているから、問題ない」

やはり自信たっぷりなアベル。

しかし真由にとっては、問題大ありだった。

「私は召喚されたわけじゃありませんから！　強い力を授《さず》かった覚えなんてありません」

「君が覚えていないだけだろう？　大丈夫だ」

その『大丈夫』の根拠は、いったいどこにあるのだろう。

（やっぱりこの人、話が通じないわ！）

彼では話にならないと思った真由は、カロンに視線を投げた。補佐役の騎士ならば勇者を止められるはず。

しかし真由の期待に反し、カロンはゆっくりと首を横に振った。

「真由といったか……。あなたには申し訳ないが、アベルがあなたを連れて行くと言う限り、それは決定事項だ。この世界には今、魔王が出現している。そのため、最優先事項は魔王討伐《とうばつ》なんだ。魔王を倒す勇者には国を越えて便宜《べんぎ》が図られている。勇者の意向はすべて叶えられなければならず、逆らえばあらゆる国を敵に回すことになる」

カロンの説明はなめらかだ。ここまでスラスラ話せるということは、今まで何度も同じ説明をしてきたのかもしれない。

（きっと、勇者がワガママを言うたびに、カロンさんが相手を説得してきたんでしょうね）

四人の中では一番年長のカロンは、どことなく疲れて見えて、真由は同情してしまう。

とはいえ、アベルの仲間になれという誘いを受け入れられるかどうかは、また別問題だ。

なおも断ろうとする真由の先手を打つように、カロンが再び口を開く。

「このあとの発言は気をつけるといい。万が一、あなたが勇者の誘いを断れば、その責めはあなただけではなく、あなたと関係がありそうな者……そちらのご婦人と男性にも及ぶだろう」

それはあからさまな脅しだった。

真由が誘いを断れば、ワラビやオルレアにまで被害が及ぶというのだから。

話を聞いて、ワラビの顔は真っ青になった。オルレアも眉間のしわを深くする。

真由は――少し考えた。はっきり言って、ワラビやオルレアとは会ったばかりで、他人と呼んでいいような関係だ。しかも、真由がこの世界にトリップした原因となった人たちかもしれない。

ここで真由が勇者の誘いを蹴ったことで結果二人が罰せられたとしても、負い目を感じる必要などないだろう。

二人ともそれがわかっているからか、真由に助けを求めるような素振りを見せなかった。

――真由は、やがて小さなため息をつく。

（ムリムリ、絶対ダメだわ。ここでワラビさんとオルレアさんを犠牲《ぎせい》にしたら、後悔するもの）

自分のせいで誰かが傷ついても平気でいられるような図太い神経を、真由は持っていない。

ならば、アベルの誘いを受けて勇者一行に入る以外ないだろう。

非常にしぶしぶだが、真由は心を決める。

「わかりました。お誘いを受けることにします。——でも、本当に私はなんの力もありませんから！　それだけは覚えておいてくださいね」

そう言って念を押す。するとアベルは、満面の笑みを浮かべた。

「ああ、わかった。俺が必ず君の力を引き出してみせよう。安心して仲間になるといい」

（絶対わかっていないでしょう！）

そう思うが、もはや引き返すことはできない。

「……真由」

「本当にそれでいいのか？」

青い顔をしたワラビと顔をしかめたオルレアが、心配そうに確認してきた。

いいも悪いも、彼らを見捨てるという選択肢を選べないのだから仕方ない。

「はい」

真由が苦笑しながら頷《うなず》けば、二人はなんとも言えない表情をした。

すると、そこにアベルが割り込んできて、今度はオルレアに向かって話しかけた。

「あなたは魔法使いのようだが、彼女を異世界から召喚したのはあなたなのか？　だとすれば、かなり力の強い魔法使いだな。どうだろう？　あなたも俺たちと一緒に魔王を倒す旅に出ないか？」

ほんの一瞬、顔をしかめたオルレアは、すぐに真摯《しんし》な表情を浮かべてアベルと向かい合う。

「お誘いいただきありがとうございます。ただ、私は彼女を召喚したわけではありません。彼女がどうしてこの世界に来たのかは、まるっきり謎なのです。——それに、私は確かに魔法使いですが、私が使えるのは一次精霊魔法。残念ですが、私では魔王との戦いでお役に立てないでしょう」

いかにも残念だと言いたげに、オルレアは話す。

アベルは驚いて目を丸くし――

「そうか。今どきそんな魔法使いもいるんだな。それでは俺たちと一緒に来るのはつらいだろう。諦《あきら》めることにするよ」

あっさり引き下がった。

（えぇ!?　なんで!?）

真由はわけがわからない。どうしてオルレアは断れるのに、真由は断れないのだろう。

不満そうな真由の表情に気づいたワラビが、こっそり囁《ささや》いてきた。

「この世界の魔法は、精霊の力を借りて使うものだって話は、さっきオルレアがしただろう。ただその魔法にも二種類あってね。直接精霊に語りかけて力を貸してもらう一次精霊魔法と、精霊に力を込めてもらった精霊石を使う二次精霊魔法さ。一次は特別に精霊と相性のいい魔法使いにしか使えない特殊な魔法で、二次は手順さえ踏めば使えるもの。とはいえ、二次でも高等な魔法になれば手順が複雑で、簡単に誰でも使えるわけではないんだけれどね。――で、オルレアは一次精霊魔法の魔法使いなのさ。一次は、二次より力が強いんだけど、精霊が力を貸したくないと思う魔法は使えないっていう欠点があるんだよ」

先ほど現れた土の精霊と水の精霊のように、精霊にも人格や意志がある。当然本人が嫌だと思うものには力を貸さないのだという。

「精霊が一番嫌うのは攻撃魔法なのさ。どんなに力の強い精霊でも、自分から戦いを挑《いど》むことはないんだよ。もちろん精霊自身や、精霊が力を貸している魔法使いが攻撃されたりすれば、反撃する。けれど、基本的に精霊たちは戦いたがらないのさ。たとえそれが、世界を滅《ほろ》ぼすと言われる魔王相手であってもね」

どうやら精霊は、とても平和主義らしかった。

勇者一行の目的は魔王の討伐《とうばつ》。戦えない魔法使いなんてお呼びじゃないのだろう。

「私だって戦いたくありません」

「ああ、そうだろうね。だが戦いたくなくても、戦おうと思えば戦えるだろう？　でも一次精霊魔法使いは、どんなに戦いたいと思っても、精霊が協力しない限りは魔法が使えないんだよ」

問題は、望むか否《いな》かではなく、できるかできないかだという。

「それだって、なんの力もない私にはできません！」

「あたしもそう思うよ。でも、勇者さまはできると思い込んでいらっしゃるからね」

真由は絶望的な表情で肩を落とした。

その肩をワラビがポンと叩いてくれる。

ともあれ勇者の決めたことは絶対で、一度同意したからにはもう断ることなどできない。

こうして異世界トリップした真由は、不本意ながら魔王を倒す勇者一行の仲間となったのだった。

第二章　勇者一行に馴染《なじ》んだと思ったら追い出されました

旅立ちに必要なのは装備である。その身一つで異世界トリップして、装備どころか着るものすら持っていない真由は、ワラビから服と靴、あと旅道具一式を提供してもらうことになった。

宿で一式を出してくれたワラビが「無償でかまわない」と言い出したので、真由は慌てる。

「無償だなんて悪いです。今は何も持っていませんが、いずれ必ず代金をお支払いしますね」

しきりに恐縮する真由に、なぜかアベルが「気にするな」と声をかけてきた。

「俺たち勇者一行は、いつでも誰からでも望むものを徴発《ちょうはつ》できる権利を持っている。もちろんすべて無償だぞ」

それが当然という風に、アベルは話す。

「その代わりに私たちは魔王退治という重い任務を引き受けていいるんですもの。提供できないなんて言う人がいたら、厳罰ものだわ」

サラも得意そうに勇者の言葉を肯定した。

(そんなわけないでしょう！　その『誰でも』の中には貧しい人だっているかもしれないのに)

例えば徴発《ちょうはつ》する相手が王侯貴族や金持ちの商人だけならば、そういった権利を振りかざすのも悪くないと思う。むしろ余裕のある人たちには、積極的に協力してもらいたい。

しかし世の中には、自分や家族が生きていくだけで精一杯という人だっているのだ。そんな人たちにまで協力を強制するのは、絶対間違っている。

ムッとした真由は、アベルとサラに言い返そうとした。

しかし、その気配を察知したワラビに止められてしまう。

「気にしなくていいんだよ、真由。勇者さまのおっしゃる通りだ。あたしらみたいに力のない者は、勇者さまに守っていただくしかないからね。できることは喜んでさせてもらうさ。それにうちは宿屋だもの。旅人用の旅装は揃っているんだよ。遠慮せずに持ってお行き」

『勇者に逆らってはダメだ』と、ワラビはしきりに目配せしてくる。

「ほら、この女将《おかみ》だってそう言っているでしょう。まあ、こんな小さな村の小さな宿屋で売っている旅装なんて、たいしたものじゃないでしょうけれど、あんたには丁度いいんじゃない」

サラはバカにしたようにフフンと笑った。彼女は先ほどから、むやみやたらに突っかかってくる。もしかして、好きな人《アベル》が真由を熱心に誘ったことが気に入らないのかもしれない。

真由にとっては、いい迷惑だ。

しかしワラビ自身に止められてしまえば、サラたちに反論するわけにもいかなかった。

いつか必ずお代を返そうと心に決めて、今はありがたく受け取ることにする。

空《あ》いている部屋を借り、真由はもらったばかりの旅装に着替えた。長袖《そで》のシャツを着て、ピッタリした黒のパンツを穿《は》く。靴は足首までのローヒールのブーツで、厚手の布でできたバックパックを背負った。フード付きのマントを羽織《はお》れば、旅の仕度は完了だ。

その姿を見て、ワラビはホッとしたように笑う。

「よく似合うよ。女物の旅装はあんまり種類がないから心配していたんだけど、サイズが合ってよかった」

「本当にありがとうございます」

「礼なんていいって言っただろう。それより、とにかく気をつけて行くんだよ」

ワラビが心から心配してくれているとわかり、真由はなんだか泣きそうになる。

そこに、オルレアがノックをして部屋に入ってきた。

「――これを」

彼は自身の髪を結んでいた髪留めを外し、真由に差し出す。

「髪が邪魔だろう。これで縛るといい」

黒の地金に小さめの石が二つついた、シンプルだけど美しい髪留めだ。石は水色と淡いピンクで、どちらも透《す》きとおっている。

思いがけない贈り物に、真由はびっくりした。目を見開いてオルレアを見ると、彼は気まずそうに視線を逸《そ》らす。

「その石には守護の魔法がかけられている。――君がこの世界に来たのは、絶対に俺の魔法のせいではないと信じているが、それでもこのまま旅立たせるのは寝覚めが悪いからな。他人の使っていた髪留めを使うのが嫌なら、無理に使う必要はないぞ。荷物に入れておけば、お守り代わりくらいにはなるはずだ」

ぶっきらぼうに話す彼の目元は、ほんのり赤くなっている。オルレアなりに責任を感じ、真由を心配してくれているようだ。

「ありがとうございます。さっそく使わせてもらいますね」

真由は自分でも不思議なくらい抵抗なく、オルレアの髪留めを使った。髪を高い位置で一つにまとめれば、襟足《えりあし》がスッキリして自然に背筋が伸びる。

「ああ、いいね。オルレア、あんたもやるじゃないか！」

楽しそうに笑ったワラビが、バン！　とオルレアの背中を叩いた。

オルレアはゲホッとむせ、恨めしそうにワラビを睨《にら》む。

真由はクスクスと笑い出した。

（ああ……。このままここに残って、ワラビさんの宿で働きたかったなぁ）

そんな思いが湧き上がるが、もうどうにもできない。

心残りが顔に出たのだろう、ワラビが困ったような顔をした。

「そんな顔しなさんな。魔王討伐《とうばつ》の旅はたいへんだろうけど、今回みたいに行く先々で便宜《べんぎ》を図ってもらえるんだよ。いいこともあるだろうさ」

「……便宜《べんぎ》なんて図ってもらっても、全然嬉しくありません。私は自分でできることをやって、その分の正当な報酬《ほうしゅう》をもらいたいんです」

なんの力もないのに勇者一行について行って便宜《べんぎ》を図ってもらっても、心苦しいばかりだ。

「……すまないね」

ワラビが謝る必要はないのに、気のいい宿屋の女将《おかみ》はそう言ってそっと真由を抱きしめた。

オルレアが、唇を噛《か》んでうつむく。

真由はうつうつとした気持ちで、二人に別れを告げたのだった。


そうしてはじまった勇者一行との旅だが——出だしは、とても順調だった。

例の『勇者一行は行く先々で最大の便宜《べんぎ》が図られる』という恩恵が効いて、食事は上《あ》げ膳《ぜん》据《す》え膳《ぜん》。宿泊場所はその地域一番の高級宿か、そうでなければ町長や村長の家で、至れり尽くせりのもてなしを受けられた。

町や村以外の街道を進む時も、野宿になりそうな時は、大きな馬車を従者付きで貸してもらえて、何不自由なく過ごせた。

真由の能力を引き出すためなどと言って変な訓練を課されることもあったが、実害はないので適当に流している。

雲行きが怪《あや》しくなったのは、旅に出てから一ヶ月半——人の住む地域を過ぎ、果ての荒野と呼ばれる場所に入ってからだ。

まばらに生える草木以外に緑はなく、茶色い土とゴロゴロとした岩の目立つ、果ての荒野。あらゆる国より広いとも言われるそのまた果てに、魔王城があるそうだ。

それを証明するかのように、荒野を進めば進むほど魔獣が現れた。魔獣とは、この世界に生息する魔法が使える獣《けもの》のこと。魔王が生まれたことにより活発になり、人間を襲っているらしい。

ちなみにほかにも、魔人や魔族といった魔のものがいるが、その実態はよくわかっていないのだとか。

それはともかく、勇者一行の最終目標は魔王の討伐《とうばつ》。さらに、そこへ至る途中に出現する魔ののを倒すことも、重要な任務だという。

現れた魔獣は、ある時はアベルの剣の一振りで倒され、またある時はサラの射った弓に体を貫《つらぬ》かれて消滅《しょうめつ》した。

大柄な騎士のカロンは、魔獣の攻撃を一手に引き受け、仲間たちが攻撃する隙を生み出す。

ちなみに、聖女だという白い髪の女性フローラは……なんと攻撃系の神聖魔法の使い手だった。

神聖魔法とは、光の精霊が祝福と同時に力を込めた聖石と呼ばれる特別な精霊石を使う魔法である。

フローラは、この聖石で派手な攻撃魔法をバンバン！　とぶちかますのだ。

『キャハハハ！　死んじゃえ!!』

いつも無口なフローラが高笑いをしながら、狂暴な魔獣を次々と吹き飛ばす。

その姿に、真由は顎《あご》が外れそうなほどパカンと口を開けて驚いた。

「聖女って普通は、回復系の魔法を使うんじゃないの!?」

思わず叫んだ真由に、アベルは首を傾《かし》げた。

「回復系？　なんだそれは？」

「治癒《ちゆ》魔法ですよ！　一瞬にして傷を癒《い》やしたり体力を回復させたりする魔法です」

「そんなこと、できるはずがないだろう？」

なんとこの世界には、回復系の魔法がそもそも存在しなかった。

怪我をすれば消毒して傷薬を塗り、体調が悪ければ症状に合わせて調合された薬を呑む。疲れたら休憩し、それでもダメな時は眠って体力を回復するのだ。

（まるっきり地球と同じじゃない。……でもまあ、それが普通のことなのよね。呪文一つで怪我や病気が治ったり、すごい時には生き返ったりするのは、やっぱりありえないことだもの）

いくら精霊がいて魔法が使える世界だとしても、人智を超えた治癒《ちゆ》や蘇生《そせい》は神の起こす奇跡なのだ。

ちょっとがっかりしてしまった真由に対し、アベルは呆《あき》れたような顔をした。

「そんなことが普通の人間にできるはずがない。もっとも、はるか昔に異世界から召喚された聖女の中には、〝神の御業《みわざ》〟を使う者がいたと記録されているが、それがその『治癒《ちゆ》魔法』かどうかはわからないな。前回、異世界召喚が行《おこな》われたのは、百年ほど前だし」

定期的に魔王が現れ、その都度、魔王を討伐《とうばつ》する勇者とその一行が選ばれるこの世界。

魔王の力が大きくなりすぎて、この世界の者だけで対処できない場合には、異世界から勇者や聖女を召喚するそうだ。

しかしそれは滅多《めった》にないレアケース。普通はこの世界の住人から勇者や聖女を選ぶのだという。

「よほどのことがない限り、勇者は聖剣が選ぶ。聖女は、神聖魔法の使い手の中で最も強い攻撃魔法を使える者が選ばれる。それがこの世界の決まりだ」

つまりフローラは、この世界で一番の攻撃系神聖魔法の使い手なのだった。

フローラは普段とても大人しく、一言二言の単語しか話さない。それは誰に対しても同じで、終始寡黙《かもく》でうつむきがちなのだ。

そのため、彼女は儚《はかな》く繊細《せんさい》で、虫一匹殺せないような性格なのだろうと、真由は勝手に思っていた。

(それなのに、まさかこんなにスゴイ攻撃魔法の使い手だったなんて、思いもしなかったわ。世の中、見かけだけではわからないものね)

思い込みで他人を判断してはいけないと思い知った真由だ。

何はさておき、勇者一行の実力は紛《まが》うことなき本物。

一方の真由は、やはりなんの力も持っていなかった。

どんなに教えてもらっても、ただのOLだった真由に重い剣が振るえるはずもない。もちろん弓は引けないし、ましてや魔法なんて使えるはずもなかった。

(この世界の人間は、精霊石を使って正しい呪文を唱えれば、誰でも二次精霊魔法を使えるって言われてもね……。私にはそれすらできなかったし)

真由が言葉に不自由しないのは、オルレアのかけてくれた翻訳《ほんやく》魔法のおかげだ。

つまり、そもそも真由には異世界の言葉を話しているという自覚がなく、『正しい呪文』とやらを発声できていない可能性がある。そのあたりに、魔法が使えない原因があるのかもしれなかった。

しかし、アベルには『危機感が足りないせいで力が発現しないのでは』と言われて、魔獣の前に放り出されたりもした。

間一髪《かんいっぱつ》のところでカロンが飛び出して庇《かば》ってくれなければ、間違いなく死んでいただろう。

九死に一生を得た真由を前に、アベルは『おかしいな？』と不思議そうに首をひねった。

（マジで死ぬかと思ったわ……。おかしいのは、あなたの考え方よ!!）

喉元《のどもと》まで出かかった言葉を、真由はなんとか呑みこんだのだった。

殺されかけた彼女は、今後絶対に魔獣のそばに寄らないと宣言した。

さすがのアベルも、それ以降は無理に戦わせようとしない。

本当は勇者一行から脱したいくらいだったが、ここはすでに果ての荒野。今さら真由一人で、魔獣の闊歩《かっぽ》する道を引き返すのは無謀《むぼう》だ。死《し》にもの狂《ぐる》いで勇者一行についていくしかない。

そして、夜を迎えた。果ての荒野での、はじめての夜だ。

ようやくたどり着いた野宿の場所で真由がへたり込むと、食事として携行食の硬い乾パンと干し肉を渡された。

「え？　あの、その……また〝これ〟なんですか？」

昼の小休憩に渡されたのも、まったく同じ携行食だ。その時は移動中だし仕方ないと、無理やり水で流し込んだが、夜までこれでは悲しすぎる。

しかし、全員から何を言っているんだというような冷たい視線を向けられた。その中でも同情の色を含んだ目をしたカロンは、申し訳なさそうに頭を下げた。

「すまないな。今、俺たちはこれしか食べるものを持っていないんだ」

今度は真由が、何を言っているのかという視線を向けてしまう。

別に真由は、携行食が嫌だと言っているわけではない。〝これ〟をこのまま食べるつもりなのかと聞いているのだ。

「えっと……村でもらった野菜とか、ありますよね？」

荒野に入る前、一行は小さくて貧しい村に立ち寄った。そこで村人たちは、彼らなりに最大限のもてなしをしてくれた。旅立つ際には、収穫したばかりのなけなしの野菜まで持たせてくれたのだ。

勇者一行には、どんなに荷物を入れてもかさばらず、重くもならないという魔法のかかった、便利な収納バッグがある。野菜がそこに入れられたのを、真由は確かに見た。

あの野菜を調理すればいいのではないか。それに干し肉だって、何もそのままかじらなくても、調理できる。

しかしサラは、真由の言っていることがわからないらしく、プンプンと怒りだした。

「あんな土まみれの野菜をどうしろっていうのよ？　皮もむいていないし切ってもいないのよ。あの村の住民は、私たちを家畜か何かだと思っているんじゃないの？　野菜を丸ごと渡すなんて、バカにして。あれじゃ食べられっこないわ」

そういえば彼女は村を出てからずっと不機嫌だったが、そんな不満をため込んでいたらしい。

真由は、呆気《あっけ》にとられた。

「え？　土は洗えばいいでしょう？　皮をむくのも切るのも、普通に自分でやればいいじゃないですか」

それとも異世界の野菜は、皮をむいたり切ったりするのに、特別な道具が必要なのだろうか？

不思議に思った真由が首をひねると、隣にいたカロンが、ガバッと肩をつかんできた。

「真由！　君は料理ができるのか⁉」

ものスゴイ勢いに、真由は思わず震えてしまう。

「え？　ええ。そんなに難しい料理はできませんけれど、普通の家庭料理くらいなら」

おそるおそる答える真由。大学時代から一人暮らしで自炊をしていたおかげで、料理は不得意ではないつもりだ。

「おぉ！　なんたる幸運だ！　神は我を見捨てなかった‼」

カロンは突然、涙を流さんばかりに喜んだ。

真由はドン引きしてしまう。

「ちなみにこの携行食ならどんな料理にできる？」

今度はアベルが興味津々《しんしん》に聞いてきた。

「えっと――干し肉は野菜と煮込《にこ》んでスープにしたり、肉野菜炒《いた》めにしたりしてもいいと思います。薄く切った乾パンの上に野菜と干し肉、チーズをのせて焼いてもおいしいかもしれませんね？」

収納バッグの中にはチーズもあったはずだと思い出しながら、真由は答える。

(塩や砂糖、高価な香辛料なんかも入っていたんじゃなかったかしら？　調理道具もあったみたいだし、不可能じゃないわよね？)

少なくとも周囲の人間は、勇者たち一行に役立ちそうなものを用意してくれていたはずだ。

真由の話を聞いたアベルは、ゴクリと生唾《なまつば》を呑みこんで、命じてくる。

「では、その野菜スープと乾パンにいろいろとのせて焼いたのを作ってくれ」

カロンは拳《こぶし》を握りしめ、ガッツポーズをした。

「これで毎日、朝昼晩携行食の地獄《じごく》から逃《のが》れられるぞ」

そんな地獄《じごく》は、真由だってお断りだ。

カロンの後ろではサラが面白くなさそうに睨《にら》んでいる。

いつもぼんやりしているフローラも、熱心にジッと真由を見つめていた。

（私、疲れているんだけど……。でもこのまま、ただ乾パンと干し肉を食べるより、ましかしら？）

真由は足の痛みをこらえて立ち上がる。そして収納バッグから、必要なものを取り出すと、料理を始めたのだった。


——それから真由は、勇者一行に料理を作ったり後片付けをしたりする、いわゆる世話係になってしまった。果ての荒野に入ってから、もう二週間経っている。

（でも仕方ないわ。彼らは誰一人、炊事も洗濯もできないんだもの）

魔王を倒すという使命を背負った勇者一行を選ぶ選考基準は、ただ一つ……魔王に勝てる強さがあるかどうか、だったのだろう。

当然ながら、料理、洗濯、後片付けなどの生活能力の有無は、選考基準になかったと思われる。

そのおかげで、勇者一行は生活能力が皆無の、戦闘以外は何もできない集団になってしまったに違いない。一行の中では勇者アベルが唯一の平民。彼は元々、地方の農夫だったらしいが、剣を振ること以外は何もできなかった。

「――真由、食事はまだなの⁉」

考え事をしていた真由を、サラが催促する。

「あ、はい！　もう少しでできます」

大きな声で返事をすると、「グズ」「のろま」などと文句を言うサラの声と、「まあまあ」と彼女を宥《なだ》めるカロンの声が聞こえる。アベルは黙々と剣の手入れをしていて、残るフローラはぼんやりと座っていた。

手のかかる勇者一行のお世話係。これが今の真由の日常だ。

ため息をこらえつつ手を動かしていると、カロンが近づいてきた。

「相変わらず美味《うま》そうだな。今日の夕食は何だい？」

「今日は、豆と干し肉、野菜のスープで乾パンを煮込《にこ》んだリゾットです。あと、乾パンで作ったパン粉にみじん切りした野菜と干し肉をこねて焼いた、ミートローフもありますよ」

真由の返事を聞いて、カロンは顔をほころばせる。

「おお！　スゴイな。あの味気ない携行食を毎度こうも見事に料理するとは、たいしたものだ」

大柄な騎士は、手放しで真由の料理を褒める。

「……フン、どれも貧乏くさい田舎《いなか》料理ね」

一方のサラは、いつも通り文句しか言わない。

確かに、リゾットもミートローフも欧米の田舎《いなか》料理だ。おっしゃることはごもっともだが、元々の材料が携行食なのだから、豪華な料理を期待されても困ってしまう。

「すまないな。……〝姫さま〟も、本当はわかっていらっしゃるのだが」

カロンは大きな体を丸め、小さな声で真由に謝る。

そして、この一行に隠されていた事情を明かしてくれた。

〝姫さま〟というのは、サラのことだ。なんとサラは、カロンが仕《つか》える国王の末姫なのだという。旅の仲間ゆえ、『敬称なんてつけずに呼び捨てにしろ。特別扱いするな』という命令が下りていて、フランクに話しているらしいがれっきとした王女さまなのだ。

そんなお姫さまがなぜ旅に出ているのかというと、聖剣に選ばれて勇者になったアベルが国王に謁見《えっけん》した際、サラが彼に一目惚《ひとめぼ》れしたからだとか。

もちろんただ恋のためというわけではなく、サラにはその素質も、大義名分もある。

そもそも魔王を討伐《とうばつ》する勇者一行には、毎回必ず王族が一人同行する決まりがある。サラは類《たぐい》まれな弓の腕を持つため、許されたらしい。

危険極まりない役目を民《たみ》だけに背負わせられない――というのは建前《たてまえ》。実際は、魔王を討伐《とうばつ》することで多大な人気と権力を得る勇者に、玉座《ぎょくざ》を奪われないためだという。

（そういえば、魔王を倒した勇者がお姫さまと結婚して王になるっていうのは、王道ストーリーだものね。……でも、考えてみれば、王の子がお姫さま一人とは限らなくて、もしほかに世継ぎがいた場合、王太子にとっては勇者に玉座《ぎょくざ》を奪われることになっちゃうのね）

勇者に王位を奪われては、王族としてはたまらない。

そんな理由で、勇者一行に王族が加わることになったようだ。

王族の権威を守りつつ、それとなく勇者とも懇意《こんい》になる。そして、将来王位に就《つ》こうなんて考えないように、制御するのだという。

これは代々の王族にとって最も重要なことで、このために王家の直系は武芸を磨《みが》く。生まれた時から武芸全般の英才教育を施《ほどこ》され、特に秀《ひい》でたものを集中的に教え込まれて、国で一、二を争うほどの腕前になるのだ。

サラは特に弓術の才能があり、弓に関しては国で右に出る者がいないほどの実力者だという。

「それでも末姫さまだからな。本当なら、第二王子殿下が勇者に同行されるはずだった」

第二王子は剣技が得意で、攻撃魔法もそれなりに使える、マルチタイプの戦士。世情に明るく一般常識もあるため、勇者の旅の同行者として最適と目されていた。

なのにアベルに一目惚《ひとめぼ》れしたサラは、何がなんでも自分が同行すると言い出したそうだ。

「一緒に旅をしなくても、アベルが無事に魔王を倒した暁《あかつき》には、必ず姫さまと結婚させてやると陛下が説得されたんだが――姫さまは頑《がん》として頷《うなず》かれなくてな」

サラは『私がおそばにいない間に、ほかの女性と想いを交わしてしまうかもしれない』と心配し、『一緒に行けないなら自殺する』と王を脅した末に、勇者一行の仲間となった。

「……陛下も末姫さまには、甘くていらっしゃるからなぁ」

こっそり事情を話し終えると、カロンは深いため息をつく。

旅立ちにあたりカロンには、勇者を助けるという本来の任務と同時に、末姫サラの警護という名の〝お守り《も》〟の任務も与えられたそうだ。彼はほとほとまいっているらしい。

「いいんですか？　そんなことを私に話したりして」

赤裸々《せきらら》な打ち明け話をされて、真由は思わず確認してしまう。

「愚痴《ぐち》くらいこぼさせてくれ。なにせフローラは話し相手にならない。アベルにこんな話をして、それが姫さまにバレたら殺される」

カロンはそう答えて、ブルブルと体を震わせた。

確かにカロンの気苦労は耐えないようだ。真由が異世界人で、王家に対してなんの思い入れもないということも、カロンの口を軽くしているのかもしれない。

「アベルさんは、どこまで知っているんですか？」

将来サラと結婚したいとか、ましてや王族になりたいというような素振りは、アベルからは少しも感じない。

「アベルが知っているのは、サラが王女だってことくらいじゃないか？　王族が一行に加わることは周知の事実だから、王女が仲間に入ることは自然に受け入れた。あとは、まるっきりだ」

カロンはまたまた深いため息をついた。

「アベルさんって、私を仲間に入れる時もそうでしたけど……周囲が見えていないことが多いですよね？　思い込むと人の声が聞こえなくなるっていうか？」

きっとアベルの頭の中では、サラは王女で仲間の一人。それ以上でもそれ以下でもないのだろう。アベルは平民出身なので、王女と結ばれるなんて想像もしていないのかもしれない。

「アベルさんって、恋の相手としては最悪なんじゃないですか？」

「……やっぱりそう思うか」

真由とカロンは顔を見合わせ、同時にガックリと肩を落とす。

一方的に真由を嫌い、嫌味《いやみ》と文句ばかりを言ってくるサラだが、ちょっと可哀想だなと思ってしまったのだった。


（――だからって、サラの言動がすべて許せるかって言われたら、そうじゃないんだけど）

「もう、やっと食事の用意ができたの？　戦いにはまったく役に立たないんだから、もっと早く作りなさいよ。本当にグズね」

出来上がったリゾットとミートローフを前に、サラは悪態をつく。

カチンときた真由だが、自分が戦いでは役に立たないのは事実なので、黙って料理を取り分けた。

カロンが『すまない』と目線で謝ってきて、フローラはうつむく。

アベルも不快そうに眉をひそめたが、サラは気づいていなかった。

（っていうか、気づいたとしても、アベルを不快にさせた原因は私だって思いこみそう）

世界の一大事という魔王討伐《とうばつ》の旅に、自分の感情だけで無理やり同行したお姫さまだ。自分が悪いと殊勝《しゅしょう》に反省することなど、天地がひっくり返ってもなさそうだった。

「美味《うま》い！」

そんな微妙な空気を払おうと思ったのか、リゾットを一口食べたカロンが大きな声で叫ぶ。

「……おいしい」

フローラも、アツアツのリゾットを口に含むと、小さな声で呟《つぶや》いた。

「おお！　フローラもわかるか？　いつも美味《うま》いが、今日の料理も最高だよな」

ニコニコと笑うカロンに、小さく頷《うなず》くフローラ。

そこまで褒められては、真由だって不機嫌なままではいられない。

「ありがとう」

笑って返せば、場の雰囲気はほっこりした。

「本当に美味《うま》いぞ。この旅でこんなに美味《うま》い食事がとれるなんて、思わなかった。おかげで最近の俺はものすごく調子がいいんだ」

調子に乗ったカロンは、右腕を曲げ、力拳《ちからこぶし》を作ってみせる。

「……私も。……私も、おいしい料理を食べると、ま、魔法の威力が、いつもより強くて……」

囁《ささや》くような声ながら、フローラも一生懸命話してくれた。こんなに長いセリフははじめて聞く。

「――確かに、俺も最近は剣が軽く感じるな」

アベルまでそう言ってくれて、真由は照れてしまった。

「そう言ってもらえると、食事も作り甲斐《がい》があります」

（……私もちょっとは役に立っているってことなのかな？　イヤイヤだったけど、このまま旅を続けるのもいいかも）

少しは前向きに自分の立場を受け入れられそうな気がしたのだが――そんな気持ちはあっという

間に地に叩き落される。

「確かに食べられなくはないけれど……真由が作るのはどれも地味な田舎料理《いなか》ばかりじゃない。こんな誰でも作れるような料理で調子が上がるなんて、ありっこないでしょう」

サラはそう言って、憎々《にくにく》しげに真由を睨《にら》みつけてきた。

わざわざ言われなくたって、そんなことは真由もわかっている。お世辞《せじ》だと理解していても、褒められれば嬉しいものなのだ。素直に一言『おいしい』と言ってくれればいいのに――

あまりに頑《かたく》ななサラの態度に、真由は呆《あき》れてしまう。

その時、アベルが静かに口を開いた。

「そうだな。確かに真由の作る料理は田舎《いなか》料理だ。だが、俺にとっては懐《なつ》かしい味がする」

ミートローフを一口頬張り、ふわりと微笑んだアベル。美形の笑顔には、とんでもない破壊力があった。

「真由の料理は、俺の母の味に似ている。……君はきっといい奥さんになるな」

嬉しそうな声で呟《つぶや》くと、アベルは甘やかに真由を見つめてきた。

（ヒエェェ～ッ！）

真由は思いっきり顔を引きつらせる。

サラの方から冷気が漂《ただよ》ってきて、背中に寒気が走った。

「グッ！　……ゴホッ！　ゲホッゲホッゲホッ！」

喉《のど》に料理を詰まらせたのか、カロンが激しく咳《せ》き込みはじめる。

フローラも青ざめ、スプーンを落とした。

(いやぁぁぁっ！　怖すぎてサラの顔が見られないわ!!)

サラが怒っているのは確実だ。きっと般若《はんにゃ》のような顔になっているだろう。

「――どうした？　カロン、むせたのか？」

そんな中、アベルはのんびりとカロンの心配をした。

(……無自覚鈍感って怖い)

真由はプルプルと震えながら、しみじみとそう思うのだった。


翌朝、真由はいつも通り早起きをして朝食の準備をしていた。

(……無事に目が覚めてよかったわ)

昨晩のサラは、いつも以上に殺気をこめた目で真由を睨《にら》みつけてきて、ひょっとしたら寝首をかかれるかもと心配してしまった。

(いくらサラでも、さすがに殺したりはしないと思うけど)

それでも安心できなかったため、眠りは浅く、おかげで先ほどからあくびが止まらない。

スープを作りながら何度目かわからないあくびを漏らしていると、とげとげしい声が聞こえてきた。

「見張りもまともにできず、ぐうぐう眠っているはずなのに、大きなあくびね」

嫌味《いやみ》たっぷりなその言葉の主は、もちろんサラだ。

（誰のせいで眠れなかったと思っているのよ！）

真由は思わず顔をしかめてしまう。

魔獣の出没する果ての荒野で、野宿をする際に見張りを立てるのは、常識だ。

一応、魔獣除《よ》けの精霊石を設置してあるのだが、強い魔獣には効かないため、夜中に見張りの声で飛び起きていきなり戦闘――なんてこともあった。そのため勇者一行は、交替で見張りに立っている。

しかし戦闘力はもちろん、注意力や危機察知能力もない真由は、見張りのローテーションから外れていた。

（だからその代わりに、毎朝早起きして朝食を作っているじゃない！）

真由にも言い分はあるのだが、きっとサラはわかってくれないだろう。言うだけ無駄な抗議を、真由は心の中に押し込めた。

まだ起床には早い時間帯なので、今夜の見張り当番が彼女なのだろう。ほかの仲間が寝ているはずの男女別に張られた二つのテントを見ても、起きてくる気配はない。

またいろいろ文句を言われるのかと思いながら、真由は暗い気分で料理を続ける。

しかし意外なことに、サラは黙って真由の料理を見ているだけだった。それはそれで不気味だったが、絡んでほしいわけではないので、真由はこれ幸いと静かに朝食を作る。

材料をすべて切って鍋に入れ、あとは煮込《にこ》むだけとなった段階で、サラが話しかけてきた。

「それをそのまま火にかけて煮《に》れば、料理は完成なの？」

その通りなので、真由は頷《うなず》く。もちろん、ただ火にかけるだけではなく、火を止めるタイミングを見たり味を調《ととの》える必要があったりするが、細かな説明はいらないだろう。

「……そう。それだけ聞けば、もうあなたに用はないわ」

そう言うと、サラはニヤリと笑う。

「えっ⁉」

驚く真由の腕を、サラが右手でガシッと掴んだ。

彼女の左手には、黒くて丸い石が握られている。

「転移。一週間前」

小さな声でサラが呟《つぶや》いた途端に、真由の視界がぐにゃりと歪《ゆが》む。

貧血を起こしたみたいにクラッとして、気づけば二人っきりで荒野の真っただ中に立っていた。

「……ここは？」

「一週間前に私たちが通った場所よ。たぶんさっきの場所から、二百キロメートルくらいは離れているんじゃないかしら？」

真由の質問に、サラは楽しそうに答える。そして左手に握っていた黒い石を見せてきた。

「これは転移石。王家の秘宝よ。文字通り転移の力があって、今まで石が通ってきた場所ならば、好きなところに移動してくれるわ。万が一のことを考えて、お父さまが私にこっそり持たせてくれたの。……あなたのような者は二度とお目にかかれない貴重な石だから、よく見るといいわ」

饒舌《じょうぜつ》で機嫌のいいサラに、真由は恐怖を覚える。

それを察したのか、サラはますます上機嫌に笑った。

「あなたは邪魔なのよ。なんの力もないくせに、ヘラヘラとアベルのそばにいて。目障《めざわ》りだから消えてもらうことにしたの」

ニンマリと口角を上げて笑うサラ。しかし表情とは裏腹に、緑の目は憎《にく》しみでギラギラしている。

「……消えるって？」

驚く真由に、サラは勝ち誇った顔を向けた。

「筋書《すじが》きはこうよ。――今朝あなたと世間話をしていて、私はうっかり転移石の話をしてしまうの。丁度その時、物音が聞こえて、当然私はそれを見に行く。でも何もなくて、戻ってみたらあなたと転移石が消えていた……ってわけ。みんな、私の転移石を盗んで逃げたあなたを怒るでしょうけれど――大丈夫。盗まれた私にも責任はあるんだって、庇《かば》ってあげるわ」

得意満面に言われて、真由は呆気《あっけ》にとられる。

（何、その無理な設定？　まず、私とサラが世間話をするってところから、ありえないでしょう？）

ツッコミどころ満載の筋書《すじが》きだが、サラはまったく気にしていないようだ。彼女の頭の中には、何がなんでも真由を一行から追い出したいということしかないのだろう。身勝手なサラに対し、怒《いか》りが湧いてくる。

（私だって好きで仲間になったわけじゃないのに！　そんなに嫌なら、もっと早く追い出してほしかったわ。喜んで出て行ったわよ！）

腹立ちまぎれに叫びたくなったが、きっとサラに言っても通じないだろうと、心の中で叫ぶだけにとどめた。それより真由には、気にしなければならないことがある。

(――ここ、どこ？　一週間前ってことは、果ての荒野の中よね？)

真由たちが果ての荒野に入ったのは、二週間ほど前だ。一週間前ということは、アベルたちが野宿をしている場所と荒野の入り口の町との中間地点となる。

(さっきサラは二百キロって言っていたわ。どちらからも二百キロくらい離れているってこと？)

「……サラ。まさか……あなた、私をここに置き去りにする気なの？」

おそるおそるたずねれば、サラはクスクスと笑い出した。

「今頃気づいたの？　当然でしょう。アベルの目に留《と》まる女なんて、生かしておけないわ！　なんのために私がこんな不自由で面倒くさい旅に同行したと思っているのよ？　すべて、アベルに近づくあなたみたいな虫を排除するためよ。旅に出てよかったと、今ほど思ったことはないわ」

声高《こわだか》に叫ぶサラ。勇者一行の旅の目的としては明らかに間違えているが、今はそんなことを指摘している場合じゃない。

「私は戦えないのよ！　魔獣の出る場所に置き去りにされたら、絶対死んでしまうわ！」

たとえ魔獣が出なくとも、何もない荒野を飲まず食わずで二百キロも無事に旅できるはずもない。サラに置き去りにされた時点で、真由の死は確定したも同然だ。

真由が必死で訴《うった》える一方、サラはすがすがしげに笑う。

「そうね。それが目的だもの。心置きなく死んでちょうだい」

「サラ！」

「うるさいわね！　異世界から来たとはいえ、なんの身分も持たない平民風情《ふぜい》が、私を呼び捨てにしないでちょうだい！　呼ばれるたびに腹立たしかったけれど、これでやっと終わりね。あなたの顔を見ないで済むと思うとせいせいするわ」

サラには、真由を助けようという心などまったくなかった。

「ああ、いけない。早く帰って転移石を隠さなきゃ。あなたが持って逃げたものを私が持っているわけにはいかないものね」

そんなことを呟《つぶや》きながら、サラはグッと石を握りしめる。明らかに転移しようとしていた。

「ま、待って！　サラ！　行かないで!!」

慌てて真由が呼び止めるが、もう遅かった。

「サヨナラ、真由。もう二度と会うこともないでしょうけれどね」

最後にそう言って、サラはその場からグニャリと消える。

あとに残ったのは、本当に何もない荒野だ。

「嘘でしょうっ!!」

真由の叫びが無情に響いて――消えた。

枯れかけた低木以外何もない果ての荒野に、風が吹き抜ける。

乾いた土が風で巻き上がり、視界を茶色く染めた。

「ハハハ……本当に何もないわ」

真由は呆然と呟《つぶや》く。

「ああ。でも、こうしちゃいられないわ」

サラの行動に対して憤《いきどお》っているが、怒っていても事態は好転しない。

「ここにこのままいても魔獣に食べてくださいって言うようなものだし、早く移動して……できれば誰かに見つけてもらわなくちゃ」

人の通らぬ果ての荒野だが、実はまったくの無人ではないらしい。荒野の入り口にあった村では、比較的弱い野生の獣《けもの》を狩るために、荒野に入るのだと言っていた。とはいっても、あまり村からは離れないようにしているようだが。

真由はそこに、かすかな希望を見出す。

(目指すなら勇者一行を追いかけるんじゃなく、入り口の村の方よね。運がよければ、狩りで荒野に入っている人に会えるかもしれない)

右も左もわからぬ荒野だが、勇者一行は魔王のいるという西に進路をとっていた。ならば村は、正反対の東にあるはず。

ありがたいことに、この世界でも太陽は東から昇って西に沈む。

真由は、昇りはじめた太陽の方を向いた。入り口の村は、およそ二百キロ先だ。

その距離を考えれば、すべてを投げ出してうずくまりたくなるが、それではサラの思うつぼである。

(絶対このまま死んでなんかやらないんだから！)

決意も新たに、真由は歩き出そうとする。

しかし足を上げた瞬間、かすかな振動を感じ——ビクッと足を止めた。

周囲を見回すと、向かおうとした先、数百メートルのところで砂塵《さじん》が巻き上がっている。

「っ⁉　あれって……！」

嫌な予感がした。

この世界の魔獣は、神出鬼没《しんしゅつきぼつ》だ。音も立てずに忍《しの》び寄り、気づいた時には目の前にいる、ということがしばしばある。中でも一番やっかいなのは、サンドワームと呼ばれる巨大ミミズのような魔獣だった。サンドワームは地中を進み、なんの前兆もなく突如《とつじょ》地上に飛び出してくるのだ。

「この前遭遇した時……確かあんな風に砂塵《さじん》が舞い上がったわよね？」

真由の疑問に答えてくれる人はいない。

それに答えを待つまでもなく、うねうねとした細長い巨体が、轟音《ごうおん》と共に砂塵《さじん》の中から現れた。

「うわっ‼　本物なのっ⁉」

残念ながら、それは紛《まが》うかたなき本物のサンドワーム。

——前にサンドワームに対峙《たいじ》した時は、カロンとサラが注意を引いている隙に、アベルが剣で体を真っ二つに切り裂いた。仕上げに、フローラが聖なる炎で焼失させたのだ。

なんでもサンドワームは生命力が強く、ひとかけらでも残れば別個体として復活するらしい。しかもそのかけらごと新しい命になるそうで、真っ二つにして放置したりしたら、翌日には二体のサンドワームと戦う羽目《はめ》になるという。

そんな魔獣が、今、目の前にいた。

を向いていた。

「ムリムリムリ！　絶対敵《かな》わないわ!!」

火を見るより明らかな事実に、真由は怯《おび》える。

せめてサンドワームがこちらに気づいていなければ、隠れることができたかもしれない。

しかし、巨大なミミズの顔というか口というか――とにかく頭みたいなものが、しっかりこちら

しかも、サンドワームはみるみるうちに数百メートルの距離を縮めてくる。

真由はジリジリとその場から後退《あとずさ》ったが、その距離はわずかだ。

すぐに目の前に迫《せま》ったサンドワームが、大きく頭を縦に振る。

それは攻撃の合図。鋭《するど》い牙《きば》が並ぶ大きな口が、真由めがけて襲いかかってきた。

「イヤァァァァアッ!!　助けてぇぇぇっ！」

真由はとうとう悲鳴を上げる。体中から力が抜けてしまい、その場にへたり込んだ。

とっさに頭を抱え背中を丸めて、地面にうずくまる。

もうダメだと思ったその時――

『その言葉、待っていたわ！』

『オーケー。助けるよぉ～』

ものすごく元気な女の子の声と、なんだかのんびりした男の子の声が、その場に響いた。

グラグラと地面が揺れて、なぜか視界が薄暗くなる。

ドォ～ン！　という何かがぶつかる音と、ドサ～ッ！　という倒れる音がした。

地面が再び、グラグラと揺れる。

『今よ！　水をかけなさい！』

キリリとした女の子の声が響き、男の子の声がそれに答える。

『了解だよぉ～。……エイヤアッ！』

かけ声と同時に、バシャバシャバシャと大量の水が流れる音――そして、ギィエェェエ～！

というよくわからない音も響いた。

そしてもう一度、地面がグラグラグラと揺れて――徐々におさまっていく。

「……え？　えぇっと？」

真由はおそるおそる、顔を上げた。

いつの間にか真由の目の前には、超高層ビル並みに高い土の壁がそびえ立っている。

「へ？　……こ、これって？」

『もう大丈夫だよぉ～』

『もう、本当に世話が焼けるわね』

また声がしたと思ったら、水色の光が目の前でポンッ！　と散って、タツノオトシゴが現れた。

それから土の壁にボコッと穴が空《あ》き、そこからモグラがぴょこんと顔を出す。

「あ、あなたたちは！」

それは、この世界に来た日にオルレアから見せてもらった、水の精霊と土の精霊だった。

可愛らしく懐《なつ》かしい姿に、真由の心の緊張が解《ほど》けていく。

『危なかったねぇ～。でももう大丈夫だよ。あいつは水が嫌いだから。僕の水に驚いて逃げていったんだぁ』

タツノオトシゴは得意そうにエヘンと胸を張る。

『効果があったのはあんたの水じゃなく、あたしの土の壁の方でしょう？　弾《はじ》き飛ばされてベシャンってなったんだから』

モグラが負けじと言い返した。

どうやら真由は、この二体の精霊に助けてもらったようだ。サンドワームは土の壁に弾《はじ》かれた上に水をかけられ、逃げて行ったらしい。

精霊は基本戦いたがらないという話を聞いたが、積極的に攻撃しないだけで、防御のために力を振るうことはできるのだろう。

「あの……どうもありがとうございます」

真由はとりあえず頭を下げた。なぜここにあの時の精霊がいるのかわからないが、助けてもらったことだけは間違いない。

彼女のお礼の言葉を聞いた二体の精霊は、ピョンと真由の膝の上にのってきた。

『本当に、感謝しなさいよ。あなたったら、お人好《ひとよ》しにもほどがあるんだから。自分を無理やり連れて行ったあんな奴らの面倒を見てやって、あげく性悪女狐《めぎつね》に殺されかけるなんて、見ちゃいられなかったわよ！』

『ホントだよぉ～。それに、あんなスゴイ料理をタダでほいほい食べさせてやってぇ～。……僕も食べたかったなぁ～』

モグラはプンプン怒って、タツノオトシゴはものすごく残念そうにため息をつく。

「え？　あ、でも世話をしたのはなりゆきで……。それに、スゴイっていうほどの料理では……」

『そういう甘い態度が、ああいう人間をつけ上がらせるのよ！』

途端、モグラにピシリ！　と一喝《いっかつ》された。

タツノオトシゴも、モグラの言葉にうんうんと頷《うなず》く。

『その通りだよぉ～。それに真由の料理は本当にスゴイんだよぉ。――おいしい上に効果抜群な、回復料理なんだからぁ！』

タツノオトシゴはクルクル回ってそう叫ぶ。

「……回復料理？」

思わぬ言葉に、真由はポカンとする。

『そうよ！　あなたの料理は、食べれば体力を全回復させた上で、能力を十パーセント増しにする回復料理なのよ。それをあんな人間にホイホイご馳走《ちそう》してやって!!　もったいないったらないわ』

モグラは怒《いか》りがおさまらない様子で言うが、真由はとても信じられなかった。

「体力全回復？　能力十パーセント増し？」

(そんなバカな)

彼女がないないと首を横に振ると、タツノオトシゴは、ズン！　と目の前に迫《せま》ってきた。

『ホントだよぉ。真由の料理を食べた人は調子がいいって言っていたじゃないかぁ～！　聞いてなかったのぉ？』

そう言われれば、カロンたちがそんなことを言っていたような気がする。

「え？　え？　でもあれはお世辞《せじ》だし、もし本当にそうだったとしても、ちゃんとした食事を三食きちんと食べたから――」

『三食ちゃんと食べたからって、全員が全員、絶好調なんてあるわけないじゃない！』

「ええ？　でも――」

まだ混乱する真由の膝の上で、モグラがグフフと悪そうな笑い方をする。

『あなたを追い出して、あの勇者一行がどうなるか、楽しみね？　今までの十パーセント増しの能力を自分の実力だって勘違いしていたら……痛い目を見るかもしれないわよね？』

（え？　そんな……私の料理で能力十パーセント増しなんて、ないとは思うけど……もし本当だったらたいへんだわ！）

モグラの言葉を聞いたとたん、真由は表情を曇《くも》らせた。

そんな彼女の様子を見て、モグラは呆《あき》れたようにため息をつく。

『何を心配そうにしているのよ？　あなたは、ついさっき殺されかけたのよ？』

『そうだよぉ〜。あの女も最悪だったけどぉ、ほかの奴らも真由への態度について注意しなかったんだから、同罪なんだよぉ』

精霊たちの言う通りだ。真由は聖人君子ではない。自分を殺そうとしたサラが憎《にく》いし、サラの言動を黙認した勇者一行も許しがたい。

でもそれと、自分が原因で誰かがたいへんな目に遭《あ》うことは、別だった。

「私は……できればサラにもほかのみんなにも、直接文句を言いたいわ。そのうえでサラを、十発くらいぶん殴ってやりたい！　そのためにも、魔獣なんかにやられてほしくないのよ！」

言い訳じみた真由の言葉を聞いた二体の精霊は、顔を見合わせてため息をつく。

『やっぱりお人好《ひとよ》しだねぇ』

『オルレアが心配するわけだわ』

お人好《ひとよ》しなんかじゃないが、それより真由はオルレアという名前にびっくりする。

「オルレア？」

『そうだよぉ。僕らはオルレアに頼まれて、ずっと君を見ていたんだぁ』

『そうじゃなきゃ、こんなにタイミングよく助けたりできないわよ』

真由はますます驚いた。別れ際に唇を噛《か》んでうつむいていた銀髪の魔法使いを思い出し、無意識に髪留めに手を伸ばす。

『そうそう！　その髪留めの石に、僕らは宿《やど》っていたんだよぉ』

ピョンと飛び上がったタツノオトシゴが、真由の手に触れた。

『気配を隠してただの石に宿《やど》るのは、たいへんだったわ。帰ったらオルレアから特別報酬《ほうしゅう》をもらわなくちゃね』

オルレアがくれた髪留めには、石が二個ついている。水色とピンクの石だ。二体の精霊はそこに隠れていたらしい。そういえば、髪留めには守護の魔法がかかっていると、彼は言っていた。

（守護の魔法って、精霊そのもののことだったの？）

「え？　えっと、……じゃあ、最初からずっと私を見ていたの？」

オルレアと別れてからも、真由は毎日髪留めをつけていた。石に宿《やど》っていたのなら、真由の行動は丸見えだっただろう。

二体の精霊は、大きくコクリと頷《うなず》いた。

真由は呆然としてしまう。

「ええっ！　――それならどうして、もっと早く助けてくれなかったの!?」

『あら、だってあなた、「助けて」って言わなかったじゃない』

モグラはしれっとして言った。

『オルレアには、「真由が助けを求めたら助けてやってほしい」って頼まれていたんだよぉ。「助けて」って言わないのに助けたら、契約違反なんだよぉ。僕たち精霊は力が強いからぁ、いろいろ制約が必要なんだってぇ』

タツノオトシゴが一生懸命、理由を説明してくれる。

その話を聞いて、真由は脱力した。

「二人がそばにいてくれたのなら、もっと素直に助けを求めるんだったわ」

後悔先に立たず。自立心が強い真由は、時々しなくてもいい苦労をしてしまうことがあるのだが、今回もそのパターンだったようだ。

『まあ、最終的に助かったんだからいいじゃない。さっきオルレアに連絡したから、そのうち迎えにくるでしょうし』

『オルレアはぁ、心配して果ての荒野の入り口あたりまで来ているんだよぉ。精霊の力を借りればかなり早く移動できるしぃ、今日中には会えるんじゃないかなぁ？』

それはかなり嬉しい知らせだった。何せ真由は身一つで放り出されたのだ。水の精霊であるタツノオトシゴがいるから飲み水には困らないだろうが、食べるものは何もない。最悪、水だけで一週間も歩かなければいけないと覚悟していた。

「オルレアさんって、すごくイイ人なんですね」

真由を心配して精霊の守護をつけた髪留めをくれただけでもありがたいのに、心配して追いかけてきてくれただなんて、感謝してもしきれない。

『そうね。変わり者だけど、人間にしてはまともな方よね』

『引きこもりでぇ、ものすごく面倒くさがりなんだけどぉ、面倒見がいいんだよぉ』

――精霊たちからの評価は、ちょっと微妙だった。

(面倒くさがりなのに面倒見がいいって――何？)

真由は頭の中にハテナマークを浮かべる。

何はともあれ、真由は九死に一生を得た。絶望的な状況から助かったのだ。これ以上ない結果だろう。

この日の夕方、果ての荒野の地平線に現れたフード付きマントを着た魔法使いの姿に、真由は心の底から安堵《あんど》したのだった。

◇◇◇

真由が二体の精霊と感動的な再会を果たしていた頃、カロンは苦々しい思いで、饒舌《じょうぜつ》なサラを見ていた。

（まさか、陛下が姫さまに転移石を渡していたなんてな）

国王にとってサラは、年をとってから生まれた末の姫。そのせいか、彼女をことのほか溺愛していた。今回、姫が勇者一行に同行することも、過剰なほど心配していたのだ。

そのせいで、カロンは『命に代えても姫を守れ』と国王直々《じきじき》に命令された。

（俺が命に代えても守らなきゃならないのは、勇者だろうに）

それにしても、まさか護衛の自分にも内緒でサラに転移石を持たせていたとは思わなかった。

（所詮、俺も使い捨ての駒《こま》というわけか）

誰にも知らせずに転移石を渡すということは、もしもの時には、サラ一人だけで逃げろということだ。転移石を持った者は、触れている相手を一緒に転移させることができる。つまり、誰と逃げるのか、自分一人で逃げるのか、すべてはサラしだいとなる。

愛する我《わ》が子のためにできうる限りのことをするのは、親として正しいことかもしれないが――

一国の王の判断としては、最低だ。

（陛下が転移石を渡すとすれば、その相手は、この世界で唯一魔王を倒せる勇者アベルであるべき

ならない)

アベルだ。その際、自分が生き延びるために誰を同行者に選ぶのかも、アベルに選択権がなければならないのは

もいる。……撤退しなければならないほどの危機に陥《おちい》った時、真っ先に逃げなければならないのは

だ。フローラは召喚された聖女じゃないし、俺たちが死んだとしても代わりになる人間はいくらで

そんなことは、誰が考えてもわかることだった。切り捨てられる立場のカロンでさえ、納得できる。それなのに我《わ》が子を溺愛している国王は、転移石を愛娘《まなむすめ》に渡した。

(しかも娘は、絶対隠さなければならないその事実を、平気でばらしているしな)

サラは声高《こわだか》に真由に転移石を盗まれたと主張しているが、もはやカロンは侮蔑《ぶべつ》を隠せない。

(何が『盗まれて逃げられた』だ。真由は精霊石を使えないんだぞ。転移石も精霊石の一種だということを、この女は知らないのか？　しかも昨日まであれほど敵意をむき出しにしておいて、『うっかり気を許して転移石の話をしてしまった』など、いったい誰が信じる？)

呆《あき》れて声も出ないとは、まさにこのことだった。同時に自分の犯《おか》した失態にも歯噛《はが》みする。

(いくらサラが真由を気に入っていないとはいえ、まさかこんな暴挙に出るとは思いもしなかった。……俺がもっと気をつけてやっていればよかったのに)

おそらくサラは、転移石で真由をどこかに置き去りにしたのだろう。

そんなことをしたきっかけは、昨日の『君はきっといい奥さんになる』というアベルの一言。

彼を愛するサラには、許せないものだったに違いない。

(嫉妬《しっと》深いにもほどがあるだろう！　いったいどこに真由を置いてきたんだ？　……せめて人里に

近くて、誰かに助けてもらえる場所であればいいが――）

真由はなんの力も持たない異世界人。この世界で生き延びる術《すべ》も知らず、当然知り合いもいない。

（……まさか果ての荒野のどこかに置いてきたなんてことはないよな？）

それは、殺人と同じこと。いくらワガママ姫でも、そんなことはしないと信じたい。

同じ心配をしているのか、アベルは怖いほどの無表情だった。

サラの愚《ぐ》にもつかない説明が終わるのを待ち、彼は冷たい視線を向ける。

「……真由は安全な場所にいるのだろうな？」

アベルに問われ、サラは表情をサッと変える。

「そんなこと！　私にわかるはずな――」

怒鳴《どな》ろうとしたが、剣呑《けんのん》な表情を浮かべるアベルに気づき、口をつぐんだ。そしてゴクリと唾《つば》を呑みこみ、また口を開く。

「――た、たぶん大丈夫よ……たぶんね」

サラの声は、情けなく震えていた。

とてつもなく不安を煽《あお》られるが、これ以上はどうしようもない。

いくら替えがきくとはいえ、サラは優秀な弓使い《アーチャー》で、今はまだ危険な旅の真っ最中。勇者を守る仲間を、失うわけにはいかない。

「……ならばいい。……今はな」

カロンと同じように考えたのだろう、アベルはサラへの追及をやめた。そして視線を逸《そ》らし、火にかかったままの鍋の方へ足を向ける。

「朝食をとるぞ。――真由は律儀に五人分の食事を用意してくれていたようだ」

いつもと同じ量のスープが入った鍋に、全員の視線が集中した。

「そ、それは！　私が真由に転移石の話をしたのが、朝食の準備が終わったあとだったから――」

サラが必死に言い訳をはじめるが、耳を貸す者は誰もいなかった。

それぞれ無言でスープをよそり、食べはじめる。

「……いつもよりおいしくない」

ポツンと呟《つぶや》かれたフローラの言葉は、カロンの気持ちを代弁していた。

第三章　振り出しに戻ったので宿屋に温泉を作りました

果ての荒野でオルレアと合流した真由は、彼と精霊たちに助けられながら村へ向かうことになった。

荒野には魔獣が結構な頻度で出没し、真由はそのたびに彼らに守ってもらった。そのうえ、食事や寝る場所の手配もすべて、オルレアがしてくれる。

魔法も使えず異世界の常識も知らない真由は何もできず、感謝しかない。

「ありがとうございます。髪留めのことも含めて、オルレアさんがいなかったら、私は今頃、間違いなく死んでいました」

真由がお礼を言うと、オルレアは気まずそうに視線を逸《そ》らす。

「君のためじゃない。本当は髪留めを渡すだけでいいと思っていたし、ここまで来るつもりじゃなかった。精霊に呼ばれたから、仕方なくやっているんだ」

髪留めを渡して自分の役目は終わったと気をゆるめていたオルレアに、精霊たちから連絡が入ったのは、勇者一行が旅立って間《ま》もなくのことだったそうだ。

『ちょっとオルレア、ダメよ、あの娘。勇者にかなり無茶振りされて能力を引き出す特訓だかをさせられているのに、全然「助けて」って言わないわ！』

『もう、見ていられないよぉ。かわいそうだよぉ〜』

モグラはプンプン怒り、タツノオトシゴは泣きながら、『このままじゃ助けるに助けられないからすぐに来て！』と訴《うった》えたという。

「一次精霊魔法の使い手にとって、精霊の訴《うった》えは命令と同じだからな。……俺たちが魔法を使うためには、何より精霊からの好意と信頼が必要なんだ」

精霊は種族によって、様々な性質を持っているそうだ。しかし種族の違いにかかわらず、彼らの多くは争《あらそ》いごとを好《この》まず、温厚で優しい性格をしている。だからこそ攻撃魔法を嫌い、戦いに力を貸してくれないらしいのだが——そんな彼らは、当然のことのように力を貸す人間にも優しさを求める。

「好戦的だったり独善的だったりする人間は、どんなに精霊に尽くしても絶対に力を貸してもらえない。精霊からの好意は、金や物では得られないものなんだ」

しかも一度力を貸してもらえたと慢心していると、あっという間に愛想を尽かされる。中には、ある日突然、精霊から『二度と力は貸さない』と一方的に通告された者もいるのだとか。

「そういう人間は、『何もしなかった』から愛想を尽かされるんだ。一次精霊魔法使いは、日々自分の行動を振り返り、精霊に嫌われないように行動する必要がある。俺が君を助けたのも、そのためだ。だから俺に感謝する必要はない」

オルレアの親切な行動の裏に、そんな打算的な考えがあったのか。

（精霊の方は、それでいいの？　……まあ、結果的には同じなんでしょうけれど）

真由は少しがっかりしてしまう。でも同時に納得もしたし、ホッとした。

純粋な善意だけで助けてもらうというのも、なかなか落ち着かないものだ。

それに、たとえ完全な善意による行動でなくても、真由がオルレアに助けられたのは間違いない。

「それでいいです。あんまりオルレアさんがいい人すぎると、どう付き合えばいいのかわからなくなりそうですから」

真由が正直に言うと、オルレアは呆《あき》れた顔をした。

「お人好《ひとよ》しだな……。まあしかし……そう言ってくれると俺も助かる。あんまりいい人だと思われたら、どう行動していいかわからなくなりそうだから」

本音を言い合った二人は、顔を見合わせて苦笑を浮かべる。

それから旅の間に、ポツリポツリと互いのことを話した。

オルレアは二十八歳で、真由がこの世界に現れた一年半くらい前に、村に移住してきたという。

「元々村に住んでいたわけではないんですか？」

「ああ。村人にしてみれば、俺は余所者《よそもの》さ。面倒くさいから、村の集会には一度も出たことがないしな。人付き合いが苦手なんだ」

そういえば、水の精霊がオルレアを面倒くさがりと評していた。

長身でよく見たら整った顔をしているオルレアだが、彼の服は『怪《あや》しい魔法使い』というイメージそのものと言っていい、フード付きの長いマントだ。

（余所者《よそもの》だってだけじゃなく、不審人物だと思われていそうよね？　……なんだか残念な人）

要するに、オルレアは日本でいうところの引きこもりなのだろう。

一次精霊魔法の使い手だが、実践《じっせん》ではなく研究に重点を置き、日がな一日家にこもって研究。その成果を王都の魔法研究所に送ることで、日々の糧《かて》を得ているという。

「学者みたいなもの？」

「まあ、そうかな。俺のことより君は？　村に帰ってから、君はどう暮らしていくつもりなんだ？」

オルレアにたずねられ、真由は少し考えこむ。

「できれば、最初にワラビさんから提案されたように、彼女の宿で働きたいんですけど」

「ああ。それはいいな。ワラビは人使いが荒いが、面倒見もいい。真面目に働けば、きっと悪いようにはしないだろう」

オルレアは全面的に賛成してくれた。

「私、勇者一行から追い出されたんですけど……大丈夫でしょうか？」

真由としては、追い出されたこと自体はサラの暴挙だと思っている。しかし、勇者一行と旅立った真由が一人で戻ってくれば、世間がどう思うかはわからない。

「そんなことを、あのワラビが気にするもんか。心配無用だ」

オルレアはそう言ってくれるが、真由の懸念《けねん》はなくならなかった。

「大丈夫だ。ワラビは村で唯一俺と普通に接してくる人間なんだぞ。偏見は持たないよ」

怪《あや》しい見た目の魔法使いから出た自虐《じぎゃく》的な言葉に、真由は思わず笑ってしまう。

「わかりました。私、頑張ってワラビさんに頼んでみますね！」

真由は、決意も新たに村に向かったのだった。

そして、真由が勇者一行に追放されてから二ヶ月。無事村に帰ってきた真由は、ワラビの宿で働いている。

オルレアの言葉通り、ワラビは快く真由を雇ってくれたのだ。しかもサラの暴挙に対して一緒に怒ってくれた。

「なんだいその女は⁉　とんでもなく最低だね。勇者さまも、そんな女を仲間にするなんて、見る目がないにもほどがあるよ！　――ああ、もう姫さまのことは忘れちまいな。あんたの面倒はあたしが見る。少ないけれど、ちゃんと賃金も払うからね」

鼻息荒く怒るワラビに、真由の心は慰《なぐさ》められる。

「ありがとうございます。私、一生懸命働きます！」

住処《すみか》と働き口を得て、真由は心底ホッとした。

それに、村に帰って確かめたら、真由が現れた場所には、依然コポコポとお湯が湧き上がっている。尽きることなく溢《あふ》れるお湯は、真由に希望を与えてくれた。

(このお湯が日本とつながっている可能性は、もうないって言われたけれど、ひょっとしたらまた何かの拍子につながるかもしれないもの。私、その時にはこの場所にいたいわ。――そうしたら、日本に帰れるかもしれない！)

ワラビやオルレアはとてもいい人だ。異世界からその身一つで来た真由を思いやり、真摯《しんし》に面倒を見てくれる。

それでも真由は、サラに殺されかけたことを忘れられなかった。無理やりアベルに連れていかれたこともあり、トリップした直後よりも日本に帰りたいという気持ちは強い。

そして、今のところ日本とのつながりは、この温泉にしかないのだ。温泉のそばで働く場所と住む場所を得られるのは、真由にとって願ってもないことだった。

そんな風に宿屋で働きはじめた真由だが、最近ようやく仕事の手順もわかり、気を抜けるようになってきた。

（ワラビさんったら、人使いが荒いんだから）

朝早く宿の玄関先を掃《は》きながら、真由は大きなあくびをしてしまう。

人のよさそうなおばさんに見えたワラビだが、やはり宿屋の経営者。真由の境遇に同情するのと仕事は別物なのだそうで、毎日しっかり働かされている。

（まあ、その方が私も気が楽でいいけれど）

きちんと働いた報酬《ほうしゅう》だと思えば、食事もおいしく食べられるし、買ってもらった衣服にも気兼ねなく袖《そで》を通せる。与えてもらった部屋のベッドでも、大の字で眠れた。

（元々体を動かすのは嫌いじゃないから、肉体労働も苦じゃないし。何よりあの勇者一行の下働きより、よっぽどましだわ！）

『無能だ』『役立たずだ』などと言われながら、勇者一行のために働いていたあの日々は、精神的につらかった。

それに比べれば、宿屋の仕事は天国のようだとさえ思う。

(旅の途中じゃわからなかったけれど、この世界は意外と生活水準も高いのよね)

魔法で井戸を掘ろうとした話を聞いていたので、生活水準は低いのだろうと心配したのだが、ここでの暮らしは思っていたより悪くない。

この世界では精霊石が普及していて、そのエネルギー源は精霊の力。各家には精霊の力を魔法でためた魔力タンクが備わっており、それが動力になっている。コンロの火も照明もスイッチ一つでつくし、井戸から水道が引かれていた。シャワーもあるし、トイレは水洗だ。

(さすがに自動車やパソコンみたいな機械製品はないけれど、少なくとも、普通に生活するのに不満はないわ。……たった一つのことを除いてだけど)

真由は、こっそりため息をつく。

たった一つの不満——それは、ワラビの宿屋に温泉がないことだった。

(そりゃあ、宿屋だからって温泉があるとは限らないけれど——でも、すぐそばであんなに温泉が湧いているのに、入れないなんて!)

コポコポと湧き出ては周囲のひび割れに流れ落ちるお湯を思い出し、真由はもったいなくて仕方なくなる。

(私だったら、絶対すぐにお湯を引いて、宿に浴場を作るわ！　その場に露天風呂を作ってもいいわよね)

しかし、ワラビにそんな気は少しもない。

それもそのはず、このあたりでは、なんと温泉に入浴する習慣が存在しないというのだ。

『地下から湧き出てくるお湯は、薬として呑むものだろう？』

ワラビは至極真面目な顔でそう聞いてきた。いわゆる飲泉である。

（そりゃあ、温泉は呑んでも浸《つ》かっても体にいい、万能なお湯だけど）

源泉がすぐそばにあるのに入浴できないジレンマに、真由はイライラしてしまう。

とはいえ、日々の生活で手一杯な今の真由に、一から温泉を作ることなどできるはずもなかった。

悶々《もんもん》としながら掃除をしていると――

「真由！　真由、掃除は終わったのかい？　朝食の準備を手伝っておくれよ！」

宿の中からワラビの声が聞こえた。本当に遠慮なく人を使う女将《おかみ》である。

「は～い！」

真由は一旦考えるのをやめ、大きな声で返事をすると、急いで厨房《ちゅうぼう》へ向かったのだった。


ワラビの宿屋は、宿泊施設であると同時に食事処《しょくじどころ》でもある。

実はこの村はかなりの田舎《いなか》にあって、宿泊客はそれほど訪れないのだ。

収入のメインは、朝昼晩の飲食代金――の代わりに渡される食材。客は小麦粉や野菜、卵などを持ってきて、その代わりに食事をしていく。食事時ともなれば、宿屋はそんな村人で賑《にぎ》わうのだ。

（なんていうか、食材持ち寄りの共同食堂って感じよね？　この世界の人って、あまり家庭で料理をしないのかしら？）

自分が食べる量よりちょっと多めの食材を渡すだけで食事を作ってもらえるとしたら、そこを利用する人は多いものなのかもしれない。おかげで宿屋は現金収入が少ないが、ワラビや真由が食いっぱぐれる心配だけは決してなかった。

朝から働きづめの真由の朝食は、客がみんな帰ったあとだ。

「本当に真由が来てくれて大助かりだよ。村のみんなも、あんたが考えてくれた〝モーニングセット〟に大喜びだし」

ワラビは嬉しそうに言って、自分のパンの上に〝温泉卵〟をのせる。薄く切って軽くトーストした黒パンの上に、温泉卵の白と黄色がトロリ広がった。見た目も美しく栄養価も高い、素敵な朝食である。

ワラビはそこに軽く塩コショウをし、さらに粉チーズをたっぷりかけた。そしてパクリとかじりついて、幸せそうに頬をゆるめる。

「う〜ん！　最高だね。このふわとろ感がたまらないよ。卵を温泉に浸《つ》けるだけでこんな絶妙な食感のゆで卵になるなんて、思いもしなかった」

感嘆しながらパクパクとあっという間に食べきってしまった。

「喜んでもらえて何よりです」

そう言って笑った真由の皿には、採《と》れたてレタスのサラダが大盛りになっている。そこに、残ったパンで作った大きめのクルトンとチーズ、温泉卵をかければ、立派な朝食の完成だ。くずした温泉卵の絡まるクルトンが、シャキシャキのレタスの食感とマッチした絶妙な一品である。

（やっぱり温泉卵は最高だわ！　作ってみてよかった）

オープンサンドに季節の野菜のサラダとスープ、そして温泉卵をつけたモーニングセットは、ワラビが言ったとおり、真由が考案したものだ。現在、宿屋の大人気メニューになっている。

元々宿屋では、朝昼晩いつでもお客さんが好きなものを注文できた。しかし『朝の忙しい時間に様々な料理を注文されるのはたいへんでは』と思った真由が、朝の特別メニューと題してモーニングセットを提案したのだ。朝のメニューはこれだけと決めれば、調理の負担が減る。

あとは、温泉と卵があるなら、温泉卵を作るのは必然だ！　という温泉好きの考えによるものだ。

『本当ね。この温泉卵ってやつ、悪くないわ』

真由の隣には、温泉卵をトーストで挟んだサンドイッチにかぶりつくモグラ――土の精霊がいた。そのまた隣では、温泉卵を落とした冷製スープに、タツノオトシゴ――水の精霊が無言で頭を突っ込んでいる。

ちなみに温泉卵はモーニングセットに一つついていて、その使い方はお客さんの自由。それぞれ好きな食べ方を楽しめるというものになっている。

「〝モグリン〟、〝タッちゃん〟。食べるのはかまわないけれど、きちんと代金分の魔力を、魔力タンクに入れてよ？」

『当たり前よ。あたしが無銭飲食なんてするはずがないでしょう！』

真由が念押しすると、モグラのモグリンが憤慨《ふんがい》して怒りだす。

タツノオトシゴのタッちゃんは、尻尾を丸めたり伸ばしたりしていた。なんらかのボディランゲージのようだが……たぶん『わかった』と言っているのだろう。

絶体絶命のピンチから真由を救ってくれた二体の精霊は、そのあともちょくちょく彼女の前に現れていた。

精霊というのは、普段はこの世界における人間が住む地域——人間界ではなく、精霊が住む精霊界にいるものだという。ちなみにほかにも、エルフや妖精などの種族や、それぞれの住む地域もあるそうだ。

それはさておき、精霊が呼んでもいないのに人間の前に姿を現すのは、滅多《めった》にないことらしく、オルレアは驚いていた。なぜだか二体の精霊は、真由を気に入ってくれたようだ。

（ひょっとしたら、回復効果があるって言っていた私の料理目当てかもしれないけれど……。ううん、さすがに精霊が食事につられて人間界に入り浸るわけないわよね？）

真由は疑惑を心の中で否定する。彼女の料理に回復効果があるなんて、本当かどうかもわからないのに、他人に話すのは憚《はばか》られた。

なんにせよ、二体ともとても可愛らしいので、真由の前に現れること自体は問題ない。

名前はないというので、真由は先日、二体に命名した。モグラが『モグリン』、タツノオトシゴは『タッちゃん』だ。

その話をオルレアに伝えたら『精霊に名付けを!?　——しかも、そんな安直な名前を……』と、何やら失礼なことを言って絶句していたが、当然無視してやった。

安直な名前だろうがなんだろうが、本人たちが喜んでいるのだからかまわないはずだ。

――そのオルレアだが、今朝は食堂に姿を見せていない。

(きっと研究に打ち込みすぎて寝食を忘れているのよね。本当に研究バカだわ。体調を崩したら、どうするつもりなのかしら)

旅すがら聞いてはいたのだが、オルレアは正真正銘《しょうしんしょうめい》の引きこもりだった。村に帰ってから見かけるのは食事のために宿屋を訪れる時だけで、その食事すら時々忘れてしまうのである。

呆《あき》れながらも心配になった真由だが、考えても仕方ない。隣の精霊たちに視線を移すと、おいしそうに朝食を食べる姿に心が癒《い》やされる。

ワラビも可愛い精霊が気に入っているのか、目を細めてモグリンとタッちゃんを見ていた。

ほんわか和《なご》やかな空気が、朝の食堂に満ちている。

「……そういえば、今日のお客さん、いつもより少なくなかったですか?」

機嫌のよさそうなワラビの様子を見て、真由は微妙な話題を向けた。

実は、お客が少ないのは今日だけではない。この村に来た頃に比べて、お客さんが徐々に減っているようである。気になっていた真由は質問のタイミングを計っていたのだ。

ワラビはたちまち真顔になった。眉間に深いしわを刻む。

急な変化にちょっとビビった真由だが、ここで引いては懸念《けねん》を払うことができない。意を決して言葉を続ける。

「モーニングセットに飽《あ》きられたんでしょうか? 私、もう少し変わったメニューを考えてみた方がいいですか?」

おそるおそる提案すると、ワラビは大きなため息をついた。

「その必要はないよ。さっきも言っただろう。村のみんなはあんたのメニューを気に入っている。お客が減ったのはメニューのせいじゃないのさ。この村全体の人口が減っているんだ。仕方のないことなんだよ」

「人口が？」

「ああ。この村には働き口がないからね。若い者がどんどん大きな町に出ていってしまうのさ。ここ一ヶ月だけでも、十数人は町へ出た気がするね。もう何年も前から、村は寂《さび》れるばかりなんだ」

ワラビの声は苦々しい。

つまり、地方の過疎《かそ》化である。日本で問題になっていた現象が、異世界でも同じように起きていた。

（そういえば、お客さんはお年寄りが多くて、若い人は元々少なかったわ。そのうえ、最近姿を見ない若い人が何人か出てきたから、お客さんが減っているのね。過疎《かそ》化……過疎《かそ》化かぁ）

過疎《かそ》化の対策は難しい。働き盛りの人口の流出が原因で、地方の企業や商業施設が立ち行かなくなる。その結果、働き口がなくなってさらに人口が流出する――という負の悪循環を、日本でもよく見た。

どれほど暮らしやすい環境だとしても、仕事がなくては人が定住しない。稼《かせ》ぎがないと、暮らしていけないのだから。

（必要なのは働き口なのよね。大企業を誘致しても、その企業が撤退したら元《もと》の木阿弥《もくあみ》だし。地元に根付いた働き口を増やすのが一番なんだけど――）

真由は考え込む。やがて――ハッ！　と思いついた。

「温泉！　温泉旅館です！　ワラビさん、温泉旅館をやりましょう！」

勢いよくそう叫ぶと、ワラビはうろんな目を向けてきた。

「またその話かい？　真由がいた世界がどうだか知らないけれど、この辺じゃ、温泉に入るなんてしないいんだよ。しかも、知らない複数の人間と一緒にお風呂に入るんだろう？　そんな恥ずかしいことできないし、流行《はや》るとはとても思えないね」

今まで一度も温泉に入ったことのない人間の反応として、これはごく当たり前のものだ。

真由だって立場が逆だとしたら、きっと同じことを言っただろう。いくら同性同士でも、裸を見られるのは恥ずかしいものだ。しかし、その壁を越えられることも、また温泉の魅力《みりょく》だった。

「わかりました。いきなり裸でお風呂に入るのは無理ですよね。だったら、水着を着て入ることにしましょう！」

日本以外の国には、水着を着て温泉に入る国も多い。

「水着？」

「泳ぐ時に着る服ですよ。このあたりの人だって夏に水浴びくらいはするでしょう？」

この世界にも四季がある。真由が来たのは夏のはじめで、これから冬になるそうだ。

（冬場に温泉なんて……最高よね！　雪はあまり降らないって聞いたけど、雪を見ながら露天風呂に入ることもできるかも!!）

真由の頭の中に、日本の北国で温泉めぐりをした思い出がよみがえる。もっこり積もった白い雪に囲まれ、凍えるような冷気の中で、肩まで浸《つ》かったお湯の温かさは、最高だった。

(雪見酒もいいわ！　ああ、あの至福をもう一度味わいたい！)

一人盛り上がる真由とは反対に、ワラビは怪訝《けげん》そうな顔になる。

「服を着てお湯に入るのかい？　ビショビショに濡れるのに？　いったいなんのために？」

「ただのお湯じゃありません！　温泉です！　効能バッチリ、入ればたちどころに心が癒《い》やされて、しかも体の悪いところに効くという素晴らしいものなんですよ！　……あそこに湧き出ているお湯が私の入っていた温泉と同じものならば、鎮静効果に優れ、筋肉痛やリウマチ、打撲《だぼく》、動脈硬化、便秘などにもいいはずなんです！」

ペラペラペラと立て板に水のごとく真由は喋《しゃべ》った。

さすがのワラビも圧倒され「へ、へぇ～」と、目を丸くする。

『その温泉って面白いものなの？』

可愛らしい質問をしたのは、土の精霊モグリン。温泉卵のサンドイッチを食べ終わったらしく、ペロペロと爪を舐《な》めている。

「もちろん！　温泉は最高の娯楽施設よ!!」

『ふぅ～ん』

モグラの小さな目が、ジッと真由を見つめる。

『だったら、温泉を作るのを手伝ってあげてもいいわよ』

「え？」

『あたしを誰だと思っているの？　土の精霊モグリンよ。土を掘るのはお手のもの。真由が言う「露天風呂」とかいうお湯をためる穴くらい、あっという間に掘ってあげるわ！』

モグラは、偉そうに胸を張った。

『……だったら穴に入れるお湯は、僕が導いてあげるよ。僕は水の精霊タッちゃんだからね。お湯を操《あやつ》るのは得意だよぉ』

続いて真由の目の前に、タツノオトシゴがフヨフヨと浮かぶ。先ほどタッちゃんが頭を突っ込んでいたお皿は空《から》っぽになっていて、ただでさえポッコリしているお腹はいつもより膨《ふく》らんでいる。

「本当に？」

『精霊に二言はないわ。ドンと任せておきなさい』

やっぱり偉そうなモグリンだった。タッちゃんもコクコクと勢いよく頷《うなず》いている。

「精霊が自《みずか》ら進んで手伝いを申し出るなんて……」

ワラビが驚いたように目を見開いた。

『あ、でもあたしたちだけじゃ力の加減がわからないから、暴走しないようにオルレアも呼んでね』

モグリンの言葉に、タッちゃんが同意してまた頷《うなず》く。

本来魔法は、精霊の力を借りた魔法使いが使うもの。精霊が人間界で自分の意志だけで力を振るうのは、とても難しいことなのだそうだ。

『人間界って、本当に作りが脆《もろ》いのだもの。うっかりして村ごと地中に埋めちゃったりしたら、真由も困るでしょう？　だからいろいろ制約があるのよ』

そんなことになったら、間違いなく困る。真由の顔からザッと血の気が引く。

「わ、わかったわ。オルレアさんに協力をお願いするわ！」

「あの面倒くさがりが、うんと言うかねぇ？」

ワラビは疑わしそうだが、ここはやるしかないだろう。

「オルレアさんは私が説得します！　その代わり彼が『うん』と言ったら、ワラビさんも温泉を作る許可をください！　精霊が手伝ってくれるなら費用は安く済むはずです。もし温泉が人気になったら、村おこしにもなります。村に活気が戻って宿屋が流行《はや》れば、ワラビさんも嬉しいでしょう？　お願いします！」

真由は椅子から立ち上がると、一生懸命頭を下げた。

ワラビは考え込み――やがて「仕方ないねぇ」と笑う。

「やるだけやってみるかい。元々流行《はや》っていない宿屋なんだ。失敗しても同じことだし」

「わぁ！　ありがとうございます！」

真由は小躍《こおど》りして喜んだ。これで念願の温泉を作ることができる。

「モグリンもタッちゃんもありがとう！」

小さな精霊たちを揃ってギュッと抱きしめた。

『その代わり、温泉を作っている間は、毎日おいしい料理を食べさせるのよ』

『あ、僕、この前食べた温泉卵のパスタがいいな』

どうやら精霊たちが進んで手伝いを申し出てくれたのは、真由の料理が食べたいかららしい。

(何が目当てでもかまわないわ！　また温泉に入れるんだもの！)

「もちろんよ！　みんなで頑張って温泉を作りましょうね!!」

精霊二体を抱え、その場でクルクル回る真由。

ワラビは苦笑して、彼女の様子を見つめていた。


しかし、ことはそう簡単に進まなかった。

すっかり温泉を作る気でいた真由の前に、高い壁が立ちはだかったのだ。

そんな素っ気ない言葉を返したのは、オルレアだ。

「――断る。帰れ」

直談判のために彼の家を訪ねた真由だったが、玄関先ですげなく追い返されそうになる。彼女は慌てて食い下がった。

「どうしてですか？　温泉の効能は話した通りです。温泉旅館が有名になれば、この村を訪れるお客さんも増えます。その結果、いろんなところで雇用が増えて、村の活性化につながると思うんです！　そりゃあ確実に成功する保証はありませんけれど……でも、このまま何もしなければ、村は寂《さび》れるばかりだわ。挑戦してみてもいいでしょう!?」

別にオルレアには、一緒に責任を取ってくれと言っているわけではない。ただ、精霊たちがやりすぎないように、魔法をコントロールしてほしいと頼んでいるだけなのだ。これは精霊の意に添うことだから、一次精霊魔法の使い手であるオルレアにとっても、悪い話ではないはず。

どうして断られるのか、真由にはさっぱりわからない。

「……面倒くさい」

オルレアは、本当に面倒くさそうに言った。

真由はカチン！　ときてしまう。

「少しは外で働きなさいよ！　この研究バカ！」

思わず怒鳴《どな》ると、オルレアの紫の目が冷たく光った。

「頼み事をしている相手に向かって『研究バカ』とは、ずいぶんな言い草だな」

「その頼み事を引き受けてくれる気がさっぱりないからでしょう！　私だって見込みのある相手には、もっと丁重《ていちょう》に対応するわよ！」

真由とオルレアはバチバチ！　と火花を散らして睨《にら》み合う。そして同時に、フンッと横を向いた。

真由は憤懣《ふんまん》やる方なく心の中で毒づく。

(これだけ横柄《おうへい》な相手なのに、私の方が下手《したて》に出なくちゃならないなんて……はらわたが煮《に》えくり返りそう！)

それでも、どうしても温泉施設として露天風呂を作りたい。そのためにはモグリンたちの力が必要で、オルレアの協力は不可欠なのだ。

真由はあらためて正面を見ると、いったん深呼吸した。

「……村が寂《さび》れていくのをどうにかしたいって、思わないんですか？」

「思わない」

即答されてしまった。また頭に血が上《のぼ》りかけ、もう一度息を吸って吐く。

（どうしてなの？　この頑《かたく》なまでの拒否は、本当に面倒くさいというだけのもの？）

とてもそうは思えなくて、さらに問いを重ねた。

「どうしてそんなに嫌がるんですか？　面倒だって言っていますけど、今回は手間はかからないと思うんです。精霊を呼び出す必要も、魔力を貸してほしいと頼む必要もないんですよ？　ただ精霊が魔法を暴走させないように指示するだけです。普通に魔法を使うより、よっぽど楽でしょう？」

真由は誠心誠意、オルレアと向き合おうとする。

彼は……フーッと大きく息を吐き出した。そして嫌そうに真由を見て、しぶしぶ答える。

「……目立ちたくないんだ」

「は？」

「理由は話せないが、俺は人目を忍《しの》ぶ生活を送っている。だからこんなひなびた村に来て、できるだけ人と関わらずに暮らしている。――それなのに村に活気が出て人口が増えるなんて、そんなのはごめんだ。協力できない」

そういえば彼は、真由を助けにきてくれた旅の途中も始終フードを深く被《かぶ》り、できるだけ人と接触しないようにしていた。それは、人と関わりたくなかったからだったのだ。

真由は驚いて一瞬、言葉を失い――

「……はあぁ～？」

次《つ》いで、思いっきり疑問符をつけて聞き返した。語尾は、呆《あき》れたように上がってしまう。

オルレアはムッと顔をしかめ、ジロリと真由を睨《にら》む。

「なんだ？　そのバカにした声は？　理由があると言っただろう」

（理由は問題じゃないんだけど。ぶっちゃけ、理由なんてどうでもいいし。――そんなことより、この人、本気で目立ちたくないって思っているの？）

真由は半目になった。ジトッとオルレアを見返しながら口を開く。

「だって、おかしいでしょう？　目立ちたくなくて、人口の少ない田舎《いなか》の村に来たっていうんですか？　あなた、思いっきり目立っていますよね？」

今のオルレアの村での評判は、要注意な不審人物。村人のほとんどが彼を知っていて、彼の一挙一動に注目している。

真由に指摘され、オルレアはポカンと口を開けた。

どうやら本気で驚いているようなので、まったく気づいていなかったのだろう。

「村の人は全員あなたを知っているわ。ううん、この村の人だけじゃない。村と交流のある人なら、誰だってあなたを知っていると思う。だってあなたは、〝こんなひなびた村〟にはいないような人なんだもの。もっと人口の多い大きな町なら、あなたみたいな引きこもりの魔法使いも少しはいるんでしょうけれど……」

人口が多ければ多いほど、種々雑多な人間が集まる。そこでならば、多少怪《あや》しい人間であってもそれほど目立たずに暮らせるのだろうが、風光明媚《ふうこうめいび》な田舎《いなか》村ではとても無理だ。

「木の葉を隠すなら森の中って言葉、知っています？」

真由の質問に、オルレアはわかりやすく視線を逸《そ》らす。こちらの世界にはない言葉かもしれないが、意味はわかったのだろう。

真由はニッコリ笑った。

「人を隠すなら人の中です。安心してください。この村が有名温泉地になれば、全国各地、国を越えてたくさんいろんな人が集まりますから。その中でなら、今は悪目立ちしている要注意人物なオルレアさんも、気に留《と》められない村人Ａになれるはずです！　……ということで、温泉作りに協力してくださいね」

オルレアは、苦虫を噛《か》み潰したような顔をする。

「今、ものすごくバカにされた気がするんだが」

「気のせいです」

真由がきっぱり言い切ると、オルレアは深いため息をついた。そしてフードを外し、銀の髪をガシガシと掻《か》きむしる。

「……わかった」

不承不承《ふしょうぶしょう》の返事が聞こえてきて、真由は思いっきりガッツポーズを決めた。

しかし、そのガッツポーズはいささか気が早かった。

数日後オルレアは、彼の家にある堆《うずたか》く書類が積まれた机に座り、手元の書類から目を離さずに言い放った。

「――とりあえず、精霊の力を存分に使うことで、経費を大幅に抑えられて集客も見込める露天風呂から作ろう。そのあとは露天風呂の利益を見て、資金の目途《もくと》が立ってからだ」

真由は慌てて食ってかかる。

「そんな！　足湯だってサウナだってジャグジーだって作りたいのに」

不満いっぱいの真由の声を聞き、オルレアはジロリと視線だけ向けてきた。

「そんな資金どこにある？　お前のずさんな計画では、どこの金貸しも、びた一文《いちもん》貸してくれないぞ。俺の案に文句があるなら、せめて資金繰《ぐ》りができるようになってからにしろ。……まったく、お前はよくもこんな大雑把《おおざっぱ》な計画で〝温泉で村の活性化〟なんて偉そうに言えたものだな」

実にいやみったらしい言い方だった。しかも真由への呼びかけが、『君』から『お前』に変わっている。

反論できない真由は、ギリギリと歯噛《はが》みした。

（どうせ私の立てた計画は、素人《しろうと》の浅知恵計画だったわよ！）

――日本全国津々浦々《つつうらうら》、時間とお金さえあれば温泉旅館を泊まり歩いた真由。実は密《ひそ》かに、温泉ソムリエなんて資格まで持っている。

だが、彼女の知識はすべて温泉旅館の客としてのもの。旅館の経営や、ましてや温泉旅館を開設するためのノウハウなど持っていない。それに、日本では事務系のＯＬとして働いていたので、帳簿付けやパソコン操作はできても、建築設計はできないし起業経験もなかった。

そのため当然のことながら、真由の〝温泉施設を作り宿屋を温泉旅館にする計画〟は、非常にずさんなものである。

ゆえに、ワラビとオルレア——特にオルレアが、多大な苦労を負うことになった。

幸いにして、引きこもりの研究バカと思われていたオルレアは、意外にも有能な人物だった。真由のテンション高めの温泉説明を聞いて、そこから施設の設計図を引き、かかる予算を算定し、実現可能な計画まで立ててみせた。

その手腕に、真由はただ驚愕《きょうがく》するばかりである。

（この世界の魔法使いって、こんなこともできるの？）

計画の正確さによりワラビの信頼も得たオルレアは、今やこの温泉計画の実質的な支配者だ。

「お前に任せていたら、俺はタダ働きで、骨折り損のくたびれ儲《もう》けだ。仕方ないから計画の指揮は俺が執《と》ってやる。何がなんでも成功させて労働に見合った対価を出すから、見ているがいい」

オルレアは非常に偉そうに宣言した。

（何でそんなにやる気に満ちているのよ？　面倒くさがりだって話だったのに）

人が変わったようなオルレアに、真由は面食らう。

「……目立ちたくなかったんじゃないの？」

「誰のせいだと思っている？　……まあでも安心しろ。俺は目立つつもりはないからな。矢面《やおもて》に立つのはお前で、俺は裏から操《あやつ》るだけにする。しっかり働かせてやるから覚悟しろよ」

オルレアにニヤリと笑いかけられ、何も言えない真由だった。

それから一ヶ月。

オルレアは、本当に最低限の経費と労力で、露天風呂を完成させてしまった。その手腕は見事の一言で、彼なしには計画は頓挫《とんざ》した可能性もある。

温泉がコポコポと湧いていた以外は何もなかった空き地《あきち》に、見事な石造りの露天風呂が出来上がっていた。二十畳ほどの広さの岩庭風呂は、美しい山水画のようで心洗われる。

雪こそ積もっていないものの、冬の冷たい空気の中で、お湯からはもうもうと湯気が上がっていた。

温泉雑誌の表紙を飾れそうなロケーションである。

真由のテンションは、否応《いやおう》なしに上がった。

(もう！　もう！　今すぐ入りたい!!)

しかし、そんな真由に対し、冷や水を浴びせるような声がかかる。

「いつまでそこでボケーッと風呂を見ているんだ。やらなきゃいけないことは山ほどあるんだぞ」

不機嫌な声の主はオルレアだ。フード付きコートを冬用の厚手なものに衣替《ころもが》えした魔法使いは、相変わらず怪《あや》しい不審人物にしか見えない。

「少しくらい見ていてもいいじゃない！」

真由が口をとがらせて振り返ると、絶対零度の紫の目に睨《にら》まれた。

「少しでないから呼びにきた。お前が風呂を眺《なが》めだしてからもう二十分は経っている。この寒さの中、阿呆《あほう》みたいに突っ立っているな。やらなきゃいけないことが山積みだと言っただろう」

まったくの正論である。それどころかオルレアは、もしかしたら真由が冬の寒さで体調を崩さないよう、気づかってくれたのかもしれない。

（いいように考えれば、だけど……。それでも、ほかにも言い方があるでしょう！）

ブスッとする真由の目の前で、オルレアはマントから右手を出す。そして指を折りながら数えだした。

「まずは露天風呂の料金設定だろう。次に風呂から上がったあとのサービス内容。足湯の設計に、今後整える予定の内湯と宿屋の改装予算、それから――」

「わかった！　わかったわよ！」

「ならいい。考えることは、まだまだ果てしなくあるからな」

見下したようなオルレアの態度に、真由は拳《こぶし》を握りしめてグッと耐える。

（だいたい、オルレアさんったら、言い方が憎《にく》たらしいのよね。キレイな顔をしているのに、あんなに口が悪いなんて、外見詐欺《さぎ》もいいとこだわ！）

言いがかりとわかっていても、ついつい心の内でこぼしてしまう。

『まあまあ、いいじゃない。経緯はどうあれ露天風呂はできたんだから』

『うんうん。最高だね、この温泉！』

真由の心の内の不満を読み取れるのか、彼女を宥《なだ》める声が聞こえてきた。声の主はモグリンとタッちゃんで、土の精霊と水の精霊は、露天風呂を思う存分満喫《まんきつ》している。

「もう！　私だってまだ入っていないのに、どうしてモグリンとタッちゃんが先に露天風呂に入っているのよ!?」

『あら、あたしたちはこの計画の功労者ですもの。入る権利は十分あると思うわ』

『そうそう。それに僕たちの協力はこれからも必要なんだよね？　温泉に入るくらいかまわないいんじゃないかな？』

この精霊たちの言い分もまた、もっともなものだった。

頭の上に小さな布をのせ、顔だけ出して温泉に浸《つ》かるモグラと、楽しそうに潜《もぐ》ったり飛び上がったりを繰り返すタツノオトシゴ。

その愛らしい姿に心癒《い》やされるのだが、やっぱり真由だって温泉に入りたい。

（せめて、足だけでも！）

そう思った彼女は、靴を脱ごうと足をもぞもぞさせる。

それを目敏《めざと》くオルレアが見咎《みとが》めた。

「どうした水虫か？　水虫なら風呂に入るのは禁じるぞ」

「そ、そ、そんなはずないでしょう!!　失礼ね！」

真由が真っ赤になって怒鳴《どな》ると、オルレアはニヤリと笑う。

「だったらいい。さあ行くぞ」

問答無用で真由の首根っこを掴んだオルレアは、彼女をそのまま引きずって宿屋へ向かう。

「ああ！　私の露天風呂ぉ～!!」

情けない真由の叫び声が冬空に響き、精霊二体は顔を見合わせてため息をついたのだった。


そんなこんなで、ついに露天風呂は営業開始となり、そろそろ一ヶ月。

露天風呂のすぐ脇に、脱衣所としてコテージを建てた。その中にいる真由とワラビは、窓のカーテンをめくり、露天風呂の様子を確認する。そして頬杖をつき、声をかけあった。

「……大人気だねぇ」

「……そうですねぇ」

顔を見合わせ、二人揃って大きなため息をついた。明るい話のはずが、二人の声は平坦だ。

「なんで、ああなったんでしょう？」

「さあねぇ？　あたしらの思っていた以上に、精霊っていうのが新しいもの好きだったってことかもしれないいね」

二人の視線の先には、ワイワイガヤガヤと賑《にぎ》やかに露天風呂を楽しむ〝精霊〟が、わんさかいる。

赤いトカゲや虹色の鳥、黄金の獅子《しし》や漆黒《しっこく》の狼《おおかみ》まで、精霊の姿は様々だ。

「赤いトカゲは火の精霊で、虹色の鳥は風の精霊らしいねぇ」

「オルレアさんが言うには、黄金の獅子《しし》は光の精霊で、漆黒《しっこく》の狼《おおかみ》は闇《やみ》の精霊だそうです。ものすごいレアって話なんですけれど」

「レアって？」

「珍しいってことですよ」

「ああ、まあ、今まで見たことはないね。ただあんなにいると、珍しく見えないけれど」

ワラビはアハハと乾いた笑い声を上げる。

露天風呂の中には、黄金の獅子《しし》が三頭に漆黒《しっこく》の狼《おおかみ》が五頭いた。

さすがのオルレアも絶句して、つい先ほど宿屋の方に戻って行ったばかりだ。しきりに目の疲れに効くツボを押していたが、そんなことをしても精霊の数は減らないだろう。

ちなみに、人間の姿はどこにも見えない。

「いやまあ別に、あたし個人としては、お客が人間だろうが精霊だろうが、どちらでもいいんだけどね。……精霊たちもきちんと料金として魔力を払ってくれているし」

おかげでワラビの宿屋の魔力タンクは常に満タン。スペアタンクもフル充魔されたものが五個あって、向こう十年は魔力に不足せずに済みそうだ。

「余った魔力タンクは、村のみんなや旅の商人が喜んで買ってくれるから、儲《もう》けはあるんだけれど」

問題は、利益ではない。

お客が精霊ばかりで人間がほとんどいないということが、まずいのだ。

「人間が増えなければ〝村おこし〟になりませんよね？」

「精霊は宿泊してくれないし、あまり手間もかからないからねぇ」

真由とワラビは、ガックリと肩を落とした。

自由気ままに現れては消えていく精霊たちは、当然宿には泊まらないし、人間に比べれば手間がかからない。露天風呂という設備が増えたのに、ワラビの宿の雇用は増えなかった。

食事処の従業員を一人増やそうかという話がかろうじて出ているだけで、旅人が増えるわけでもないから、近隣への波及効果もない。

「モグリンやタッちゃんは、我《わ》が物顔で常に宿屋にいるんですけどね」

「あれは宿屋っていうよりも、真由についているんだよ。精霊に名前をつけて、その名を受け入れてもらえれば、加護を得られるっていうからね。モグリンもタッちゃんも、あんたの保護者のつもりでいるのさ」

それは初耳だった。小さなモグラとフヨフヨ宙を浮くタツノオトシゴが自分の保護者と聞いて、真由は複雑な気持ちになる。

「精霊の加護を受けるなんて滅多《めった》にない……そう、さっきあんたの言った〝レア〟なことなんだよ」

そう言われても、実感は湧かなかった。勇者一行に追い出されてから、モグリンとタッちゃんはずっと真由のそばにいたからだ。彼女にとって二体の精霊の存在は、すでに日常となっている。

それより大問題なのは、目の前のこの状況である。

「どうして村のみんなは、露天風呂に入りにきてくれないんでしょう？」

最終目的はより広範囲からの集客だが、まずは村の人に温泉を受け入れてもらえなければはじまらない。温泉用の水着——湯着を作って貸し出しているから裸にならずに済むが、やはり他人と風呂に入るというのはハードルが高いのだろうか。

ワラビは「う〜ん」と唸《うな》る。

「あたしも、ぜひ入りにきておくれって頼んでいるんだけれどね……。『精霊さまと一緒だなんて畏《おそ》れ多い』って、みんな言うんだよ。精霊っていうのは、あたしら人間にとっては、ありがたいと感じると同時に畏怖《いふ》の対象でもあるからねぇ」

ワラビは真面目な顔でそう言った。

「畏怖《いふ》の対象？」

真由はポカンとしてしまう。

「あの可愛らしいモグリンとタッちゃんが？」

「いくら可愛らしくとも力はあるだろう。それこそ、こんな露天風呂を作ってしまうくらいの」

精霊は力のある生き物。魔法使いにその力を貸し、人には不可能なことを成《な》し遂《と》げる。

一ヶ月くらいの間にあれよあれよという間に出来上がった、見たこともない露天風呂。

それが立派で素晴らしいものであればあるほど、村人たちはそこに注《そそ》がれた精霊の強い力を感じる。

そんな力を持つ精霊――それも多数の精霊と、薄い服一枚というほぼ無力な状況で一緒に温泉に入るなど、普通の人間にはとてもできないことだという。

「興味はあるようなんだがねぇ」

カーテンをさらにめくり、ワラビは露天風呂の向こう側を指し示す。

そこには冬の寒空の下、露天風呂を遠巻きに眺《なが》める村人が二十人くらいいた。中には手を合わせ、精霊を拝《おが》んでいる人もいる。

「あそこまで来れば、あと一歩なのに！」

その一歩が踏み出せないのが、今の状況だった。

真由は、う～んと考え込む。そしていくらもしないうちにパッと顔を上げ、両手で握り拳《こぶし》を作った。

「私、皆さんのお手本として、露天風呂に入ってきます！」

そう宣言するなり、服を脱ぎはじめる真由。

「ええっ？　ちょっとお待ちよ。さすがに若い娘にその役をやらせるのは気が引ける。お手本をやってくれないかって、オルレアに聞いてくるから」

「そんな暇ありません。私が平気で入ってみせれば、村の皆さんも安心して入ってくださるはずでしょう？」

勢いよく上着を脱いだ真由は、下にちゃっかり湯着を着ていた。水着のようなものと言っても地球にあったぴっちりとした素材のものではない。女性用のものは、布で作ったハーフパンツとポンチョみたいな貫頭衣《かんとうい》だ。厚手の布地で作られ、胸の下にひもを通してギュッと締められるようになっていて、透《す》けたりめくれたりする心配のない優れものである。

「……真由、あんた準備がよすぎだろう」

ワラビは呆《あき》れて天井を仰《あお》いだ。

つまり、最初から真由は露天風呂に入る気満々だったわけである。

「まあまあ、いいじゃないですか。これぞ一石二鳥です」

「一石二鳥なのは、あんただけだろう？」

ワラビの指摘もどこ吹く風。長い黒髪をお団子にした真由は、フンフンと鼻歌を歌い出しそうなほど上機嫌で外へ出る。

「皆さんに露天風呂の楽しさをたっぷり見せつけてきますね！」

そして元気いっぱい、大好きな露天風呂へと向かった。


温泉の入り方には、マナーがある。

（まず、最初に体を洗って、入る前にはかけ湯をすること。かけ湯をすれば、体がお湯に慣れて心臓の負担を減らせるのよね）

すぐにでも湯船に飛び込みたい真由だったが、そこは温泉通の自負がある。きちんとマナーに乗っ取り体を洗い、かけ湯をした。ちなみに体を洗うスペースには、個別に囲いがついていて、人目を気にせず洗えるようになっている。

ついに温泉に入るという時も、湯の流れ込む湯口ではなく、お湯の出口付近を選んだ。

（湯口より温度が低いから体に優しいし、やっぱり湯口に入るのは先に入っている人へのマナー違反だもの）

新鮮なお湯が出ている湯口ではなく、お湯が出ていく湯尻から入るのが礼儀とされている。

湯船に足を入れた真由は、ゆっくりゆっくり体を沈めて、ホーッと大きく息を吐く。

(う～ん……じわぁ～っとする！　最高!!)

すでに試行と称して何度となく露天風呂に入っている真由なのだが、何度入ってもこの感動が薄れることはなかった。幸せな気分で全身の力を抜く。

『あら、真由も来たの？』

『一緒にお風呂だねぇ。嬉しいなぁ！』

すぐに寄ってきたのは、モグリンとタッちゃんだ。

モグリンは相変わらず頭にタオルをのせてお湯の上に浮いていて、タッちゃんは真由の頭の周りをクルクルと飛び回る。

『ど～う？　今日もぉ盛況だろう？　僕が仲間に、い～っぱい宣伝したからだよぉ』

『あら、あたしだって思いっきり自慢したわ。引きこもりの闇《やみ》の精霊まで出てきたのは、あたしのおかげなんですからね』

どうやら精霊たちに温泉が大人気になったのは、モグリンとタッちゃんの宣伝効果らしい。ありがたくはあるのだが、絶大すぎる反響に困ってしまう。

しかし、善意による彼らの行為を咎《とが》めるわけにもいかなかった。そのため真由は話を逸《そ》らす。

「闇《やみ》の精霊って引きこもりなの？」

『そうよ。なかなか自分たちの領域から出てこなくって、魔法使いの呼びかけにも十回に一回くらいしか応《こた》えないの。だけど、あたしが露天風呂に入った話をして、このツヤツヤの毛並みを自慢したら、みんなこぞって出てきてくれたのよね』

モグリンの鋭《するど》い爪が、自身の毛皮をうっとりと撫《な》でる。自慢するだけあって、モグリンの毛皮は最高級のコートのようだ。

温泉は毛穴の汚れを落として皮膚の血行をよくする。結果、育毛効果が高いという。その反面、アルカリ性のお湯は髪のたんぱく質を溶かすため、髪自体にはよくないと言われているのだが――

実は真由には、髪質をよくする秘密兵器があった。

『真由、あなたの作ってくれた〝椿油《つばきあぶら》〟って最高ね！』

モグリンは本当に嬉しそうに笑う。

「それほどでも……あるかな？」

自慢ではないが、真由の黒髪はストレートなサラサラヘア。その艶《つや》やかさは、洗髪剤のコマーシャルに出演できそうなほどだ。

自分の髪に触れながら、真由はへへへと笑った。

真由の秘密兵器とは、椿油《つばきあぶら》。彼女は日本でいつも自家製の椿油《つばきあぶら》を使っていたのだ。おかげで彼女の髪は温泉に入りまくっているとは思えないほどツヤツヤサラサラを保っていた。

（椿油《つばきあぶら》って買うと高いけど、頑張って種をたくさん拾えば、自分で作ることができるのよね）

もちろん、その身一つで異世界トリップした真由は、自家製椿油《つばきあぶら》を持って来られなかった。しかし製造法さえ知っていれば、異世界でも作ることは可能なのである。

幸いにしてワラビの宿屋の庭には椿《つばき》に似た木がたくさんあった。秋のはじめに、椿《つばき》はたわわに実をつけていたのだ。

（拾った実を天日干しにして、潰して蒸して圧搾《あっさく》すれば完成だもの。……まあ、ここは異世界だから、地球の椿《つばき》に似ていても同じ効果があるかどうかは心配だったけど、結果は上々みたいよね）

ちなみに潰すのも圧搾《あっさく》するのも、モグリンが魔法でやってくれた。椿油《つばきあぶら》の効能を聞いたことで張りきって手伝ってくれたのだ。

（やっぱり女の子なのよね……たぶん？）

精霊の性別はよくわからない。話し方や声からして、モグリンは女の子なのだと真由は思っている。

『闇《やみ》の精霊も、椿油《つばきあぶら》をものすごく喜んでいたわよ。こんなにすごいものを作ってくれた真由のお願いなら、なんでも叶えてくれるって言っていたわ』

引きこもりの黒い狼《おおかみ》だが、自分の毛質には並々ならぬ悩みと執着があったらしい。

『あ、それ、光の精霊も言っていたよぉ。たてがみがサラサラになってぇ嬉しいんだってぇ。真由に望みがないか聞いておいてほしいって、お願いされたんだよぉ』

「確かにあのたてがみは、お手入れたいへんそうだものね」

『そうそう！　お風呂上がり、真由が椿油《つばきあぶら》を塗ってブラッシングしてくれるでしょう？　あれが至福の一時だって、みんな言っているもの』

モグリンもタッちゃんも、まるで自分のことのように誇らしげだ。

（喜んでもらえるのは嬉しいのだけれど、レアだって噂の闇《やみ》と光の精霊が叶えてくれるお願いなんて、とてもすごそうよね？　かえって怖くて頼めないわ。……あ！　でも、そうだわ……！）

真由は、ハッと思いつく。

「だったら、お願い。これは温泉に入りにきてくれる精霊の全員に頼みたいんだけれど、人間が一緒に露天風呂に入っても、怒らないでほしいの」

今のところ精霊たちは、露天風呂を独占しようとしている様子はない。……しかし、温泉を気に入るあまり、ほかの種族である人間を排除しようとするかもしれない。

そんな真由の心配は――どうやら杞憂《きゆう》だったようだ。

『そんなの、当然よ』

『露天風呂はぁ、人間の真由が考えたものだろう？　どうして僕たちが人間に怒るのさぁ？』

モグリンもタッちゃんも、なぜそんなことを頼まれるのかわからないといった様子だ。

もしかして二体の気分を害してしまうのではと、真由は慌てた。

「そうよね。私は精霊が怒ったりしないって思っているんだけど、人間の中には怒られるんじゃないかって心配している人がいるのよ」

二体の精霊は不思議そうな顔をするが、それでも頷《うなず》いてくれる。

『そんなお願いでいいのならぁ、お茶の子さいさいだよぉ』

『っていうか、そんなものお願いですらないわよね？　ほかにもっとましなお願いはないの？』

モグリンは、どことなく不満そうでもあった。

真由はクスリと笑う。

「だったらお願い！　私と遊びましょう!!」

『――えぇ～？』

『――へ？』

二体の精霊は、ポカンとした。

いつの間にか真由たちのそばにはほかの精霊もいて、みんな同じようにポカンとしている。

真由は楽しくなってきた。

「とりあえず泳ぎたいわ。マナー違反になるけれど、ちょっとだけ目をつぶって、みんなで競泳しましょうよ！　そのあとは、潜水で石拾い競争はどうかしら？　勝ったら負けた方に思いっきりお湯をかけられるの。あ、勝っても負けても、お風呂上がりの牛乳は提供するわよ！」

どう？　と、真由は精霊たちを見回す。

『……すっごい！』

『面白そう！』

『やるやる!!』

うわぁっ！　と精霊たちが一斉に同意の声を上げた。

「行くわよ！　まずは泳ぎましょう!!」

真由の号令の下、精霊みんなが飛び上がって喜びを表す。

このあと、露天風呂を会場に真由主催、精霊参加の水中ならぬ湯中運動会が賑《にぎ》やかに行《おこな》われた。

そして騒ぎを聞きつけたオルレアが駆けてきて、怒鳴《どな》りつけるまで、運動会は終わらなかった。

温泉マナーをすっかり無視して大騒ぎをしてしまった真由だが、それなりに効果はあった。あの騒ぎを見ていた人間——特に子供たちが、露天風呂に入りたいと言い出したのだ。

真由は慌てて、あらためてマナーについて話をした。

「あの時は特別にマナー違反をしてしまったけど、あれは正しい温泉の入り方ではないのよ。普通は露天風呂で騒いではいけないの」

「わかっているよ。ちゃんと決まりは守る。でも、人が少ない時で迷惑をかけないなら、ちょこっとくらいは泳いでもいいだろう？」

村の子供たちのリーダーだという赤毛の少年が、真由にそう訴《うった》えてくる。十二歳くらいで、しっかりした顔立ちの子供だ。彼ならばきちんと子供たちをまとめられるだろう。

ワラビやオルレアとも相談した真由は、時々羽目《はめ》を外すくらいはかまわないと子供たちに伝えた。

「その代わり、子供だけで露天風呂に入るのはダメよ。必ず大人についてきてもらってね」

転んで怪我をしたり、長湯をしてのぼせたり、下手をすれば溺死したりと、風呂には危険もいっぱいだ。子供だけで入らせるのはダメだろう。

少年はその注意にもしっかり頷《うなず》き、後日、大人を連れて露天風呂に入りにきてくれた。

真由とキャッキャウフフと戯《たわむ》れる精霊たちの姿を見て、畏怖《いふ》もだいぶ薄れたのか、大人たちも子供に連れられて露天風呂に入るようになっている。入浴客は、順調に増えていた。

露天風呂を作って二ヶ月あまり。精霊や人間が入り乱れ、今日も宿屋は盛況だ。

「お風呂に入る前に温泉饅頭《まんじゅう》はいかがですか？　うっかり長湯をしても湯あたりしませんよ」

露天風呂のそばにあるコテージの前で、真由は大きな声で売り込む。その品物は、試行錯誤《しこうさくご》の末に完成させた自慢の温泉饅頭《まんじゅう》。温泉のお湯を使って蒸した温泉饅頭《まんじゅう》は、精霊にも人間にもなかなかの人気だ。

「……あの。一つ……く、ください」

飛ぶように売れて、もう残りわずかというところで、小さな声が聞こえた。

振り返ると、村外から来た男性のお客さんが立っている。温泉が気に入ったのか、最近何度も足を運んでくれている人だ。

(旅の行商人なのかしら？　温泉ができる前は見たことがないって、ワラビさんは言っていたけれど。……まあ、どっちにしろ、通ってもらえるのは嬉しいことよね)

大人しい性格なのか、遠慮がちなのか、彼はひっそりと宿屋にいるということが多い。今も声をかけられるまで、真由はまったく彼に気がつかなかった。

「あ、はいどうぞ！　……いつもありがとうございます。お礼にもう一個、サービスしますね」

そう言って真由が二個の温泉饅頭《まんじゅう》を差し出すと、彼は驚いた顔をした。

「……そんな。いいのに」

「お気になさらず。温泉饅頭《まんじゅう》一個でお礼だなんて、かえって失礼かもしれませんが」

男はとんでもないと言うように、首をプルプルと横に振った。

「…………ありがとう」

小さな小さな声で、嬉しそうにお礼を言って受け取ってくれる。

なんだか今にも消えてしまいそうなその姿に、真由は思わず、温泉饅頭《まんじゅう》をもう一個あげたくなった。

(なんていうか、可愛い系？　背も高いし、顔も地味で、女顔ってわけじゃないと思うんだけど……どこか放っておけない雰囲気があるのよね)

母性本能をくすぐられたわけではないが、真由は彼にまた追加でお饅頭《まんじゅう》を渡そうとした。

そこで、後ろから声をかけられる。

「真由、お疲れさん。追加を持ってきたよ」

声の主はワラビで、彼女は新たなせいろを抱えていた。

真由の温泉饅頭《まんじゅう》がなくなりそうなタイミングを見計らって、持ってきてくれたのだろう。せいろの中には出来立ての温泉饅頭《まんじゅう》がぎっしり詰まっているはずだ。

「ありがとうございます。――あ、そうだこれ！」

蒸しあがったばかりの温泉饅頭《まんじゅう》を渡そうと男の方を見ると、すでにそこには誰もいなかった。

(本当に神出鬼没《しんしゅつきぼつ》な人ね)

真由はちょっと残念な気持ちになる。

「どうしたんだい？」

「あ、別になんでもありません」

説明するほどのことでもないかと、真由は首を横に振った。

「ふ～ん？　ならいいけれど。……ああ、そうだ。オルレアが呼んでいたよ」

ワラビはせいろをよっこらしょと台に置きながら言う。

「オルレアさんが？」

「ああ。今度作る大浴場について聞きたいんだとさ。ここはあたしがやるから、行っといで」

露天風呂は順調に客足を増やしている。おかげで資金も貯まり、風呂の種類が増やせるようになったのだ。露天風呂の次は足湯を作ったので、今度はいよいよ宿屋を旅館に改装し、大浴場を作ろうと計画しているところである。

「ワラビさんがこっちに来て、厨房《ちゅうぼう》は大丈夫ですか？」

露天風呂から出たお客は、冷たい飲み物を飲んだり食事をしたりすることが多い。メニューがちょっと変わっていることもあり、食堂の人気も上々でワラビは毎日大忙しだ。

「ああ。この前雇ったミリアが頑張ってくれているからね。弟も一緒に来て手伝っているんだよ」

ミリアとは最近雇った女性で、年は十八歳。元気で働き者のいい娘だ。弟というのは、以前露天風呂に入りたいと訴《うった》えてきた少年たちのリーダーだった。名前はシャルといい、予想通りのしっかり者だ。

お客が増えて忙しくなり、真由とワラビが誰か雇おうかと話し合っていたのを聞きつけて、シャルが遠くの町に働きに出ていた姉を売り込んできたのだ。

「姉ちゃん、泣き言は言わないけれど、町でずいぶん苦労しているみたいなんだ。俺たちみたいな田舎者はバカにされるからな。村に働き口があるなら、きっと喜んで帰ってくる」

なかなか姉思いの少年だった。

もちろん真由にもワラビにも否やはない。すぐに雇って、即戦力で働いてもらっている。

「力仕事も多いから、今度は男手をできれば二、三人雇いたいねぇ。うぅん、誰かいないかな」

ワラビが汗を拭きながら唸《うな》る。

「宿屋の改装に男手は必要ですものね。私、オルレアさんとその件についても相談してきます」

雇用が増えるのはいいことだ。

宿屋の改装も、今度はさすがに精霊たちだけではできないから、大工や家具職人などたくさんの人を頼ることになる。こんな大きな工事は、村では久しぶりだそうだ。

「順調に村おこしが進んでいますよね？」

「ああ。何より、以前とは活気が違うよ。村の外からのお客も多くなってきたしね」

先ほどの男性のような、村人以外のリピーターも増えている。

真由とワラビは顔を見合わせ、ニコニコと笑った。

『なになにぃ～、なんだか楽しそうだねぇ～？』

その時、タッちゃんがポン！　と現れ、二人の周りをクルクルと回る。

『真由、何をしているの？　オルレアが切れそうになっているわよ』

足元の地面がムクムクと盛り上がり、そこから現れたモグリンが真由を急《せ》かした。

「あ！　いけない。早く行かなくっちゃ」

慌てて真由は走り出す。

温泉の湯気を含む温かな風が真由の髪をなびかせ、賑《にぎ》やかな声が耳に入ってきた。

走りながら、真由は周囲を見回す。大きく立派な露天風呂と、思い思いに温泉を堪能する人々、そして精霊たちが目に映った。

この場所は、ほんの少し前までは何もない空《あ》き地《ち》だった。それをここまでにしたのは、自分とワラビ、オルレア、そして二体の精霊の努力だ。

（ううん。まだまだよ。大浴場にサウナにジャグジー、岩盤浴《がんばんよく》や展望浴場も欲しいわ！）

日本でめぐった様々な温泉を、真由は思い浮かべる。

異世界に来て無理やり勇者一行に入れられて、あげく追い出され殺されかけた真由。

しかし、今は大好きな温泉を作る仕事を、仲間と一緒に頑張っている。

（異世界でも、日本と同じくらい――それ以上に温泉を堪能してみせるわ！）

決意も新たに真由はオルレアのもとへ向かうのだった。

第四章　温泉で親睦《しんぼく》を深めてみました

『オルレアは、こっちよ！』

温泉饅頭《まんじゅう》の販売をワラビに代わってもらった真由は、モグリンとタッちゃんのあとを追う。

ちょこまかと走るモグラも、フヨフヨと宙を飛ぶタツノオトシゴも想像以上に速く、真由は少し息切れした。

「ま、待ってよ――え？　そっち？」

てっきり宿屋の管理人室に行くと思われたが、二体の精霊は、なぜか食堂へ向かう。

（なんで食堂？）

不思議に思ったが、モグリンとタッちゃんは迷いなくまっすぐ食堂を抜けて、厨房《ちゅうぼう》に入って行く。

どうやらオルレアは、そこにいるらしい。

息を切らして駆け込んだ真由の足は、入った途端――入り口のそばでピタリと止まった。

厨房《ちゅうぼう》の奥の方に、笑顔のオルレアと、彼を見上げて頬を染めるミリアがいたのだ。

（え？　誰……あれ？）

思わず、真由はそう思ってしまった。真由に対してはいつも不機嫌に眉をひそめて怒っているオルレアが、優しそうに笑っているのだから。

（……天変地異の前触れじゃないの？）

思わず真由は目をこすった。まじまじと見るのだが、それでも目の前の光景は消えない。

彼女はこれが現実らしいと納得する。

（オルレアさんって笑えたのね？）

まずそこからだった。

フードを外して、整った顔に笑みを浮かべたオルレアは、真由の目にはまったくの別人に見える。

『あ～あ、真由がモタモタしているから、オルレアを取られちゃうじゃない』

よじよじと真由の肩に上《のぼ》ったモグリンが、がっかりしたように大きなため息をついた。

真由はびっくりして小さなモグラを見つめる。

「え？」

『え？　じゃないわよ。まったく。……真由って、人間がよく言う結婚適齢期に当たる女性なんでしょう？　真由くらいの人間の女の子は、みんな番《つがい》を探しているって聞いたわよ』

物知り顔で言うモグリン。タッちゃんも、モグリンのそばで頷《うなず》く。

『あ、僕も聞いたよぉ～。婚活って言うんだよねぇ？』

タツノオトシゴが、思いもよらぬ知識を披露《ひろう》した。

『こ～んな田舎《いなか》にいるけれど、オルレアほど腕のいい魔法使いは滅多《めった》にいないのよ。人間にしては性根も曲がっていないし、真由の番《つがい》におすすめだったのに』

モグリンは残念そうに肩をすくめると、頭を横に振った。

真由は少し慌ててしまう。

(番《つがい》？　――って夫婦のことよね？　……私とオルレアさんが？)

確かに真由は二十五歳で、同級生の中でも早い人は結婚している年代だ。そうでなくても恋人がいる友人は多いし、タッちゃんの言う通り婚活している者もいる。

だからといって、真由にそんな気は少しもなかった。婚活よりも温泉の方が大事だったからだ。

「え？　え？　いやいや、だってオルレアさんよ？　あの暴言がマントを羽織《はお》って歩いているようなオルレアさんなのよ！　彼がおすすめなんて絶対ないでしょう⁉」

『ちょっ、真由――』

「オルレアさんなんて、何かといえば私のことを『考えが足りない』だの『ずさん』だのって貶《けな》して、あげくに『水虫』とまで言われたこともあるのよ！　乙女にそんなことを言う人、ありえないわよね？　どうしてそんなデリカシーのない奴がおすすめなの？」

思いがけないことを言われた真由は、むきになってしまう。あんまりむきになりすぎて、気づけば大きな声を出していた。

「……悪かったな。デリカシーがなくて」

「へ？」

低い声が聞こえてきて、慌てて振り向けば――そこには見慣れた不機嫌顔のオルレアがいた。

(そうそう！　この顔よ)

真由は思わずホッとする。

（さっきの胡散臭《うさんくさ》い爽《さわ》やかイケメン笑顔より、こっちの不機嫌な仏頂面《ぶっちょうづら》の方が、オルレアさんらしくて安心するわ）

「呼んでもなかなか来ないと思えば、来た途端に人の悪口か？　いい度胸をしているな」

ギロリとオルレアが睨《にら》んでくる。

ここで素直に謝ることができれば、面倒な事態にはならないのだが——

「あら？　急いで来たのに、私を呼びつけた本人が女の子をナンパしているんですもの。悪口の一つや二つ言っても、仕方ないでしょう？　それに嘘は言っていないわ」

「誰がナンパしているって？」

「あなたよ、あなた！　鼻の下を伸ばしちゃって、見られた顔じゃなかったわ」

「なんだと！」

売り言葉に買い言葉。二人は一歩も譲《ゆず》らない。

『ま、真由——』

真由の肩の上で、モグリンがあわあわする。

オルレアと話していたミリアも、突然喧嘩《けんか》がはじまって顔色を悪くした。厨房《ちゅうぼう》の奥にいた赤毛の少年シャルが、目を真ん丸にして顔をのぞかせる。

一触即発《いっしょくそくはつ》の雰囲気に、緊張が走った。

そんな中、バチバチと睨《にら》み合う真由とオルレアの間に、タツノオトシゴがフヨフヨと割り込む。

『ダメだよぉ〜。喧嘩《けんか》しちゃ』

のんびりとそう言ったタッちゃんは、細長い口から水をピュ～っと噴き出した。

「きゃあっ！」

「うわっ！」

真由とオルレアは、たちまちびしょ濡れになる。

『喧嘩《けんか》両成敗なんだよぉ～。それに～、夫婦喧嘩《げんか》は犬も食わないってぇ、言うんでしょう？』

タッちゃんはケラケラと笑った。先ほどの婚活といい、案外物知りな水の精霊だった。

「誰が夫婦よ!?」

「誰が夫婦だ!?」

真由とオルレアは、同じタイミングで叫んだ。

そしてパッと顔を見合わせると、やはり二人同時にフンと横を向く。

『仲良しだねぇ～』

タッちゃんは嬉しそうに言うと、空中でとんぼ返りを決めてみせた。

何か言いたそうなオルレアだったが、真由が「クシュン」と小さなくしゃみをしたことで、口を閉じる。次《つ》いでフ～ッと大きなため息をついた。

「火の精霊よ、髪と服を乾かせ」

彼の言葉と同時に、オルレアと真由のびしょ濡れだった髪と服があっという間に乾く。

ありがたいことなのだけど、真由は素直に礼を言う気になれなかった。

するとオルレアは、低い声で「行くぞ」と促《うなが》してくる。

「え？」

「大浴場のことで聞きたいことがあると言っただろう。……早く来い」

そう言うなり、彼はさっさと厨房《ちゅうぼう》を出て行ってしまった。

「何よ！　偉そうなんだから」

文句を言いつつ、真由はあとに続く。彼の態度は腹立たしいが、温泉を作る仕事と私情は別。そのくらいの分別は真由にもあり、これは仕事なのだと自分に言い聞かせる。

『……あ～あ、意地っ張りなんだから』

『女心はぁ、複雑なんだってさぁ』

背後から聞こえてきた精霊の声は、聞こえないことにした。

そんなことがあった数日後――

「うわぁ～！　おいしそうですねぇ。これはなんていうお料理ですか？」

声を弾《はず》ませて聞いてきたのはミリアだ。

「こっちは天ぷらで、そっちは串揚げよ。本格的な温泉旅館になったら、お料理もそれなりのものを出さなきゃいけないでしょう？　夕食のメニューにどうかと思って、作ってみたの」

「すごく豪華そうです！」

「でも材料はこの村で採《と》れる野菜や山菜ばかりなのよ。串揚げには鶏肉《とりにく》と山鳥の卵を使っているけれど、それだって高い材料じゃないわ」

温泉旅館の料理ではできるだけ地元の食材を使いたい、と真由は考えている。それがその土地に根付いた温泉旅館の魅力《みりょく》であり、特色になるからだ。

（海辺の温泉には海の幸。山の温泉には山の幸。温泉旅館と名物料理は、切っても切り離せないものだもの）

「真由さんって本当にすごいですね。温泉に詳しいだけじゃなく、お料理もできるなんて！　尊敬します」

緑の目をキラキラと輝かせるミリア。真由は彼女と一緒に厨房《ちゅうぼう》で料理をしているところだった。

――真由は先日、ミリアの前でオルレアと喧嘩《けんか》してしまった。

しかし、あれはミリアにはなんの罪もないこと。真由はミリアに対し含むものは何もない。

（いけないのはオルレアさんだわ！　ミリアは関係ないし、私は嫉妬《しっと》なんかしていないんだから！）

真由は心の中で叫んだ。

（なのに、あのあとワラビさんにモグリン、タッちゃんまで、やれ『真由には真由のいいところがある』だの『オルレアは変わり者だから真由くらい個性的な方が好《この》みよ』だの『蓼《たで》食う虫も好き好きぃ～って言うんだってぇ』だの――好き勝手言ってくるし！）

しかも最初のはともかく、あとの二つは真由に対してかなり失礼な言葉だった。

（蓼《たで》って何よ！　蓼《たで》って!!）

『蓼《たで》食う虫も好き好き』と言ったのはタッちゃんだ。こういった知識をいったいどこから得るのか、今度本気で聞いてみたい。

（どうせ私は個性的で、蓼《たで》みたいに辛くておいしくないですよ！）

思い出してムカッとした真由は、天ぷらの付け合わせにおろそうとした太い大根を、包丁でダン！　と真っ二つにした。

その勢いに、ミリアがビクッと体をすくませる。

「あ、驚かせてごめんなさい」

「いいえ。大丈夫です」

真由とミリアは顔を見合わせた。

ミリアの緑の目は、心配そうに垂れ下がっている。

「………オルレアさんとまだ仲直りしてないんですか？」

今度は真由がビクッとする番だった。

「な、仲直りも何も、元々そんなに親しくないし――」

ミリアは驚いて目を見開く。

「真由さんとオルレアさんは、ものすごく気心が知れていて仲がいいですよね？　村のみんなは、二人が恋人同士だって噂していますけど」

「へぇっ？　……え、えぇぇぇぇっ!!　恋人同士？」

真由はビックリ仰天《ぎょうてん》した。

「だってオルレアさんは、二年前にこの村に来て以来、人前に全然姿を現さずに引きこもっていたんですよ。その彼が、真由さんを迎えに行くために遠出をしたり、温泉を作ったり、いろいろやっているじゃないですか！　本人は『自分は嫌々力を貸しているだけで、指示をしているのは真由だ』って言っていますけど、村のみんなにとっては、オルレアさんが家の外に出ているってことだけでも驚きなんです。『真由に頼まれた』なんて言いながら積極的に働いていることだけでも、真由さんに気があることはバレバレですしね。……愛の奇跡だって、みんな言っていますよ」

温泉を作る話が進んだ時、オルレアは、自分は裏方に徹しているから目立たないと言っていた。

だが、彼は自宅から出ているだけでも十分人目を引く人物だったらしい。

（まったくオルレアさんったら）

真由は頭を抱えてしまう。

とはいえ、別にオルレアが目立っていても、真由にはどうでもいいことだった。

ただ、自分が彼の恋人だと言われるのは問題だ。

「私はオルレアさんの恋人なんかじゃないわ！」

一生懸命否定する真由を、ミリアがジッと見つめてきた。やがて静かに話し出す。

「――あの日、私はオルレアさんに、私が働いていた町ではどんなものが流行《はや》っているのかって聞かれたんです」

急に話題が変わり、真由は一瞬戸惑《とまど》った。

（え？　あの日って……私とオルレアさんが喧嘩《けんか》した日のこと？）

「オルレアさんは、これから大浴場を作ったり宿屋の改装をしたりするのに、最近の流行を知りたいって言っていました。――真由さんばかりに考えさせておくと嗜好《しこう》が偏《かたよ》るから、とも」

妥当な考え方である。大勢のお客をもてなす商売をするのであれば、時代の流れや風潮、どんなものが好《この》まれ何が疎《うと》まれるのかを調査するのは、大事なことだ。

(私に任せると偏《かたよ》るっていうのは、ちょっと面白くないけれど)

わかりやすくムッとする真由を見て、ミリアはクスッと笑う。

「オルレアさんって口下手ですよね。本当は真由さんばかりに苦労をさせたくないってことでしょうに、素直に言えないいんですから」

(いやいや、それはオルレアさんの考えをよくとらえすぎでしょう?)

真由は心の中で反論した。……たぶん聞いてもらえないと思うから、口には出さない。

「いろいろ話しているうちに、お土産《みやげ》品の話題でアクセサリーの話になったんです。王都で流行《はや》っている髪留めがとても人気で、品薄状態になっているって話をして――」

なんでもその髪留めは、元々は王宮で流行《はや》ったものらしい。王侯貴族が使う本物は、蝶《ちょう》や花をモチーフにした銀細工に宝石をちりばめたもので、とてつもなく高価な品。

王都の一般人に流行《はや》ったのは、その模造品だった。銀の質は低く、宝石の代わりに色ガラスが使われている。それでも、デザインの美しさで大人気になったのだという。

「――その髪留めの話から、真由さんの髪の話になったんです。真由さんはとてもきれいな黒髪をしているでしょう？　今はとてもシンプルな髪留めを使っていますけど、結《ゆ》い上げてその流行の髪留めでまとめたら、きっと似合いますねって、私が言ったんです。そしたらオルレアさんが、とても優しい表情で『そうだな』って笑って」

真由はポカンと口を開けた。

「……笑った？」

「ええ。笑ったのはほんの一瞬だけで、そのあとすぐに真由さんたちが来たから、話はそこまでになったんですけれど――」

ならばあの日、あの時……真由の話をしていてオルレアは笑ったのだ。

それまで見たこともないほど優しかったオルレアの笑顔の理由は、真由のこと。

その事実に、真由の胸はドキン！　と高鳴った。そしてボッと顔が熱くなる。

そんな真由を見て、ミリアは少し悲しそうに笑った。

「私、オルレアさんのその笑顔を見て、ドキドキしてしまったんです。いつもは冷たく見える紫の目が温かな光を浮かべて、とても素敵だなって思って。でも、同時に自分のマヌケさに落ち込みました。……だって、ほかの女の人を想って笑った男の人にときめくなんて、失恋確実じゃないですか？」

「ミリアさん――」

ミリアはおどけたようにペロリと舌を出した。

「大丈夫。心配しないでください。私、惚《ほ》れっぽいんですよ。失恋するのもしょっちゅうで、シャルなんか『またか』って言っていました」

笑うミリアには暗い影は少しもなく、真由はホッと息をつく。

そんな彼女を、ミリアは眩《まぶ》しそうに見上げる。

「それに、私、真由さんならいいって思いましたから。……真由さんは、すごい人ですもの。この小さな村に露天風呂なんて誰も考えもつかないものを作って、精霊にもとても好かれていて、おいしくて食べると元気になれる料理を作れる。それなのに全然飾らない性格で――」

ミリアにたくさん褒められて、真由はだんだんいたたまれなくなった。

「そ、そんなことないわよ！　露天風呂は単に私が入りたかっただけだし、精霊だって珍しいものが好きなだけだし、お料理もそんなにはできないわ！」

真由が焦って否定すると、ミリアはフフフッと笑う。

「そういうところがいいんです。私、真由さんがとても好きですよ。お友だちになりたいくらい。だからオルレアさんが真由さんを好きなのも納得なんです！」

「そもそもそれは誤解じゃない!?」

「真由さんは恥ずかしがり屋さんなんですね」

「違うわ!!」

真由が何を言っても、ミリアはこの調子で信じてくれない。

力いっぱい否定しながら作った大根おろしはとても辛く、いろいろな意味で涙目になった真由だった。

そんな誤解を受けた、また数日後――

「美味《うま》い！　実に美味《うま》い！　この串揚げとかいう料理は最高ですな!!」

夕食の時間も過ぎ、お客がまばらになった宿屋の食堂に、大きな声が響き渡った。

「あんた、今度は酒だけじゃなく料理も全部食べ尽くす気かい？」

呆《あき》れたように言ったのはワラビだ。彼女が両手を腰に当てて睨《にら》む先には、旅装に身を包んだ大柄な男がいる。

「先日の酒も非常に美味《うま》かった！　しかし今回の酒もまた格別ですな。このように芳醇《ほうじゅん》でコクのある酒は、はじめて呑みます。串揚げともよく合う！」

上機嫌な男の手は、ワラビが睨《にら》んだくらいでは止まらない。彼はパクパクゴクゴクと豪快に食べては呑みを繰り返した。

実はこの男イザークは、以前にもワラビの宿屋に泊まり、宿屋中の酒を呑み干してしまったという前科者。彼はオルレアの知り合いで、オルレアはその支払いとしてワラビのために井戸を掘ることになったそうだ。

「えっと……その、イザークさん？　そのお酒はそんなに勢いよく呑むものじゃなくて――」

あまりに酒を呑みすぎているイザークに、真由は注意した。

「ほうっ？　お嬢さんはこの酒がどんな酒か、ご存知なのですか？　ぜひお聞かせ願いたい！」

イザークは勢いよく真由に顔を近づけてくる。

（うぅっ！　酒臭い）

彼女は思わず顔を逸《そ》らした。

知っているも何も、その酒は真由が作ったブランデーだ。この国で一般に呑まれているワインを精霊の力で蒸留し、ついでに熟成させてもらって完成させたもの。

(私が欲しかったのは飲酒用じゃなくて、ブランデーケーキ用のブランデーだったんだけど……)

真由は温泉饅頭《まんじゅう》以外にも、旅館の名物になるお菓子を作りたかったのだ。

いろいろ考えて、失敗の少ないブランデーケーキを作ろうとしたのだが、そもそもこの世界にはブランデーがなかった。

ブランデーはワインを蒸留して作る酒だ。それを知っていた真由は、常日頃彼女のお願いを叶えたいと手ぐすねを引いていた精霊たちに、なんとかならないかと相談したのだった。

(まさか、精霊たちがあんなにブランデーに食いつくとは思わなかったわ。モグリンとタッちゃんなんか、目の色が違ったもの)

ちなみにモグリンの目は小さく、体毛に埋もれてほとんど見えないので、もちろん比喩《ひゆ》である。

精霊はどの種族も酒に目がないそうで、露天風呂に来ていた全精霊が協力して、ブランデー作りに精を出してくれた。そのおかげで、普通四、五年の熟成期間が必要なブランデーが、瞬《また》く間《ま》にできてしまったのだ。

少し呆《あき》れたが、精霊の力のすごさをあらためて感じた出来事だった。

まさかそんな説明をするわけにもいかないのに、イザークはほろ酔いでしつこくブランデーについて聞いてくる。

「いい加減にしろ！」

見かねたオルレアが真由の前に立ちはだかり、イザークを止めてくれた。

「呑みすぎだ。前回も呑みすぎて俺に迷惑をかけたことを忘れたのか？」

不機嫌全開でオルレアに注意され、イザークはハッとする。

「あ、も、申し訳――」

「謝罪はいらない。一旦、酒をやめろ」

オルレアにジロリと睨《にら》まれて、イザークはグラスから手を離した。そしてなんだか縮こまった様子で、チラチラとオルレアを見ては無視され、ガックリと肩を落とす。

その様子に、真由は驚いてしまった。

（だってどう見てもオルレアさんより、イザークさんの方が強そうなんだもの）

背の高さはさほど変わらないものの、イザークは大柄で筋骨隆々《きんこつりゅうりゅう》。色の濃い茶髪とくっきりとした青い目を持つキリリとした顔立ちで、胸板の厚さなどはオルレアの三倍はありそうだ。殴り合いの喧嘩《けんか》をすれば、十中八九《じっちゅうはっく》、イザークが勝つだろう。

（あ、でもオルレアさんは魔法使いだから、魔法が使える分、普通の人より強いのかしら？　まあ確かにオルレアさんは、あんな大きな露天風呂を精霊の力を借りて作っちゃうくらいなんだから、当然なのかな？）

そんなことを考えていると、オルレアが大きなため息をついてから口を開く。

「今日は、ちゃんと小銭を持ってきたのだろうな？　イザーク」

イザークは、パッと顔を明るくした。

「ハイ……っじゃない！　あ、ああ。もちろんで……だ！　頼まれた品もしっかり買ってきました……ぞ‼」

彼の言葉は、なんだかたどたどしい。

オルレアが激しく顔をしかめ、イザークはまたまた萎縮《いしゅく》した。

(頼まれた品？　オルレアさんったら、何を頼んだのかしら？)

真由がオルレアたちをジッと見ていると、イザークと目が合う。

彼は少し首を傾《かし》げて――やがて「ああ」と納得したように頷《うなず》いた。

「それにしても、で……オルレアで……あ……が、あのような品をご所望なさ……いやいや、欲しがるとは意外でしたが、ひょっとしたらそち――」

「黙れ！」

イザークの言葉を、オルレアはピシャリと封じる。そして頭を抱えてため息をついた。

「もういい。お前は喋《しゃべ》るな。ワラビ、料金はいくらだ？　今日はイザークにきっちり払わせて、もう休ませる」

「そんな！　せめてあともう一杯‼」

「ダメだ！」

縋《すが》りつくイザークを、オルレアが冷たく突き放す。

やっぱりどう見ても不思議な関係だ。

真由とワラビは顔を見合わせ、肩をすくめたのだった。

そのあと、最後の客が帰り、真由は厨房《ちゅうぼう》で一人食器を洗っていた。

朝はミリアが来て手伝ってくれるようになったため、ワラビと真由は夜の後片付けを交替でやるようになったのだ。

今日は真由が後片付けの当番。その代わり、明日の朝は遅番になるため、少しゆっくり寝ていられる。

カシャカシャと手際よく手を動かしていると――

「真由」

突然呼ばれ、驚いて振り返った。

すると背後には、マントを羽織《はお》ったオルレアが立っている。

(イザークさんを部屋に連れて行って、そのまま戻ってこなかったから、てっきり自分の家に帰ったんだと思ったのだけど)

真由は食器を洗うのをやめ、タオルで手を拭きながらオルレアと向き合う。

「まだいたんですか?」

「いたら悪いか?」

「別にそういう意味で言ったわけじゃないですけれど……何か用ですか?」

オルレアは、相変わらずしかめっ面《つら》だ。

(どうしてこんなに機嫌が悪そうなのかしら)

真由は首を傾《かし》げる。その拍子に黒く長い髪がサラサラと肩からこぼれ落ちた。

するとオルレアは、ますます顔をしかめる。

(不衛生だから、髪を縛れとか言われるのかしら?)

真由は仕事中、以前オルレアがくれた髪留めで髪をまとめていた。しかしずっと髪を縛っていると頭が痛くなってしまうため、一人の時は解《ほど》くようにしているのだ。

(今日の仕事はあと食器洗いだけだから解《ほど》いても大丈夫だと思ったけど、洗った食器に髪の毛が落ちたりしたらダメよね)

真由は、これから言われるだろうオルレアからの注意を、素直に受け入れようと心に決めた。

(私だって、好きでオルレアさんと喧嘩《けんか》しているわけじゃないもの。しないで済むのならそれが一番だわ。……さあ! どんな罵詈雑言《ばりぞうごん》でもドンと来なさい!)

何を言われても怒らない覚悟で、真由はオルレアを見つめる。

すると、彼は手を差し出してきた。

「手を出せ」

「へ?」

「いいから、手のひらを上に向けて、俺に差し出してみろ」

何がなんだかわからないが、オルレアの言葉を素直に受け入れようと決めたのだ。持っていたタオルを台の上に置き、彼の前に手を差し出す。

その真由の手に、一瞬、オルレアの手が重なった。

わずかな重みと温かさを手の上に感じたと思えば、あっという間に彼の手は離れていく。

あとに残った自分の手を見ると……そこには銀色の髪留めが一つ、のっていた。

「え？」

「やる。——以前のものは、男の俺でも使えるようなシンプルなものだったからな。……お前も女なら、多少はまともなもので髪を結《ゆ》え」

まるで怒っているような低い声でオルレアはそう言った。おまけに視線を逸《そ》らし、顔をフイッと背《そむ》けてしまう。

いつもの真由だったら、彼の言葉にムッとしただろう。顔を背《そむ》けられたのだって、キィキィと怒るかもしれない。

しかし、今この時、真由には負の感情が少しも浮かんでこなかった。手のひらに置かれた髪留めから目を離せない。

（……キレイ）

素直にそう思えた。

その髪留めは、冬の月のような銀色で、美しい蝶《ちょう》の形をしている。羽の模様が透《す》かし彫りになっていて、繊細《せんさい》な銀の羽のあちこちに紫色の宝石がちりばめられていた。華麗にして精緻《せいち》。見れば見るほど美しく、ため息しか出てこない。

感嘆すると同時に、真由はつい先日聞いたミリアの話を思い出した。

（確か、王都で髪留めが流行《はや》っているって言っていたわ。……本物は、ものすごく高価な品なのよね？　一般に流行《はや》ったものは模造品だって話だったけれど——）

オルレアがくれた髪留めは、きっと模造品の方だろう。王侯貴族しか手に入れられない本物を、一介の引きこもり魔法使いが持っているはずがない。

それでも、手の中の髪留めはとても美しく、真由の目に眩《まばゆ》く映った。

「……ありがとう」

気づけば真由は、素直にお礼の言葉を口にしていた。

オルレアは驚いたように彼女を見る。

「ありがとう、本当に嬉しいわ。大切にする」

「あ、ああ」

心からの礼を告げると、オルレアは毒気を抜かれたように呆然と頷《うなず》いた。

「つけてみていい？」

「ああ」

満面の笑みを浮かべた真由は、即座に手を頭の後ろに回した。器用に髪をまとめて、そこにもらったばかりの髪留めをつける。

そっと手を離すとクルリと後ろを向いて、オルレアに髪留めを見せた。

「どう？　曲がっていないかしら？」

しかし、オルレアはなかなか答えない。

「……えっと、どうかした？　何か変？」

「変じゃない」

今度はすぐに返事が聞こえた。

変じゃないならいいかと、真由は振り向いて——ピシリ！　と動きを止めた。

（え？　……笑ってる）

オルレアが、とても優しく微笑んでいたのだ。先日厨房《ちゅうぼう》で見た以上に、柔らかく。

「オ、オルレア……さん？」

「変じゃない。とてもよく似合っている。……………キレイだ」

どこかうっとりとオルレアは呟《つぶや》いた。

キレイと言われて、真由の頬はカッ！　と火がついたように熱くなる。

「オ、オルレアさんったら!!　……突然どうしたの!?　わ、私を褒めるなんて、何か悪いものでも食べたんじゃない？」

ついついそう叫んでしまう真由。

当然、オルレアはムッとする。

「なんだ、その言い草は？　珍しくお前が素直だから、俺も素直に褒めてやろうと思ったのに。お前は俺に罵《ののし》られる方が好きなのか？」

真由はブンブンと、首を横に振った。罵《ののし》られるのが好きだなんて、とんでもない。

オルレアは、もう一度フッと笑った。

「ならばそのまま褒められておけ。……お前はよくやっている。異世界から突然やってきて、その後すぐに勇者に振り回されたあげく、殺されかけた。心細かっただろうに泣き言も言わずに働いて、温泉なんてものまで作り、村のみんなのために頑張ってくれている。お前の前向きな姿に、俺はいつも呆《あき》れ……いや、感心していたんだ。たまには素直に褒めさせてくれ」

「……今、呆《あき》れてたって言おうとしたでしょう？」

「……気のせいだ」

真由に問い詰められ、オルレアは視線を泳がせる。

真由はプッと噴き出した。

「いいですよ、呆《あき》れていたとしても。その方がオルレアさんらしいもの。——で、全然オルレアさんらしくないこのプレゼントは、誰かの入れ知恵ですか？」

笑いながら顔をのぞきこめば、オルレアは「まいったな」と呟《つぶや》いてガシガシと頭を掻《か》く。

「モグリンとタッちゃんに言われたんだ。いつまでも意地を張って真由と仲直りしないなら、今後二度と協力しないと」

たいへん正直なオルレアだった。

真由は、まあそんなものかと苦笑する。

「ただ、信じてもらえないかもしれないが——俺は、精霊に言われる前から、この髪留めをお前に贈ろうと考えていた。ミリアと話をして、そういえばそんな髪留めが流行《はや》っていたなと思い出して、お前の黒髪に絶対に似合うだろうと思ったんだ」

そう言ってこちらを見てくるオルレアの顔は真剣だ。

真由はピシリと固まり、頬にまたじわじわと熱が集まってきた。

「俺の口が悪いのも、ちゃんと自覚している。いつも喧嘩《けんか》腰になってしまってすまない。……その、上手く言えないが、俺はお前の頑張りを認めているつもりだ。これからもそばで協力させてほしいと思っているのだが……かまわないか？」

いつも高飛車《たかびしゃ》なオルレアから下手《したて》に頼まれて、真由はコクコクと頷《うなず》いた。

突然の展開に、どうしていいかわからない。

オルレアはまた、フワリと笑った。紫の目が優しく細められ、真由はドキドキしてしまう。

「よかった。……正直、嫌われていても仕方ないと思っていたからな。髪留めも突き返されたらどうしようかと緊張していた」

気弱な表情でそんなことまで言うオルレア。

「嫌いなんて！　そんなことありません！」

真由は慌てて叫んだ。ドキドキと高鳴る胸を押さえてオルレアを見上げる。

「私だって、オルレアさんにはとても感謝しているもの。勇者一行との旅から救い出してくれたこともそうだけど、露天風呂もほかの温泉も、オルレアさんの協力がなかったら作れなかったわ。そのうえ、こんなすてきな髪留めまで――その、本当にありがとう」

あらためて礼を言うと、オルレアの頬がほんのり赤くなった。

「そんな真っ赤な顔と潤《うる》んだ目で『ありがとう』だなんて……反則だろう？」

オルレアの小さな声が途切れ途切れに聞こえる。

（え？　反則って……なんのこと？）

真由が首を傾《かし》げると、オルレアの手が伸びてきて、髪と頬にそっと触れられた。
優しく頭の向きを変えられて、後ろの髪留めを確認される。
「オ、オルレア……さん？」
「オルレアでいい」
驚いて、真由は目を泳がせる。
オルレアはクスリと笑った。
「……髪留め、ほんの少し曲がっているみたいだな。直していいか？」
（へ？　え？　えぇぇっ？　……さっき、変じゃないって言わなかった？）
どう答えようか真由が迷っているうちに、オルレアの顔が近づいてきた。
いまだかつてない大接近に、真由の胸は壊れそうなほど音を立てる。
（――ムリ！　死んじゃう!!）
真由がそう思った途端――ポン！　と音がして、水色のタツノオトシゴが現れた。
『あぁ～っ！　ようやく仲直りしたんだねぇ。……モトサヤ？』
無邪気な声を上げてフヨフヨと飛び回るタッちゃん。
『まったくやきもきさせて。じれったいったらなかったわ』
いつの間に入ったのか、オルレアのマントの裾《すそ》からモグリンが顔を出した。
真由とオルレアは、ピシリ！　と固まる。
『夫婦喧嘩《げんか》は犬も食わないって言うんだってぇ。今度から喧嘩《けんか》はほどほどにねぇ』

『そうそう。迷惑千万よ』

タッちゃんはくるくると二人の周囲を回り、モグリンはうんうんと腕を組んで頷《うなず》いた。

この精霊たちはいつから真由たちの話を聞いていたのだろう?

「………モグリン、タッちゃん。ちょっと話をしようか」

引きつった笑みを浮かべたオルレアが、二体の精霊を両手でガシッと掴む。

『あ〜っ! 暴力はんた〜い‼』

『ちょっと離しなさいよ』

ジタバタと暴れる精霊たちを問答無用で捕まえたオルレアは、そのまま厨房《ちゅうぼう》から出て行った。

あとには、真っ赤な顔の真由が取り残される。

再び平然と皿洗いなどできるはずもなく、しばらく真由はそのまま立ちつくしたのだった。

◇◇◇

そのあと、真由とオルレアの間には、小さな変化があった。

「もう! オルレアったら、大浴場には絶対ジャグジーを作りたいって言ったでしょう!」

「ジャグジーは、この村ではまだ奇抜すぎる。作るなら滝行で馴染《なじ》みのある、打たせ湯の方がいい」

互いに譲《ゆず》らず、二人はギン! と睨《にら》み合う。

「まあまあ、大浴場は二つ作るんだ。片方をジャグジーに、もう片方を打たせ湯にしたらどうだい？」

そう仲裁するのはワラビだ。

宿屋の女将《おかみ》であるワラビに言われては、聞かないわけにはいかない。二人はしぶしぶワラビの意見に従《したが》った。

「……姉ちゃん、いったいあの二人の仲にどんな進展があったんだ？　前とまったく変わらないように見えるけれど？」

扉の陰に隠れて中の様子をうかがうのは、ミリアとシャルの姉弟だ。

「シッ！　いいから見ていなさい。すぐにわかるから」

シャルは不満そうに黙り込んだが、次の瞬間、緑の目を真ん丸に見開く。

話し合いが終わりさっさと部屋を出て行こうとした真由を、オルレアが呼び止めたのだ。

「何？」

「髪留めが曲がっている」

オルレアは椅子から立ち上がり、真由に近づく。そして彼女の背後に回り込み、髪留めにそっと触れた。

真由は顔を赤くしながらも、オルレアにされるがままだ。

シャルの目には、別に曲がってもいない髪留めを、オルレアが時間をかけてただ触っているように映った。彼の手は、真由の髪だけじゃなく首筋や耳、頬にまでしっかり触れている。

「よし、これでいい」

「あ、ありがとう」

終わった時には、真由は耳の先まで真っ赤になっていた。

その様子を見て、オルレアが嬉しそうに笑う。

「あっ、そうだわ。オルレア、私、ブランデーボンボンを作ったの。あとで家に持って行くわね」

「ブランデーボンボン？」

「砂糖の殻の中にブランデーが入っているお菓子よ。たぶん気に入ってもらえると思うのだけど」

「それは楽しみだな」

紫の目を優しく細めるオルレアと、そんな彼の様子に赤い頬をなお赤くする真由。

「…………うっわ。ゲロ甘。ってか、誰だよ、あの男⁉　絶対オルレアじゃないだろう！」

シャルは小さな声で叫んだ。

「間違いなくオルレアさんよ。だから言ったでしょう」

姉弟はこそこそと扉の陰で会話する。

「あんなに甘いのに、まだあの二人は恋人同士じゃないのよ。真由さんはオルレアさんの家に行っても、本当にお菓子を味見してもらうだけで、何事もなく帰ってくるんですって」

ミリアの口調は、どこか呆《あき》れている。

「へ？　まじかよ？　なんで？」

「さあ？　私にはさっぱりわからないわ。間違いなく二人は好き合っていると思うのだけど」

「――二人とも恋愛経験がないみたいだからね」

そこに誰かが割り込んできた。声の主はワラビで、二人の世界を作る真由とオルレアを残し、さっさと部屋から出てきたのだ。

「恋愛経験がない？」

「ああ、そうさ。オルレアはともかく、真由は今まで誰とも付き合ったことがないと教えてくれたからね」

「誰とも？」

惚《ほ》れっぽいミリアは、ビックリ仰天《ぎょうてん》した。

「真由さんは二十五歳ですよね。それなのに？」

「ああ。真由は温泉めぐりが趣味でね。恋人と付き合う暇があれば、その分温泉に入っていた方がいいと思っていたそうだ」

「……そういえば、オルレアも、ものすごく面倒くさがりやで、引きこもりだったもんな。恋人なんかできそうにないや」

シャルの言葉に、ワラビとミリアはそれもそうかと納得する。

「それで二人とも、ずっと前からお互い遠慮なく意見が言い合えるくらい仲がよかったのに、自分たちは仲が悪いと思い込んでいたんですか？」

「……それって、二人ともかなり鈍感だってことじゃないか？」

ミリアの言葉にシャルが身も蓋《ふた》もない評価を下した。

――確かにその通りだ。ミリアもワラビも、シャルの言葉を否定できない。

三人は、憐《あわ》れみを込めた視線を、真由たちに送る。

『鈍感』だと断定されているなんて少しも思いもしない真由とオルレアは、いまだ甘い雰囲気で見つめ合っていた。

扉の外で三人は肩をすくめると、顔を見合わせて大きなため息をついたのだった。

◇◇◇

その日の仕事が終わってから、真由は約束通りオルレアの家へブランデーボンボンを持って行った。

髪留めをもらって和解して以降、真由は時々、オルレアの家を訪れている。そこでおいしいお茶を飲み、たわいのない話をするのが、今ではとても楽しみなのだ。

今日の手土産《てみやげ》であるブランデーボンボンは、砂糖の再結晶化を利用したお菓子だ。敷き詰めた片栗粉に指でくぼみを作り、糖液と混ぜたブランデーを注《そそ》いで、上からまた片栗粉をかける。そのまま放置すれば、糖液の周りから再結晶化し、完成である。トロリと甘く、ブランデーの味と香りが楽しめる大人向けのお菓子で、真由の大好物だ。

「これは美味《うま》いな。見た目は可愛いのに中身は上等な酒で、いい意味で予想を裏切ってくれる。貴族の嗜好品《しこう》としても十分売れるんじゃないか？」

オルレアはブランデーボンボンをとても気に入ってくれたらしい。

「オルレアったら、貴族の嗜好品《しこう》は褒めすぎよ。だいたい貴族がどんなものを好《この》むかなんて、私たちにはわからないでしょう？」

「あ、あぁ……そうだな。いやでも、それくらい美味《うま》いってことだ」

褒められて嬉しくない人間はいない。真由は楽しくなり、いつも以上におしゃべりしてしまった。

その結果、宿屋へ帰る時間が遅くなる。

夜道を一人で帰る真由を心配したオルレアは、彼女を送ると言い出した。

（でもそれって、わざわざ私が持ってきた意味がなくない？）

真由は必死に大丈夫だと言ったのだが、『危ないから』と押し切られてしまった。

そういうわけで二人は、夜の道を魔法の明かりを灯《とも》しながら歩いている。

空には月が二つ浮かび、煌々《こうこう》と夜道を照らしていた。あまりに明るくて、魔法の明かりがいらないくらいだ。

つい先ほどまで会話をしていたのだが、ふと話が途切れ、真由は空を――二つの月を見上げた。

地球にはない、二つの月を。

そのままボーっと眺《なが》めながら歩いていたら――

「…………まだ、帰りたいか？」

突然、オルレアにそう聞かれた。

真由は、キョトンとする。

(え？　今、宿屋に帰っているところよね？　『まだ』って、どういうこと？)

不思議に思ってオルレアを見ると、彼はとても真剣な顔で真由を見つめていた。

思わず真由は足を止めてしまう。

オルレアも立ち止まり、二人は静かに見つめ合う。オルレアは背が高いので、真由は自然と彼を見上げる形になった。その背後には二つの月が輝いている。

その月を見て真由は、ハッとした。

(ひょっとしてオルレアは、私に元の世界に帰りたいかって聞いているの？)

それなら『まだ』というのも理解できる。

真由は答えようとして、固まってしまった。

――帰りたいかと問われたのだから『もちろん』と答えるつもりだった。

真由は望んで異世界トリップをしたわけではない。日本での暮らしに不満はなく、ＯＬとして働く傍《かたわ》ら、休日には温泉三昧を楽しんでいた。前の世界で死んでしまって、帰れないというわけでもない。

しかも真由は、この世界で殺されかけるというヒドイ経験をしたのだ。

帰りたくないわけなんて、あるはずがないのに――真由は『もちろん』と口にすることができなかった。

(どうしたの？　私は、帰りたくないの？　そんなわけないわ、帰りたいのよ)

そう思っているにもかかわらず、口は開かない。

そんな自分に戸惑《とまど》っていると、なぜか突然オルレアが「すまない」と謝ってきた。

「帰りたくないはずがないな。元の世界には真由の家族——ご両親だっているだろう。わかりきったことを聞いて、困らせてしまった」

オルレアは煌々《こうこう》と輝く月を背にしているため、顔に影ができて表情はよく見えない。だけどなんとなく、苦しそうな表情をしているような気がした。自分が答えを迷ったせいでそんな表情になっているのだとしたら、真由は嫌だ。

「違うの！　私が戸惑《とまど》っているのは、オルレアの質問のせいじゃないわ。そうじゃなくて、私は！」

真由はそこで、いったん口を閉じる。少し考えて……あらためて話しはじめた。

「——私の両親は、交通事故で死んでしまって、もういないの。あぁ、交通事故っていうのは、元の世界にある自動車という乗り物の事故のことね」

オルレアの体がビクッと揺れる。

真由は急いで、大丈夫と言うように笑ってみせた。

「両親は死んでしまったけれど、私は父方の叔母《おば》夫婦にきちんと面倒を見てもらったわ。丁度大学に進学して一人暮らしをはじめたばかりだったから、一緒には暮らさなかったけれど、大切にしてもらったから心配しないで。……ただ、叔母《おば》は少しブラコンでね。兄である私の父のことが、大好きだったのよ。だから父が死んだ事故のことがいつまで経っても許せなかったの」

思い出して、真由は苦笑する。肩をすくめて話を続けた。

「私の両親は、二人で温泉旅行に行った帰りに、交通事故に遭《あ》ったの。おかげで叔母《おば》は温泉まで大嫌いになって……温泉好きな私のことを『気が知れない』と呆《あき》れていたわ」

叔母《おば》にとって温泉は、大好きな兄を殺してしまった旅行の目的。温泉と聞くだけで兄の死を思い出し、涙に暮れる。それなのに、兄の娘の真由は平気な顔をして温泉に通うのだ。

「私は叔母《おば》から見たら、親の死をなんとも思わない薄情な娘だったみたい」

「違う！」

突如《とつじょ》オルレアが大声で否定する。

真由はびっくりして目を瞬《またた》かせた。

「真由が薄情だなどと、それはどう考えても違うだろう！　直接の死因でなかったのなら、嫌う方が理不尽なはずだ！」

まるで自分のことのように怒るオルレアの姿に、真由の胸はいっぱいになる。泣き出しそうになってしまい、慌てて笑った。

「ありがとう。私のために怒ってくれて。でも大丈夫よ。言ったでしょう、大切にされたって。叔《お》母《ば》は自分と考え方が合わないからといって、大好きな兄の忘れ形見をいじめるような人ではないの。ちゃんと保護者としての責任は果たしてくれたし、叔母《おば》なりの愛情を持って接してくれたわ」

そう、叔母《おば》は彼女なりに真由を思ってくれていた。

それがわかっていた真由は、少しうつむく。

「オルレアは庇《かば》ってくれたけれど……たぶん私は、本当に薄情者なのよ。だって、叔母《おば》がいた元の世界よりも、一年も暮らしていないこちらの世界の方が、楽しいと思うのだもの。叔母《おば》のことは嫌いではないし、いい人だと思うけど……それでも一緒にいたいと思うのは叔母《おば》夫婦より、ワラビさんやオルレアの方だわ。モグリンやタッちゃんもいるし温泉もあるし――」

だからきっともう真由は、悩まずに『帰りたい』とは言えない。

異世界トリップをして一年も経たないのに、こんな風に思う自分に呆《あき》れてしまう。

真由が顔を上げられないでいると、オルレアがぽつりと呟《つぶや》いた。

「真由が薄情でよかった」

「――へ？」

とんでもないことを言われて、真由はパッと顔を上げる。

すると、影になっていてもはっきりわかるほどの笑顔が、そこにあった。

「このままこっちの世界にいてくれるのなら、どんどん薄情になってくれてかまわないぞ」

「ちょっ！　ちょっと、オルレアったら！」

「ハハ――もちろん冗談だ。俺は真由が薄情だなんて思っていない。真由が誰よりお人好《ひとよ》しで優しいことは、よくわかっている。そんな真由の優しさがわからないような人間に対しては、もっと薄情でもいいと思うくらいにな」

「オルレア――」

真由は言葉に詰まった。温かなものが胸の中いっぱいに広がって、声にならない。

オルレアの手が伸びてきて、そっと真由の頬に触れた。大きな手がそのまま優しく撫《な》でてくれる。

「ありがとう、真由。俺たちのそばにいるのが楽しいと言ってくれて」

「オルレア」

「俺は、できることならこのままずっと、お前にそばにいてほしい。お前にもそう思ってもらえるよう、これからもっと努力しよう」

静かな声で囁《ささや》かれて、真由の頬はカッと熱くなった。きっと真っ赤になっているに違いない。

恥ずかしくて下を向きたいのだが、オルレアの手がそうさせてくれなかった。

「オ、オルレア――」

「真由」

名を呼ばれると、ますます頬は熱くなる。胸がドキドキ、頭はクラクラした。

そのせいか、やけにオルレアの顔が近いような気がする。ぶつかるような気さえして、真由は咄《とっ》嗟《さ》に目をつぶった。

次の瞬間――

『あ〜！　もう、こんなとこにいたのね。帰りが遅いから心配したじゃない！』

可愛い声が真由の足元あたりから響く。

『遅くなった時はぁ、僕らを呼んでねぇ』

のんびりとした声は、耳元で聞こえた。

「……モグリン、タッちゃん」

声の主は、言わずと知れた土の精霊と水の精霊だ。目を開けると、タッちゃんは真由の顔の周りを回っていて、モグリンは足をよじ上《のぼ》ってくるところだ。

『ワラビたちが心配しているわよ。まったく世話が焼けるわね』

よじよじと真由の足から背中、肩に上りながらモグリンが叱りつけてくる。

『僕らも心配したんだよぉ』

タッちゃんにもそう言われ、真由は慌てて謝る。

「ごめんなさい。でも大丈夫よ。今、オルレアに送ってもらっているところだから」

だから心配いらないと言いたかったのだが、モグリンとタッちゃんは呆《あき》れた顔をした。

『オルレアなんて、真由にとっては、今一番当てにならない相手じゃない』

『男はみんな送り狼《おおかみ》なんだよぉ～』

二体の精霊の言い草に、真由は驚き抗議した。

「そんな！　そんなことはないわよ。もう、モグリンもタッちゃんも失礼ね」

ショックだったのか、オルレアは拳《こぶし》を握りしめて顔を伏せている。

「……せっかくいい雰囲気だったのに」

ポツリと呟《つぶや》いた低い声が、真由の耳に届いた。

「え？　……オルレア？」

「なんでもない。行くぞ」

オルレアはそう言うなり、真由の手を握ってくる。そのままずんずんと歩き出した。

「え？　あ！　あの――」

強引に引っ張られて、真由は焦ってしまう。

（手、手が！　え？　なんで？　……っていうか、モグリンとタッちゃんが来てくれたから、もうオルレアは帰ってもいいんじゃない⁉）

しかし、オルレアは不機嫌そうで、さすがに言い出せない雰囲気だ。

『ちょっと！　急に動き出さないでよ。あたしが落ちたらどうするの⁉』

真由の肩の上で、モグリンがプンプンと怒りだす。

『あ～あぁ。余裕のない男はモテないんだよぉ』

タッちゃんはのんびりと、オルレアの周囲を飛び回った。

「うるさい！」

オルレアは二体を怒鳴《どな》りつける。

（本当に、なんでこうなったのぉ～⁉）

空に二つの月が輝く異世界の夜を、真由たちは賑《にぎ》やかに歩いて行った。


月日は過ぎ、真由が異世界トリップしてから、早くも一年が経つ。

見るものすべてに希望を感じさせるような晴れた日に、真由が待望していた大浴場完備の温泉旅館が完成した。

「……スゴイ！　スゴイわ！　本当に温泉旅館ができてしまうだなんて！」

夢じゃないかと、真由は自分で自分の頬をつねる。

それくらい、目の前の光景は素晴らしかった。

真由はあらためてじっくりと、木造三階建ての温泉旅館を眺《なが》める。

旅館の外観は、有名温泉地に多い古風なものである。白壁に黒い梁《はり》が映《は》えていて、見る目を奪う美しさに感嘆のため息がもれた。

外からは見えないが室内は数寄屋《すきや》造りの純和風。真由にとっては懐《なつ》かしい造りだが、この世界では斬新《ざんしん》なデザインで、オルレアもワラビも気に入ってくれている。ちなみに旅館には、従業員の部屋をいくつか作り、ワラビはもちろん真由やオルレアもそこで暮らすことになった。

大浴場は二つあり、片方がヒノキ、もう片方は大理石にして、時間帯によって男女を入れ替えるシステムにした。

温泉は当然、自家源泉でかけ流し。水の精霊の力で常時清潔に保たれているので、そのまま飲めるくらい澄《す》んでいた。

(飲泉をすすめてもいいかもしれないわよね?)

理想通りの温泉旅館に真由のテンションはマックスまで上がる。頬をつねっても喜びの方が大きくて痛みなんか気にならないくらいだ。

「ホントに夢だったらどうしよう?」

そんな心配をする真由に、オルレアが苦笑しながら、近づいてくる。

「夢であるものか。この温泉旅館はお前の努力の成果だ」

そう言いながら真由の手を握って、つねっていた頬を離させた。

「ううん!　オルレアやみんなが助けてくれなかったら、絶対できなかったものだもの。この旅館はみんなの成果よ！」

　真由は目に涙を浮かべて笑った。

　オルレアは、握った真由の手を反対の手に持ち替えて、今度はその手で赤くなった彼女の頬をいたわるように撫《な》でてくる。

「確かに誰の力が欠けても、この温泉はできなかったかもしれない。それでも、真由のアイデアがなければ、そもそも誰もやってみようとさえしなかったはずだ。お前は頑張った。胸を張っていいぞ」

「オルレア――」

　二人は互いにうっとりと見つめ合う。そこに――

「……ゴホン！　あ～、そろそろ看板を出してもいいんじゃないかい？　村のみんなや精霊たちに内覧会をするんだろう？」

　わざとらしく咳をしながら、ワラビが話しかけてきた。

　真由はハッとし、慌ててオルレアから距離を取る。

「あ、あぁぁ！　その通りです！　すみません！」

　彼女は恥ずかしくなってうろたえ、熱くなった頬を両手で押さえた。

　オルレアは不満げに、宙に浮いた自分の手を見つめている。やがて小さな舌打ちをした。

　そんな彼にワラビが呆《あき》れたような視線を向ける。

「オルレア……あんた、なんだか最近開き直ったんじゃないかい？　人目をはばからず真由にかまうようになったよねぇ？」

「え？」

真由は驚いて、オルレアとワラビの顔を見つめた。

すると、オルレアはニヤリと笑う。

「……さんざん焚《た》きつけてくれたのはそちらだろう？」

「まあそうなんだけどさ。以前の引きこもりっぷりは、いったいどこにやったんだい？」

「引きこもっていたら、欲しいものは手に入らないからな。それどころか、いつ誰に掻《か》っ攫《さら》われるかわかったもんじゃない」

彼は眉間に軽くしわを寄せて答えた。

「ああ」とワラビは、思い当たったように頷《うなず》く。

「最近、若い男の従業員が増えて、真由は人気者になったからねぇ」

「従業員だけじゃない。客の中にも、色目を使う奴がいる。何度も繰り返し通う奴もいるし」

オルレアの眉間のしわは、どんどん深くなった。

真由には、ワラビとオルレアの言っていることが、よくわからない。

（従業員とお客さん？　確かに若い男の人によく声をかけられるけれど、あれは純粋に温泉に関する質問をされるだけよね？　あと何度も繰り返し通う人って、アスワドさんのこと？）

アスワドというのは、真由が以前、温泉饅頭《まんじゅう》をおまけした男性のことだ。彼はあのあとも足繁く通ってくれ、名前を教え合うくらいの間柄になっているのだ。いわゆる常連さんである。

（もっとも名前以外は、職業も住んでいる場所も知らないけれど。アスワドさんはただの温泉好きよね？）

異世界でも温泉好きが増えていると、真由は単純に喜んでいた。

それなのに、ワラビとオルレアはそう思っていなさそうだ。

首を傾《かし》げている間にも、二人の会話は続いていた。

「人間だけじゃない。精霊の中にも真由に興味を持つ者がいる」

「そういえば、精霊は高位になれば、人型を取れるんだったね。しかも力が強ければ強いほど美形だっていうじゃないか。高位精霊と人間の恋物語は、あたしら女の憧れの物語だよ」

うっとりと語るワラビの話を聞いたオルレアは、ますます不機嫌になった。

（精霊？　って、モグリンとタッちゃんみたいな？　あの精霊が、人間と同じ姿になれるの？）

今まで露天風呂に集まった精霊は、すべて獣《けもの》型をしていた。彼らが人型になるところを想像できなくて、真由は首を横に振った。

（いったいオルレアとワラビは、なんの心配をしているのかしら？　私が男の人や精霊に声をかけられると、旅館の経営上、何か問題があるの？）

恋愛経験に疎《うと》い真由には、さっぱりわからない。

（どうしよう？　わからないなら聞いてみた方がいいわよね？）

そう思い二人に声をかけようとしたその時、手伝いをしていたシャルが看板を差し出してくる。

「ほら真由姉ちゃん、看板は自分の手でかけたいって言っていただろう」

そういえば、旅館に看板をかけることになっていたのだ。

旅館の看板は、大浴場の一つと同じ、ヒノキで作った。美しい木目の板に、旅館名『ワラビの宿』という文字を素朴な感じで焼きつけてある。縦一メートル、横三十センチくらいの薄い板は軽くて、女性や子供でも持てるくらいだ。

「あ、ありがとう」

「どういたしまして。真由姉ちゃんの役に立てたんなら嬉しいよ」

シャルはへへっと嬉しそうに笑う。

つられて真由もフフフと笑い返した。一人っ子の真由だが、シャルは弟みたいに思えて、とても可愛いのだ。

仲よく微笑み合う真由とシャルを、オルレアが面白くなさそうに見てきた。

「……こんなところにも伏兵がいたか」

「いやいや、何を言っているんだい？　シャルは十三歳だよ」

呆《あき》れたようにワラビがオルレアに注意する。

オルレアは、フンと鼻を鳴らした。

「子供であれ誰であれ、邪魔者に容赦《ようしゃ》はしない」

（え？）

物騒な言葉を聞いた真由は、驚いてオルレアの方へ顔を向けた。

途端、オルレアは満面の笑みを浮かべる。とても優しい表情だ。

「真由、一緒に看板をかけよう」

オルレアはそう言うと、真由から看板をそっと取り上げ、そのまま正面玄関へ向かう。そして、真由から見て右側の柱へと、彼女をエスコートした。

その優しい笑みと完璧なエスコートを受けた真由は、さっきの言葉は聞き間違いだと確信する。

(オルレアがあんなセリフを言うはずないもの)

ワラビやミリア、シャルも顔を引きつらせている気がするが——きっと気のせいだろう。

「真由、そっちの端を押さえて」

「あ、はい！」

オルレアに声をかけられ、真由は看板に注意を戻す。そして二人で力を合わせて看板をかけた。

「はじめての共同作業だな」

オルレアの言葉に、頬がじわじわと熱くなる。

「……はい」

こうして無事(?)、異世界初の温泉旅館が開館したのだった。


そのあと、温泉旅館『ワラビの宿』は順調な滑《すべ》り出しを見せた。

すでに露天風呂で人気を博していたし、内覧会に訪れた人々や精霊が大満足して、いい口コミを流してくれたからだ。

『ねぇねぇ、最近流行の温泉旅館ってやつ、行ってみた？』

『温泉旅館？　なんだいそれは』

『宿屋みたいなものらしいんだけど、露天風呂で月見酒が最高だって！』

『え？　私は温泉饅頭《まんじゅう》がめちゃくちゃ美味《うま》いって聞いたけど』

『温泉饅頭《まんじゅう》だけじゃないよ。あそこの料理はみんな絶品なんだ。しかも食べると、ものすごく調子がよくなるんだって！』

『あと、温泉って、ポカポカ温まって幸せな気分になれるらしいよ』

『へぇ、行ってみようか』

こんな調子で噂が噂を呼び、次々と広がって行ったらしい。

心配していた不特定多数との入浴も、慣れるものなのか、大きな問題もなく受け入れられた。特に今回作った二つの浴場は、それぞれ男女別で入浴するようにしたのがよかったようだ。

「同性同士ですもの。湯着一枚を着て混浴するよりは、ずっと気が楽です」

はじめて大浴場に入ったミリアの感想に、ワラビやほかの人たちもうんうんと頷《うなず》いていた。

「出だしは上々ってとこよね？」

「ああ。これ以上お客が増えても、こちらの対応がままならないからね。キャンセル待ちのお客も多いし、このくらいの客入りで十分だよ」

真由の問いかけに答えるワラビも満足そうだ。

「ワラビさん、真由さん！　お客さんが到着されますよ～！」

「はぁ～い！」

「今行くよ！」

ミリアの呼びかけに、笑顔で答える二人だった。

最近、真由が温泉で流行《はや》らせたものの一つに、月見酒というものがある。

月見酒とは文字通り、月を鑑賞しながら呑む酒のこと。

逆に言うと、温泉に入っていないといけないわけではないのだが、温泉との相性はバツグン。露天風呂にお銚子《ちょうし》とおちょこの入った風呂桶を浮かべ、頭に手ぬぐいをのせて、のんびりと風呂に浸《つ》かりながら月を見上げるイメージがある。

（この世界の月は一つでなく、二つだけれど……）

今宵《こよい》は十六夜だ。満月がほんの少し欠けた月が二つ、夜空に煌々《こうこう》と輝いている。

夜遅く疲れた顔でやってきた常連客のアスワドは、混浴になっている露天風呂に浸《つ》かり、ボーッと空を眺《なが》めていた。そして時折手酌《てじゃく》で酒を呑み、大きく息を吐く。

（それでも少しは顔色がよくなってきたかしら？　旅館に入ってきた時は本当に具合が悪そうで、今にも死んじゃいそうだったもの）

真由は心配しながら、アスワドの様子をうかがっていた。

アスワドはいつも疲労感を漂《ただよ》わせてやってくるが、今日は特にひどかった。

どれくらいひどいかと言えば、思わず真由がお風呂に入ることを止めたくらい。

（お風呂に入るのって案外体力を使うのよね。本当に弱っている時は入らない方がいいもの）

しかしアスワドは、真由の制止を振り切って湯着を着ると、露天風呂へ入った。普段の気の弱さはどこへやら、鬼気迫《ききせま》る勢いで「どけ」と言われ、月見酒の用意まで命じられたのだ。

あまりの恐ろしさに、真由は震えあがってしまった。

（ホントにいつもとは別人みたいだったわ。……あの温厚なアスワドさんがあんな風になるなんて、よほどのことがあったのかしら？）

一時《いっとき》は怯《おび》えた真由だったが、そのあとは心配ばかりが募《つの》る。今にも倒れるのではないかとハラハラしながら、アスワドを見守っていたのだ。

しかし、どうやら彼は回復した様子で、小さく安堵《あんど》の息を吐く。

「……アスワドさん。お酒と一緒にこちらのピンチョスもいかがですか？　お酒を呑む時は、何かお腹に入れないと、思いのほか早く酔いが回って倒れちゃうかもしれませんよ？」

ピンチョスとは、小さく切ったパンの上に具材を少量のせ、ピンでとめたお酒のつまみだ。手を汚さずに食べられるので、月見酒のお伴《とも》には最適だろう。

真由に声をかけられて、アスワドはビクリと体を震わせた。背中を丸め、首をすくめると、おそるおそるこちらを振り返る。

（うん。いつも通りのアスワドさんだわ）

「……あ、あの……真由さん」

「お酒が回って頭がクラクラしたりしていませんか？　冷たい料理もありますが、そちらをご用意しましょうか？」

真由がたずねれば、アスワドはものすごく情けない顔をした。顔がどんどん赤くなっていく。

「……あああ、あの、その……私は」

「ええ。とても疲れていらっしゃいましたよね？　大丈夫、わかります。毎日働いていれば、何もかも嫌になって、周囲に当たり散らしたくなる日がありますもの。温泉は日々のストレスを発散する場所ですから、気にしなくていいですよ。アスワドさんが落ち着かれたのならよかったです」

赤面したアスワドが気の毒で、真由は言葉を重ねる。

そしてますます体を縮めた男に、露天風呂の脇から料理を差し出した。

「あ……ありが……とう、ございます」

アスワドはホッとしたように体の力を抜いて、へにゃりと笑う。

（うん、可愛い）

成人男性に対する評価としてはいかがなものかと思うが、真由は素直にそう思った。

月明かりの下、二人は微笑み合う。

——ちなみに、一昨日《おととい》あたりから月見酒日和《びより》ということで、夜の露天風呂は大賑《おおにぎ》わい。満月の昨晩ほどではないが、今日もかなりの人が来ていて、風呂のあちらこちらで月を愛《め》でている。

（まあ、なんでか今日は、精霊たちが全然いないんだけど？）

正確にはアスワドが入ってくる寸前まで、かなりの数の精霊がいた。しかし、アスワドの姿を見た途端、蜘蛛《くも》の子を散らすようにいなくなってしまったのだ。

（よっぽどアスワドさんが怖かったのね。精霊って、負の感情が嫌いみたいだもの）

そんなわけで今この場には、真由とアスワド以外にも、人間――しかも月見酒を呑んでいる酔《よ》っ払《ぱら》いが十人くらいいる。

「アスワドさん、落ち着いたかい？」

「ああ、そりゃよかったねぇ。まったく最初に入ってきた時は、俺たちみんな食い殺しそうな顔をしていたから、チビッちゃいそうだったよ」

「えぇっ!!　おいおいやめてくれよな！　冗談じゃない」

「ハハハ、大丈夫さぁ。ここの風呂には精霊さまの浄化魔法が常時かかっているんだ。ちょっとくらいチビッても問題ないだろう？」

「問題大ありだ!!」

アスワドがいつもの様子に戻ったのを確認した客たちは、大声で話し出した。みんな酒が入っているので、場の空気はあっという間に賑《にぎ》やかになる。

今の今までアスワドの漂《ただよ》わせていた重い空気に、さすがの酔《よ》っ払《ぱら》いたちも声をひそめていたのだ。

アスワドは彼らに向かって、おずおずとした笑みを浮かべた。

「……ご、ご心配をおかけして……す、すいません」

「いいってことよ。人間誰だってイライラすることはあらぁな。調子のいい日と悪い日があるのが当たり前さぁ」

月の下、むさ苦しい大男が、ニヤリと笑った。

「そうそう！　あの〝勇者さま一行〟だって、最近はめちゃめちゃ調子が悪くって、連敗続きだって言うもんなぁ」

大男と一緒に呑んでいた小柄な男が、うんうんと頷《うなず》きながらそう言った。彼は確か旅商人で、情報通だ。

思わぬタイミングで勇者一行の名前を聞いた真由は、ビクリと震えた。

――真由が元勇者の仲間で、しかもそこから追い出されたということは、別に秘密にしているわけではない。かといって、触れ回っているわけでもないので、結果的にワラビとオルレア以外のほとんどの人間は、その事実を知らなかった。

「へぇ～？　本当かい？　それってかなりヤバいんじゃないかい？」

別の温泉客の一人が心配そうに言う。

「ああ、それがなぁ――なぜか最近は魔獣の被害があんまりないんだよ。魔王も鳴りを潜《ひそ》めているし、魔王側にもなんかあったんじゃないかって、もっぱらの噂になっている」

「へぇ？　だから、勇者さま一行が負け続けていても平気なのかい？」

「あぁ、いやまぁ。魔王の方だって、いつ牙《きば》をむくかわからないから、平気ってわけじゃないんだろうけど」

露天風呂の客たちは好き勝手に噂話をする。

(負け続き………ううん。もう私には関係ないんだもの。気になんてしないわ)

真由はプルプルと首を横に振る。

気を取り直してアスワドに料理を食べてもらおうと思ったのだが、そこでピタリと動きを止めた。

アスワドが、ほの暗い表情で笑っていたからだ。

「ア、アスワドさん？」

(なんでまた不機嫌に戻っているの⁉)

真由は心の中で悲鳴を上げる。

「勇者一行？　……あんな奴らが勇者であるものか」

地を這《は》うような低い声で、アスワドは話す。

それは、思わず真由が体をブルリと震わせてしまうほど暗い声だった。

それなのに、彼の声の不穏な響きに気がつかなかったのか、最初に勇者一行の情報を話した商人が軽い調子で話に乗ってきた。

「へぇ～？　アスワドさんはアンチ勇者派なのかい？　まあ、今の勇者さま一行はあまりいい評判を聞かないから、仕方ないかもしれないけれど、そんなことを大声で言わない方がいいよ」

アスワドは「フン」と冷酷に笑った。

「魔獣に遭遇しては負けを繰り返している勇者一行に、何を遠慮することがある。あげく奴らは魔獣の大群を前に、這《ほ》う這《ほ》うの体《てい》で逃げ出したのだぞ。仲間二人を置き去りにしてな。おかげで、見捨てられた仲間の怨嗟《えんさ》の念を受け、果ての荒野の瘴気《しょうき》が倍に膨《ふく》れ上がった」

嘲《あざけ》りを隠しもしないアスワドの声が、露天風呂に響く。

さすがに全員が顔色を変えた。

「……ア、アスワドさん。それは本当かい？」

温かい温泉に入っているはずなのに、旅商人の男が震えながら聞いてくる。

名前を呼ばれたアスワドは、その瞬間ハッとしたように瞬《まばた》きをした。

「……あ……えっと、その。……そ、そんな話を、いつだか、ひ、人伝《ひとづて》に聞いて……。もしかして、嘘かも……」

しどろもどろに答える姿は、いつものアスワドだ。

聞いた旅商人も周囲の人間も、ホッとしたように大きく息を吐いた。

「なんだい、出どころのわからない噂かぁ。脅かさないでくださいよ」

「そうそう。勇者さまご一行が、仲間を見捨てて逃げ出しただなんて」

「そうかそうか。そんな話を聞いていたから、アスワドさんは勇者さまご一行に否定的だったんだな。そんなひどい話を聞いたんじゃ、勇者さま一行に腹を立てるのも仕方ない」

温泉客たちは、てんでばらばらに話しはじめる。

そのあと——

「ああ、そうだ。そういえば隣の村の牧場で、三つ子の牛が生まれた話を聞いたかい？」

「へぇ？　そいつは珍しいな。三つ子とは縁起がいい。みんな元気かい？」

「ああ、元気も元気——」

酔《よ》っ払《ぱら》いの会話は、まったく別の方向へと移っていった。

アスワドは下を向き、肩を大きく下げる。

なんだかホッとしているように見えるアスワドに、真由はおそるおそる声をかけた。

「……アスワドさん。さっきの勇者一行が仲間を置き去りにした話――置き去りにされた人たちはどうなったんですか？」

それは真由にとって、どうしても気になることだった。

（本当にただの噂話ならいいけれど、もし本当だとしたら、置き去りって……。転移石を持っているのはサラだから、一緒に逃げたのはきっとアベルで、残されたのはカロンとフローラよね？　魔獣の大群を前に置き去りにされて、二人は無事なの？　まさか死んでないわよね？）

勇者一行といた時、カロンは何かと真由を気にかけてくれた。フローラとは会話らしい会話をしたこともなかったが、それでも真由の作った料理を『おいしい』と言って食べてくれたのだ。

サラに殺されかけたことは忘れられないし、サラの暴挙を見逃《みのが》したアベルたちに対しても思うところはある。今までサラのわがままを許してきたから、今回の置き去り事件が起きたのであって、ある意味自業自得だろう。

それでもカロンとフローラがたった二人で魔獣の大群の前に残されたと思えば、心配せずにはいられなかった。

アスワドはもちろん真由の事情を知らない。不審がられるかと思ったのだが、彼は感情の読めない静かな表情で、真由を見つめてきた。

「置き去りにされた人間は負の感情を大量に放出する。そのままにしておいては、果ての荒野の魔獣たちをますます活性化させ、手に負えなくさせてしまう。それを危惧《きぐ》したのだろう。精霊たちが荒野の外に放り出した――と、人伝《ひとづて》に聞いた」

人から聞いた話だからか、アスワドの言葉はいつもと違いとてもなめらかだ。まるで別人のように感じられる。

しかし今は、そんなことにかまっていられなかった。

「無事なんですか？」

身を乗り出してたずねる真由。

「怪我はしているが、命に別状はないそうだ」

真由は、ヘナヘナとその場に座り込んだ。

「よ、よかった。ありがとうございます、アスワドさん」

アスワドは不思議そうに首を傾《かし》げた。

「なぜあなたが私に礼を言う？」

「あ、その……えっと、なんとなく？」

真由の答えを聞いたアスワドは、フッと笑った。

「真由さん、あなたはおかしな人間ですね」

貶《けな》されたのかと思ったが、アスワドの笑みは優しい。

「そんなことないと思いますけど？」

「いいえ、十分おかしいですよ。おかしいと言えば、この温泉も入っているだけで心を温かく癒《い》してくれる。料理もそうですし、真由さん、あなたの周りはおかしくて〝温かい〟ものばかりだ」

ニコニコ笑いながらアスワドはそう言った。

「違いますよ。温泉は元々、入るだけで心も体もポカポカと温めてくれるものなんです！　それはおかしいことでもなんでもありません！」

真由は胸を張って言い切る。

(料理はあれかもしれないけれど、温泉の癒《い》やし効果は、地球でも異世界でも共通なものだもの！)

アスワドは、ますます楽しそうに笑った。そのまま夜空を振り仰《あお》ぐ。

「……月がきれいですね」

「……はい」

美しい二つの月が、月見酒に酔う人々を静かに見下ろしていた。

◇◇◇

真由が温泉でのんびりと月を見た一月《ひとつき》後、アベルたち勇者一行は、果ての荒野を黙々と歩いていた。全員の顔に疲労が色濃く出ていて、足取りは重く、ずっと下を向いている。

「今日はこの辺で野営にしよう」

アベルの声に返事をする者もなく、四人はバラバラに腰を下ろした。各々《おのおの》背負っていた背嚢《はいのう》から携行食を取り出して、無言でかじりはじめる。

勇者一行の食事が携行食のみに戻ったのは、もうかなり前だ。最初のうちこそ、サラが張りきって食事を作ろうとしたのだが、王女である彼女に料理ができるはずもなく、全員の不評をくらって取りやめになった。

携行食になった彼らは、ずっと絶不調だ。

「……あ」

水を飲もうとしたサラは、自分の水筒が空《から》になっていることに気がついた。振っても何も音がしないことを確かめて立ち上がり、アベルに近づく。

「……アベル、水を」

「寄るな！」

サラの言葉をアベルは鋭《するど》く遮《さえぎ》った。そのまま冷たい視線で睨《にら》みつけてくる。

「また勝手に転移させられたら困るからな。俺には一切触れるな」

真冬の空より凍《い》てついた青い目が、サラを射貫《いぬ》いた。しかもその中には侮蔑《ぶべつ》の色が見える。

「そんな！　ヒドイ！　私は――」

「お前は、戦いの最中に仲間を見捨て、俺を巻き込み、逃げ出した。しかも真由に盗まれたと言っていた転移石を使って。お前のやったことは決して許される行為ではないし、許すつもりもない。本当ならば一緒に旅をするのもお断りだが、カロンが取りなすから仕方なく仲間に入れているだけだ。――馴《な》れ馴《な》れしくそばに来ないでもらおう」

淡々と告げられ、サラは唇を噛《か》んだ。

（だって仕方ないじゃない！　あの状況じゃ、どうやったって勝てなかったわ。生きているうちに逃げ出すことの、何がいけないのよ！　転移石が運べるのは二人までなんだから、私がアベルを選んだのだって当然の選択よ！　……それに、原因はさっぱりわからないけれど、カロンもフローラも結局助かったんだから、いいでしょう!?　どうしてこの私が、アベルにこんな仕打ちをされなきゃいけないの!?）

大声で喚《わめ》き散らしたいのだが、すでにそれは一度やっている。その結果は、三人から蔑《さげす》んだ目で見られただけだった。

サラは仕方なく、カロンの方に足を向ける。

元々自分の父に仕《つか》える騎士は、座ったまま無表情でサラを見上げてきた。

「水がなくなったの。分けてくれない？」

本当は王女である自分がお願いするなんて嫌なのだが、我慢して頭を下げる。

（この旅の間だけよ。城に帰ったら、二度と会うこともないような辺境に飛ばしてやるんだから！）

カロンを左遷《させん》させることを想像して、サラは溜飲を下げる。

サラから形式的に頭を下げられたカロンは、無表情のままだった。

「申しわけありません、姫さま。私も自分の分だけでかつかつなのです。他人に回せる余裕はありません」

サラがアベルと逃亡して以降、カロンはそれまでの口調をあらためた。サラに対して、旅の仲間になる前の、騎士としての態度で接しているのだ。

「なっ！　私に干からびて死ねと言うの!?」

口調は丁寧だが、確かに断られた。激昂《げきこう》するサラに、感情のない灰色の目が向けられる。

「干からびることなどありませんでしょう？　転移石を使って水場までお戻りになれば、済むことです。我らの誰が死んでも、姫さまだけは死ぬことはありません」

サラはグッと言葉に詰まった。

カロンの言うことは正しい。確かに転移石を使えば、水場までは一瞬で行ける。

（でも、転移石が転移できる回数には限度があるってお父さまが――）

転移させるものの量や転移する距離などにより回数は変わるため、何回と決まっているわけではないのだが、一つの転移石で無限に転移できるわけではない。そのため国王は、むやみやたらに転移石を使わぬようサラに約束させた。同時に転移石の存在を軽々しく話さないことも。

しかしサラはその約束を、真由を追い出すためにあっさり破ってしまった。

（あんな無能な異世界人を、我《わ》が物顔でアベルのそばにいさせるわけにはいかなかったもの！　あれは仕方ないことよ。でも水は、カロンが私に献上すれば済む話なのに）

サラの頭には、カロンの『自分の分だけでかつかつ』だという言葉は入っていなかった。わかっているのは、カロンが水を持っていて、それを自分が必要としていることだけ。

「カロン！　あなた、私を誰だと思っているの!?」

思わず叫んでしまったが、カロンは表情を変えなかった。興味なさそうに視線を逸《そ》らされる。

カッとしたサラがなおも怒鳴《どな》ろうとしたところで、フローラが声を発した。

「私、水ある。いるならあげる」

その申し出に、サラは一も二もなく飛びついた。

（そうそう！　これよ。私に接する者はこうでなくちゃ！）

心の中では当然のことだと思っているが、一応殊勝《しゅしょう》に喜んでみせる。

「ありがとう、フローラ。助かるわ！」

「思ってもいない礼、いらない。代わりに、早くその口、閉じて。あなたの声、聴きたくない」

水の入っている皮袋を捨てるように投げると、フローラは再び下を向いた。彼女の視界には、サラはもちろん、カロンもアベルも入っていない。

（……何よ！　何よ！　なんなのよ！　このパーティ!!）

水袋を拾うことも忘れて、サラはわなわなと震えた。

旅の最初の頃は、こんなではなかった。アベルは熱い情熱を持った勇者で、カロンは厳《いか》つい外見に反して親しみやすい盾騎士。口数は少ないが、聖女フローラもきちんと心の通い合った仲間だった。

（いったいいつの間に、こんな仲間を仲間とも思わない冷血漢《れいけつかん》の集まりになったの!?）

心の内でヒステリックに喚《わめ》き散らすサラに、その原因が自分だという自覚は欠片《かけら》もない。

（いったいいつから――うぅん。そんなことわかりきっているわ！　あの異世界人の真由が仲間になってからよ!!）

それはある意味正しいことだったが、たとえ真由が仲間になっても、サラの対応さえ違っていたら、こんなことにはならなかったはずだ。しかしサラにはそれはわからない。

（こんなことなら、荒野に置き去りなんて生温《なまぬる》いことはやめて、もっと苦しめてやるんだったわ。

あのあと、同じ場所を通った時に、真由の遺体はなかったし……魔獣に食べられちゃったのかしら？　ひと思いじゃなく、さんざん苦しんで死んでくれたんならいいけれど）

数ケ月前、サラは転移石を使い、アベルと共にいったん果ての荒野から逃げ出した。

その後、不思議なことに置き去りにしたカロンとフローラが二人の前に現れたのだ。合流した彼らは、再び魔王討伐《とうばつ》のため同じルートで果ての荒野に戻ってきた。

とはいえ本当は、サラはこの地に戻りたくなかった。

しかしアベルが絶対に戻ると言い張ったため、しぶしぶ従《したが》っているのだ。

（せっかく助けてあげたのにまた危険な場所に戻るなんて、バカみたい）

サラは身勝手にそう思う。

アベルは勇者だ。普通に考えれば、彼が魔王討伐《とうばつ》のために果ての荒野に戻るというのは当然の行《おこな》いなのだが、サラには納得できなかった。

（しかも文句を言えば、私だけ置いていこうとするし、カロンを脅して無理やりついてきたけれど、アベルは冷たいし、雰囲気は悪いし、食事はまずいし……最悪よ！　大人しかったフローラまであんな態度をとるなんて！　城に帰ったらお父さまにお願いして、神殿の奥に閉じ込めてやるわ！）

サラは、父である国王にできないことなどないのだと信じている。そして同時に、父の権力は自分自身の力だとも思っていた。

（アベルも残念だけど、私をあんな冷たい目で見てくるならいらないわ。魅了《みりょう》の魔石を使って洗脳してしまいましょう。私の虜《とりこ》にして、絶対逆らえないようにするのよ）

魔法にかかり自分を甘く見つめてくるアベルを想像して、サラはうっとりする。

(そのためにも、今は我慢して早く魔王を倒さなきゃ。そして——)

ギュッと拳《こぶし》を握りしめたサラは、ほの暗い光を目に浮かべて、落ちた水袋を拾った。

しばらくして、果ての荒野に夜が訪れ、勇者一行は闇《やみ》に沈んでいった。

第五章　とんでもないお客さんがいらっしゃいました

その日、温泉旅館に到着したのは、背筋の伸びたロマンスグレーの老紳士と、品のある老婦人だった。それぞれ四、五人の使用人らしき男女を従《したが》えて、ロビーの両端に陣取っている。

今日から四日間はこの二組のお客さんで、旅館は貸し切り状態だ。

(確か老紳士の方がドラッヘさまで、老婦人がトゥルバさまだったわよね？　……お申し込みは別々だったと思うのだけど)

それにしては、二組とも同じ時間に到着し、互いに相手の様子をうかがっているように見えた。

「……失礼ですが、お連れさまですか？」

真由が聞いてみると、老紳士と老婦人は、あからさまに嫌そうな顔をした。

「まったくの赤の他人だ」

「あんな者の連れだと思われるだけで不快ですわ」

キッと睨《にら》み合い、同時にフンと視線を逸《そ》らす二人。

「……そ、そうですか。それは失礼いたしました」

(っていうか、めちゃめちゃ知り合いでしょう⁉)

知らない相手に対して不快だなんて思うわけがない。

二人が知り合い――しかも仲の悪い知り合いなのは、間違いなかった。

これは要注意な事態だ。真由とワラビは、目と目で合図を送る。

先に動いたのはワラビの方だった。礼をしながら老紳士の方に近寄る。

「ようこそいらっしゃいました。では、ドラッヘさまの方は、私がお部屋にご案内いたします」

「ふむ、お前は？」

「これは申し遅れました。当館の女将《おかみ》のワラビと申します」

自分を案内するのが旅館の女将《おかみ》だと知ったドラッヘは、上機嫌になって満足そうに笑う。そして優越感に満ちた視線を老婦人へ送った。

悔しそうに顔を歪《ゆが》ませる老婦人に、真由が近づく。

「トゥルバさまのご案内は私がいたします」

「あなたは？」

「当館の従業員で真由といいます」

「まあ！　あなたがあの〝真由〟なのね！」

真由の名前を聞いた途端、トゥルバはあっという間に機嫌を直した。

突然喜ばれて、真由は戸惑《とまど》う。『あの真由』とは、なんのことだろう？

トゥルバはニコニコしながら話しかけてきた。

「露天風呂やこの温泉旅館そのものを作ったのは、あなたなのでしょう？」

「え？　あ、はい。確かに発案者は私ですが、作れたのはたくさんの方が協力してくださったおかげです」

真由は慌てて手を振り、否定した。自分一人で温泉なんて作れるはずがない。

「まあ、噂通りとても控えめで奥ゆかしい女性なのね。ますます気に入ったわ。……ねぇ、私、あなたとゆっくりお話がしたいわ」

トゥルバは可愛らしく首を傾《かし》げてそう言ってきた。その際、チラリとドラッヘの方に視線を流すのも忘れない。

今度はドラッヘが悔しそうに顔を歪《ゆが》めた。

それを確認したトゥルバは、フフフと得意げに笑う。

「ねぇ、かまわないでしょう?」

真由がいいとも悪いとも返事をする前に、なぜかドラッヘが「ダメだ!」と叫んだ。

「それは不公平だろう! 私とてその娘とは話がしてみたい。同じ客なのだ。同じサービスを受ける権利が、私にもあるはずだ!」

ドラッヘは、真っ赤になって怒りはじめる。

「あら、あなたは旅館の女将《おかみ》とゆっくり話せばいいでしょう?」

「きさま、真由を独り占めするつもりか!?」

ギラギラと睨《にら》み合うドラッヘとトゥルバ。

真由は慌ててトゥルバの前へ出た。

「申しわけございません。私はまだ勤務中ですので、お一人のお客さまとそれほど長くお話しできません。もしもそういったことをご希望でしたら、日をあらためてお願いできないでしょうか？」

軽い世間話ならともかく、勤務中にゆっくり話などできるはずもない。

「まあ、そうなの？」

トゥルバは目に見えて落胆した。顔をうつむかせ、チラチラと上目遣《うわめづか》いで真由を見てくる。

そのトゥルバと視線が合った途端、なぜか真由は自分がとてつもなく悪いことをしている気分になった。目の前の上品な老婦人のお願いを断るなど、とんでもないことだと思えてしまう。

急に湧き上がってきた罪悪感に押しつぶされそうになっていると、ドラッヘに声をかけられた。

「フム。それは感心なことだな。仕事に専念するのは大切なことだ。その心構えは間違っていない。話は、のちほどそなたと話したい全員と、平等にするがいいぞ」

ずいぶん上から目線で褒められてしまった。

ドラッヘの声を聞いた途端、罪悪感がスッと消えていく。

「あ、ありがとうございます！」

思わず真由はお礼を言ってしまった。

ドラッヘは満足そうに頷《うなず》き、トゥルバは下を向く。

「……このクソジジイ。余計なことを」

信じられないほど荒っぽい言葉が聞こえた。

「え？」

びっくりして声が聞こえた方向――トゥルバの方を見ると、いつの間にか顔を上げた老婦人は見た目そのままの上品な笑みを浮かべている。

「わかったわ。残念だけれど、お話は諦《あきら》めるわね。さあ、お部屋に案内してくださる？」

「あ、ハイ！」

優しく声をかけられて、先ほどの声は聞き間違いだったのだと真由は思った。こんな上品なご婦人が『クソジジイ』なんて言うはずがない。

「どうぞこちらに」

「では、ドラッヘさまはこちらに」

真由とワラビにそれぞれ促《うなが》され、トゥルバとドラッヘは歩き出す。最後に互いに剣呑《けんのん》な視線を交わし、フンッと横を向いた。

（確かお二人とも三泊四日のご予定だったわよね）

今後の対応を思い、頭が痛くなる真由だった。

無事トゥルバとドラッヘを部屋に案内し終えた真由は、急いで事務室に向かう。

打ち合わせたわけではなかったが、そこにはすでにワラビが帰ってきていて、オルレアとミリアも集まっていた。急いで今後の対応策を話し合う必要があると、みんなが判断したからだ。

「そんなに仲が悪いんですか？」

真由とワラビからあらためて先ほどの一件を聞いて、ミリアは目を丸くした。

「そうなのよ。まるっきり犬猿《けんえん》の仲で……。私はトゥルバさまをご案内したのだけれど、あのあと、少しでもドラッヘさまの話をしようとしたら、それだけでものすごく不機嫌になったの」

真由の言葉に、ワラビもうんうんと頷《うなず》いた。どうやらドラッヘも同じ態度だったらしい。

「どんな理由があってそこまで仲が悪くなっているのかわからないが、こちらの対応策としては、二人をできるだけ会わせないようにするしかないな」

オルレアの判断に、ワラビが同意する。

「そうだね。それしかないよ。幸いお二人とも、部屋でのお食事をご希望だ。大浴場は男女別々だからかち合う心配はないし、露天風呂は時間をずらして案内しよう」

ワラビがそう言うと、みんな「はい」と返事する。

「こうなるとお喋《しゃべ》りな精霊たちの不在がありがたいな」

オルレアがしみじみと呟《つぶや》いた。

「そうね。急に『四日間来ない』と宣言された時は、いったい何をしてしまったのかと心配になったけれど……。もし、この場に神出鬼没《しんしゅつきぼつ》で噂好きな精霊たちがいたらと思うと、ぞっとするもの」

真由も苦笑しながら頷《うなず》いた。

土の精霊であるモグリンが、温泉に入り浸っていた精霊たちを代表して『明日から私たち、四日間はここに来ないから』と宣言したのは、つい昨日のことだ。

理由は一切言わず、すべての精霊が昨日のうちにすっかりいなくなってしまった。

もちろん真由たちは大慌て。最後に消えようとしたタッちゃんの尻尾を捕まえて、なんとか理由を問いただした。

「私たち、何か精霊の気に障《さわ》るようなことをしてしまったの？」

心配して聞けば、タッちゃんは『違うよぉ』といつもの調子で答えてくれる。

『本当は僕らも消えたくないんだぁ。でも上から言われてねぇ。仕方なくなんだよぉ。精霊もこれで上下関係が厳しいのさぁ。別にどうしてもって命令じゃないらしいんだけどぉ～……忖度《そんたく》しなくっちゃだめだって、言われちゃってねぇ』

……どうやら精霊界にも忖度《そんたく》があるらしい。

可愛らしいタツノオトシゴの口から『忖度《そんたく》』なんて言葉を聞いて、真由は微妙な気分になる。

『四日間だけだからぁ。五日後には飛んで帰ってくるねぇ。オルレアには気をつけるんだよぉ。二人っきりにはならないでねぇ』

そんな意味不明なことを言って、タッちゃんはポンと消えた。

オルレアは「余計なことを」と顔をしかめ、ワラビたちは苦笑していた。

精霊がみんな消えてしまった時は焦ったが、今となってはありがたい。旅館のどこにでも現れる精霊たちは、悪口を聞きつけ、それをうっかり相手に伝えてしまう恐れがあるからだ。

(これ以上トゥルバさまとドラッヘさまの仲を拗《こじ》らせたくないもの)

丁度四日間というのも、まるで狙ったかのようなタイミングだ。

精霊たちの忖度《そんたく》に感謝する。

「ともあれ、みんな一致団結だよ！　なんとか四日間、乗り切ろう！」

ワラビの掛け声に、全員が強く頷《うなず》いた。

幸い旅館は広く、トゥルバとドラッヘの部屋は離れている。

非常に気を使うケースだが、なんとかなるのではないか——この時は、誰もがそう思っていた。


ところが、ことは簡単に進まなかった。

トゥルバとドラッヘは、なぜか同じタイミングで同じことをしたがるのだ。

例えば露天風呂。先にトゥルバにすすめてみたのだが『あとにするわ』と断られ、ではドラッヘを露天風呂に案内すれば、そこにトゥルバが『やっぱり入ることにしたわ』と現れる。

旅館自慢の日本庭園の散策では、別々のコースを案内していたのにもかかわらず、急に『こっちに行ってみたいわ』だの『向こうはどうなっているのかな？』だのと案内そっちのけで自由に歩き回った末にバッタリ鉢合わせした。

旅館内に作った甘味処《かんみどころ》にも、ドンピシャなタイミングで同時に登場。

どの時もいがみ合い、悪口を言い合って、一触即発《いっしょくそくはつ》の状態になったことは言うまでもない。

それが二日間続いたため、真由たちはまたまた作戦会議を開いた。今度は旅館の従業員のほとんどが集まっている。

「あのお二人、好《この》みも行動もご一緒で、実は相性抜群なんじゃないですか？」

呆《あき》れたようにミリアがため息をついた。

確かにここまでタイミングが重なると、そうとしか思えない。

「同属嫌悪なのかねぇ？」

ワラビも困りきって額《ひたい》を押さえた。

「温泉や旅館そのものに対しては、とても満足してくださっているようなんですけど」

真由の言葉は本当だ。トゥルバとドラッヘは、温泉も料理もサービスも、手放しで褒めてくれた。

「こんな素晴らしいもてなしは、はじめてよ！」

「温泉とは、かくも心躍《こころおど》るものなのだな」

二人は最高級の褒め言葉を言ってくれて、真由は恐縮してしまった。

しかし、そのあとには必ず「これでドラッヘ（トゥルバ）がいなければねぇ（な）」と続くのだ。

せっかくの温泉に来たのだから、心ゆくまで楽しんでほしい。しかし、これればかりは自分たちの力だけではどうにもなりそうになかった。

「仕方ないですよ。私たちのせいではありませんし」

ミリアの言う通りなのだが、真由はどうしても諦《あきら》めきれない。

「俺たちにできることは、いつもと変わらない。誠心誠意、最高のもてなしをするだけだ」

悩んでいる真由の心に、オルレアの言葉が響いた。

「そうよね！　できることを精一杯やって、お客様に満足してもらうのよ！　それこそ、一緒にいるのが嫌いな相手だろうと、楽しめるサービスを提供するために！　頑張りましょう、みんな！」

両手を握り、決意を表す真由に「もちろんです！」とミリアが答える。

ワラビとオルレアが苦笑し、ほかの従業員も頷《うなず》いてくれた。

そしてその日――はさすがに無理なので、次の日の晩、真由たちは宴会を開くことにした。

もちろんトゥルバとドラッヘに楽しんでもらうためだ。

「料理の準備はいいかい？　メインはすき焼きで、デザートには季節の果物とブランデーケーキ。ほかの料理も、出す順番とタイミングを間違えるんじゃないよ」

ワラビの指示に従業員たちは気合いを入れる。

「飲み物は、最初の乾杯酒がアイスワイン。魚料理には白ワインで肉料理には赤ワイン。お酒の進み具合を見て、ブランデーもすすめてください。でも呑ませすぎないようにね」

真由は給仕係の従業員に指示する。

それを聞いていたオルレアが、顔をしかめた。

「アイスワインも出すのか？　あれはまだ量が少なくて貴重品なのに」

アイスワインとは、凍ったブドウで作るとても甘いワインだ。甘さだけでなく酸味もあるので、くどさがなく、真由の大好物だったりする。ブランデーを完成させた真由は、それならアイスワインもできるのではないかと思い、つい先日試作品を完成させたのだ。もちろん製造工程に精霊がいかんなく力を発揮してくれたのは、言うまでもない。

（オルレアったら、アイスワインをすごく気に入ったみたいだったものね。『量産できるまで当分外には出さないでおこう』なんて言っていたくらいだし）

ここで食前酒としてお披露目《ひろめ》するのが、もったいないのだろう。

「でも、目指すのは今の私たちのできる最高のおもてなしでしょう！」

真由の言葉に、オルレアはしぶしぶ折れた。それでも、お酌《しゃく》をする係に、「おかわりは絶対させるな」と命じている。

（どんだけアイスワインを気に入ったのよ）

そういえば、以前作ったブランデーボンボンを、アイスワインで作れないかとも言っていた。ただでさえ甘いアイスワインを砂糖でコーティングするのはどうなのかと思ったが、好きな人にはウケるかもしれない。

真由は宴会後、部屋に持って帰るおみやげ用に、ブランデーボンボンを用意することに決めた。きっと気に入ってくれるだろう。

（手作りだから一度に大量生産ができなくて数量限定の販売になっている品だけど、今回はケチケチしていられないわよね）

今の自分たちにできる精一杯で、真由たちは宴会準備を整える。オルレアが最終チェックをして、トゥルバとドラッヘを呼びに行った。

今日は三泊目。二人にとっては旅館に泊まる最後の夜だ。

「ようこそいらっしゃいました。当館自慢の料理とお飲み物をご用意いたしました。心ゆくまでお楽しみください」

やってきた二組のお客に、ワラビは丁寧に頭を下げて歓迎の言葉を告げた。続けて真由とオルレア、ミリアにほかの従業員も頭を下げる。

挨拶《あいさつ》を受けたトゥルバとドラッヘは、少し不機嫌そうに眉をひそめた。

「気持ちが嬉しいのだが、今日の宴会は私たち一行だけではなかったのか？」

「どんなにおいしいお料理でも、一緒に食べる相手が最悪では台無しになってしまうのよ」

互いに睨《にら》み合うドラッヘとトゥルバ。

「料理が台無しになるとはたいへんだ。さっさと部屋に戻ってはどうかな？」

「まあ。あなたこそ、自分たちだけで楽しみたいなら、とっととお部屋に帰ったらどうなの？」

嫌味《いやみ》の応酬《おうしゅう》も忘れない。

「そうおっしゃらずにどうぞこちらへ。さあさあ」

ワラビと真由に促《うなが》され、二人はしぶしぶ席に着いた。顔をしかめていたが、目の前に並べられた料理を見て、パァ〜ッと表情を明るくする。

「ほぉ〜」

「まあ、きれい！　これは何!?」

「先付けです。鱧《はも》のあぶりにうずらの温泉卵の生ハム巻き、それに温野菜になります」

鱧《はも》と呼んだものの、実はこれが本当に鱧《はも》かどうかは真由にはわからない。ほかの食材もそうなのだが、地球と似たような魚介類や野菜を、地球と同じ名前で呼んでいるだけだ。

(自動翻訳《ほんやく》魔法で伝わっているから、たぶん大丈夫だと思うけど)

「なんだか食べるのがもったいないほど綺麗な料理だわ」

トゥルバはうっとりとため息をついた。

鱧《はも》は真っ白な身においしそうな焼き色がついている。うずらの温泉卵には薄紅色の生ハムを巻き、白と赤のコントラストが美しく仕上がった。温野菜は黄色いカボチャと緑のブロッコリー、赤い人参で、目に鮮《あざ》やかだ。

どの料理も、味はもちろん見た目の美しさを追求して、目と舌のどちらからも楽しめるように工夫している。日本全国各地の温泉旅館をめぐり、それぞれの旅館で自慢料理を食べ続けた真由が『これは』と思った料理ばかりだ。

「食べていいかな？」

目を輝かせながらドラッヘが聞いてきた。

「まずは当館自慢の食前酒からお召し上がりください。きっとお口に合うと思います」

自信たっぷりに真由が言うと、ドラッヘとトゥルバは興味津々《しんしん》で小さなグラスに注《つ》がれた黄金色のアイスワインを見つめた。甘く芳醇《ほうじゅん》な香りに、二人の喉《のど》がゴクリと動く。手を伸ばしたのも一緒なら、グラスを持ち上げ口に含んだのも同じタイミングだった。

「美味《うま》い！」

「すごいわ！　何これ!?」

二人同時に叫ぶ。

(うん。やっぱりとても息ぴったりな二人だわ)

真由は心の中で苦笑した。

「これは当館自慢の貴重なお酒です。貴重すぎて一杯ずつしかお出しできないことが、非常に心苦しいのですが」

おかわりをねだられてはたまらないと思ったのか、普段はあまり前に出ないオルレアが身を乗り出し、断りの言葉を告げた。

トゥルバとドラッヘは、二人揃ってものすごく落胆した顔をする。

「うぅ～む。そうなのか」

「残念だわ。おかわりできないのね」

ガックリと肩を落とし、眉をへにょりと下げる二人。その様子もよく似ていた。

(どうしてこれで仲が悪いのかしら?)

不思議で仕方のない真由だ。しかし、今はそれを考えている暇はない。

「アイスワインはございませんが、まだまだ当館自慢のお酒はあります。料理もとてもおいしいですよ。どうぞご賞味ください」

真由がすすめると、ドラッヘは白ワインに口をつけ、トゥルバは料理に箸《はし》を伸ばした。

「これも美味《うま》い!」

「まあ、本当においしいわ!」

手放しで褒めてもらえて、真由も嬉しい。

本当に喜んでもらえたらしく、トゥルバもドラッヘも手を休めずに、呑んでは食べを繰り返した。

お酒の口直しの吸い物も、揚げ物の天ぷらも、メインのすき焼きもみんなペロリと平《たい》らげる。

その間、二人は仲よく打ち解けることこそなかったが、いつものようにいがみ合うことはせず、上機嫌に箸《はし》を進めていた。

（おいしいものを食べている時に不機嫌になる人はいないものね）

和《なご》やかな空気の中で宴会が進み、どうやら上手くいきそうだと真由は安心する。

しかし、最後のデザートに季節の果物とブランデーケーキを出した時、事件は起こった。

酒を呑みすぎたのか赤い顔をしたドラッヘが、ケーキを食べながらトゥルバに声をかけたのだ。

「ああ、美味《うま》い！　今日は最高の気分だ。これほど心が浮かれるのは数百年ぶりか。……どうだ？　今なら、かつてそなたが我にした無礼も、許してやらんこともないぞ？」

数百年ぶりとはどういうことかと目を丸くしたのも束《つか》の間《ま》、とんでもない上から目線の発言に、真由は青くなる。

おそるおそるトゥルバを見れば、上品な老婦人はみるみるうちに顔を強張《こわば》らせた。

「わらわのした無礼とはなんのことぞ？　無礼だったのはそちらであろう！　確かにわらわも今日は久方ぶりに気分がいい。そなたが謝るのならば、許してやらんでもない」

冷笑を浮かべるトゥルバ。口調が普段とは違うのが、妙に恐ろしい。

ドラッヘは赤い顔をなお赤くして怒った。

「我が謝るだと!?　謝るのはそちらであろう！」

「なぜわらわが謝らねばならん!?　寝言は寝て言え、このクソ竜!!」

「クソ竜とはなんだ、このクソ女神!!」

ブランデーケーキを突き刺したフォークを握りしめ、丁々発止《ちょうちょうはっし》と罵《ののし》り合う老紳士と老婦人。

二人の顔は真っ赤で、目は完全に据《す》わっている。紛《まが》うかたなき酔《よ》っ払《ぱら》いだった。

お付きの人々が慌てて制止しようとするが、二人は声を揃えて「下がれ！」と一喝《いっかつ》する。

（すごい迫力！　そしてやっぱり、すごい息の合い方ね？　……って、そんな場合じゃないわ！

私、呑ませすぎちゃったの？）

二人は立ち上がり、相手を殺さんばかりの勢いで睨《にら》み合った。彼らを止めることはとてもなく難しそうだ。

なす術《すべ》もなく見守っていると、突然ガタガタと旅館全体が揺れはじめた。

「え？　何？　地震!?」

真由はびっくりして立ち上がる。

次の瞬間、窓がガシャン！　と割れて、外から暴風雨が吹きこんできた。

たまらず真由は転びそうになる。そこをすかさずオルレアが抱きとめてくれた。

「大丈夫か？」

「あ、ありがとう。でも、この揺れと風は何？」

「俺にもわからん！　何か圧倒的な力を感じるが……」

驚いていると、トゥルバとドラッへのお付きの叫び声が聞こえてくる。

「主《あるじ》さま！　どうかお気を鎮《しず》めてください。主《あるじ》さまの怒《いか》りを受けて、大地が震えております！」

「主《あるじ》！　主《あるじ》！　お鎮《しず》まりください!!　主《あるじ》の怒《いか》りの余波で、暴風雨が起こっています！」

お付きの人々は、この揺れも暴風雨もトゥルバとドラッへのせいだと言っているように聞こえる。

（どういうこと？　二人はただのご老人じゃないの？）

揺れも暴風雨もなんのその、いまだに睨《にら》み合っているトゥルバとドラッヘ。

いくら酔っているとはいえ、彼らの落ち着きようは、やはり只者《ただもの》ではないのかもしれない。そういえば、二人はさっき、竜とか女神だとか言い合っていた気がする。

どうすればいいのかと思った時、ポン！　と音がして、部屋の中に小さなモグラとタツノオトシゴが現れた。

「モグリン！　タッちゃん！」

「なっ？　あれは！」

空中に現れた二体の精霊は、それぞれ自分の体より大きな瓶を抱えている。

「ワイン？　それもアイスワインの瓶じゃない？」

驚くオルレアと真由を後目《しりめ》に、二体の精霊は風に飛ばされそうになりながらも、トゥルバとドラッヘへ近寄っていく。

『やっぱり！　心配して早く帰ってきてよかったわ！』

『おじぃちゃんってばぁ、怒りっぽくなるのは年をとった証拠なんだよぉ』

そう言うなり、モグリンはトゥルバの口に、タッちゃんはドラッヘの口に、アイスワインの瓶を突っ込んだ。

「ああ！　俺のアイスワインが!!」

悲壮な声を上げたのはオルレアである。もちろんオルレアのアイスワインではないのだが。

「ぐっ、う、うぅん!?　……んく！　んく！」

「☆△⁉　……◇◆○‼」

突然口にアイスワインの瓶を突っ込まれた老紳士と老婦人は、目を白黒させて動きを止めた。しかし、喉《のど》に流れ込んできた酒が最初に気に入った食前酒だと気づいたのだろう、カッと目を見開くと、瓶を抱えて呑みはじめる。

ゴポッ！　ゴポッ！　と音を立てて、二人はアイスワインを豪快に呑み進めた。

「そんなっ！　まさかのラッパ呑みなのか⁉」

オルレアがこの世の終わりのような声を上げる。

真由も目を見開いて二人を見守った。

同時に呑み終わった二人は、瓶から口を離し「プファ～ッ！」と満足そうな息を吐く。

そして互いに視線を交わし合い、不敵にニッと笑った。

そのままフラ～ッと体を泳がせて、仰向《あおむ》けにバタン！　と倒れてしまう。

「トゥルバさま！　ドラッヘさま⁉」

慌てて真由は駆け寄った。

『心配いらないわよ。二人とも酔っぱらって寝ているだけだから』

『竜神と女神なのに、大トラだよねぇ』

呆《あき》れたようにモグリンがため息をつき、タッちゃんはクルクルと二人の上を回った。

今までの飲酒に加え、アイスワインをラッパ呑みした二人は、酒量の限界を超えたようだ。

「きゅ、急性アルコール中毒とか？」

『ないない！　タッちゃんが言ったでしょう。竜神と女神だって』

心配する真由に対し、小さなモグラが長い爪のついた手をヒラヒラと振って見せた。

「竜神？」

「女神って？」

オルレアと真由が呆然と呟《つぶや》く。

ワラビやほかの従業員も、体をピキリと固めて動けないでいた。

いつの間にか揺れは止まり、暴風雨も静まっている。

『ドラッヘおじぃちゃんは天を治める竜神でぇ、トゥルバさまは大地を治める大地母神なんだよぉ』

目の前をクルクル回りながらタツノオトシゴが教えてくれた事実に、気が遠くなる真由だった。


そのあと、お付きの人たちが、トゥルバとドラッヘをそれぞれの部屋に連れ帰る。

モグリンとタッちゃんから話を聞くべく、真由たちは場所を事務室に移した。

事務室の応接セットで、入り口を背にして真由とオルレアが並んで座り、真由の向かいにワラビが、オルレアの向かいにはモグリンとタッちゃんがちょこんと座る。

お茶を淹《い》れてくれたミリアが、応接セットの脇に持ってきた丸椅子に腰かけ、話がはじまった。

トゥルバとドラッヘは、間違いなく大地母神と竜神で、二柱《ふたはしら》の神は最近精霊界で噂になっている温泉を見てみようと、お忍《しの》びで人間界にやってきたのだそうだ。

『一応止めたんだけどねぇ』

『もっと真剣に止めなさいよ！　あんたは竜神さまのひ孫なんだから！』

『モグリンだって大地母神さまのお気に入りじゃないかぁ！』

低位の精霊だと思っていたモグリンとタッちゃんだが、精霊界では案外大物だったらしい。

この世界の神とは、長寿の精霊が何万年も時を重ねて神格化した存在で、大地母神は元々は土の精霊、竜神は水の精霊だったという。

『正体がバレるのが嫌だって、お二人が言ったものだから、現地にいる精霊は、お二人がいる間は温泉旅館に近寄っちゃいけないっていう命令が出たのよ』

たとえ竜神と大地母神が姿を変えても、精霊ならば二人の正体に気づく。相手が神だとわかっていてほかの人間と同様に接することができる精霊などいないから、命令が出たのは仕方のないことだ。

『どちらかお一人だけだったのなら、あたしたちも心配せずに命令に従《したが》って、早めに旅館に帰ってきたりしなかったんだけど』

『二人揃って同じ場所に来るなんてぇ、ただで済むはずないもんねぇ』

モグリンとタッちゃんは顔を見合わせ、ため息をついた。

話の内容に驚きながらも、真由は気になって聞いてみる。

「竜神さまと大地母神さまって、どうしてあんなに仲が悪いの？」

二体の精霊のため息は、ますます深くなった。

『ちょっと前までは、とても仲のいいお二人だったんだけど』

『そうそう！　二百年くらい前は、普通にお茶とかしてたもんねぇ～』

いやいや、二百年前を『ちょっと前』とは言わないだろう。精霊と人間の時間に対する感覚の違いに、真由はびっくりする。

『原因は……えっと、忘れちゃったけど、お二人は喧嘩《けんか》しちゃったのよね』

モグリンの口ぶりはなんだか歯切れが悪い。

そんなモグリンにはおかまいなしに、タッちゃんはいつも通りのんきに言った。

『あ、僕、覚えているよ！　確かぁ、おじぃちゃんが、大地母神さまのお膝にのっていた土の精霊の女の子を「可愛い可愛い」って褒めすぎたのが原因じゃなかったっけぇ？　大地母神さまそっちのけで女の子に話しかけるもんだからぁ、大地母神さまが嫉妬《しっと》したって話だったようなぁ？』

首をチョコンと傾《かし》げるタツノオトシゴは、たいへん可愛らしい。

しかしその可愛らしさはモグリンには通用しないようで、小さなモグラは目を三角にして怒った。

『失礼ね！　大地母神さまは、自分より〝あたし〟が褒められたからって、嫉妬《しっと》なさるような方ではないわよ！　そうではなくて、竜神さまの方が大地母神さまに嫉妬《しっと》されたんでしょう！　……そうよ！　原因は、確か、上手く泳げない水の精霊の子を大地母神さまが励ましてやったら、感激したその精霊が大地母神さまにプロポーズしたからだって聞いているわ』

『違うよぉ！　〝僕〟はプロポーズなんてしていないよぉ！　ただ大地母神さまの指に自分の尻尾を絡ませただけだもん！』

タッちゃんが慌てて言いわけする。

『タツノオトシゴは愛情表現として尻尾を絡ませるって聞いたけど？』

『そんなこと、僕は知らなかったんだよぉ！』

……どうやら竜神と大地母神の喧嘩《けんか》には、タッちゃんとモグリンが関わっていたようだ。

ギャイギャイと言い争う二体の精霊に、真由たちは白い目を向ける。

「でも、それくらいのことでこんなに長く喧嘩《けんか》しているものかしら？」

真由が首を傾《かし》げれば、二体の精霊たちも同じ方向に首を傾《かし》げた。

『う～ん？　二百年くらいならあんまり長いとは思わないけれど』

『なんかぁ、そのあとも竜神さまが謝りにいったら、大地母神さまの機嫌が最悪な日だったりぃ。大地母神さまが謝ってもいいかなぁと思う日に限って、竜神さまのタイミングが悪かったりぃとかぁ。いろいろ不幸な偶然が重なったみたいなんだぁ』

最初は小さな喧嘩《けんか》だったのに、いざこざが重なって、ついには大喧嘩《おおげんか》になってしまう。そんなことは普通にある。ただ普通と違ったのは、喧嘩《けんか》の当人が神さま同士だったということだろう。

「ああ、そうなっちゃうと確かに謝りづらくなるわよね」

真由には、中学生時代に仲のよかった友だちと些細《ささい》なことで喧嘩《けんか》して、そのあと半年くらい気まずいままだった経験がある。だから二人の気持ちがよくわかった。

モグリンとタッちゃんも神妙な顔で相槌《あいづち》を打つ。

一人と二体の精霊は、揃って深いため息をついた。

『竜神さまと大地母神さまは、以前は相性も最高で、とっても仲のいい方たちだったのだけど』

『また昔みたいに仲良しになってほしいよねぇ』

モグリンとタッちゃんは寂しそうに肩を落とした。

「……それなら仲よくなってもらいましょうよ！」

真由は勢い込んでそう話す。

『え？』

「私たちで、お二人を仲直りさせましょう！」

『そんなことできるの？』

モグリンは不審そうだ。

「できるかどうかはやってみないとわからないけれど、このままじゃ嫌なんでしょう？」

真由が聞けば、モグリンは小さな目を見開いた。

『もちろんよ！』

『うんうん！　やってみたいっ！　絶対やろうよぉ!!』

タッちゃんは、興奮してクルクルと宙を回り出す。

「何か案があるのか？」

ここまで黙っていたオルレアが、心配そうに聞いてきた。ワラビやミリアもとても不安そうだ。

でも、真由を見る目にはどことなく期待がこもっているように感じた。

真由は、大きく頷《うなず》く。

「ええ。……今、トゥルバさまとドラッヘさまは、仲直りをしたいのに意地になって、自分からは言い出せない状況だと思うんです」

本当に相手を嫌っているならば、予定がかち合うとわかった時に、どちらかが予約を変更してもおかしくなかった。二人とも変更なしだった時点で、それほど嫌い合っているとは思えなかった。

「お二人が、かち合うってわかっていながらここに来たのは、この機会になんとかしたいと考えている可能性があるんじゃないかと思います。だから、酔った上だったけど、二人とも相手を許してもいいって言い出したんじゃないかしら？」

ただ、双方とも素直でなかったため、ますます拗《こじ》らせてしまったが。

「お二人に必要なのはきっかけなんです。それを与えてあげましょう！」

真由の言葉にオルレアは思案顔になる。

「きっかけか……具体的に何をするんだ？」

それが問題だった。

（昔、私が友だちと仲直りしたのは何がきっかけだったかしら？）

真由は自《みずか》らの経験を思い出す。

真由が友だちと喧嘩《けんか》をしたのは、確か中学二年の頃。理由は今となってはよく覚えていない。つまりは忘れてしまうようなちっぽけなものだった。

（なのにあの時は意地になってしまって。本当は早く仲直りしたいっていつも思っていたわ）

きっとトゥルバとドラッヘも似たような感じなのだ。一刻も早くなんとかしてあげたい。

（私が仲直りできたのは……そうよ！　夏休み明けの体育祭がきっかけだったわ！）

喧嘩《けんか》をした友だちと偶然競技種目が同じになり、協力することになったのだ。最初はぎこちなかったが、『体育祭で優勝するため』という大義名分ができて、前以上に一緒に行動して、いつの間にか笑い合えるようになった。どちらからともなく謝罪して、誤解が解けたのも体育祭のおかげだ。

（やっぱりスポーツはいいわよね。ストレスも発散できるし。仲直りをしてもらう手段はスポーツがいいわ！）

問題はなんのスポーツにするかということだったが――ここは温泉。ならばもう、種目は決まったも同然だ。

「卓球です。温泉ピンポンをやりましょう!!」

真由は勢いよくそう言った。

温泉ピンポンとは、文字通り温泉でやる卓球のこと。最近の温泉旅館にはあまりないが、古い温泉旅館には必ずと言っていいほど卓球台が置いてある。ラケットやボールも備えてあって、試合ができるようになっているのだ。

真由の興味は温泉そのものにあったため、卓球をすることはなかったのだが、ルールや有名な技の名前くらいなら知っていた。

（まあ、細かいことはどうでもいいわよね。間違っていたって誰もわからないんだし）

ものすごくざっくりとした真由の知識でも、とりあえず不都合はなさそうだ。

問題はラケットやボールといった卓球道具をどうするかだが——幸いなことに、この場には魔法使いのオルレアと、やる気満々な精霊が二体もいる。

「温泉ピンポンとはなんだ？　ブランデーボンボンみたいな食べ物のことか？」

『え？　それっておいしいの？』

『うわぁ〜！　そうだよねぇ。腹が減っては戦《いくさ》はできぬって言うものねぇ。腹ごしらえには僕はいつだって賛成だよぉ！』

オルレア、モグリン、タッちゃんが順に話し出す。

……まあ少し心配だが、温泉を作ってくれた彼らのことだ、きっとラケットもボールも、卓球台だってちゃちゃっと作ってくれることだろう。

若干《じゃっかん》顔を引きつらせながら真由が説明すれば、温泉ピンポンが食べ物でないことに露骨《ろこつ》にガッカリしながらも、オルレアと精霊たちは協力すると言ってくれた。

「その温泉ピンポンをすることで、本当にトゥルバさまとドラッヘさまは仲直りできるのかい？」

不安そうにワラビが確認してくる。

実は真由にも自信はなかった。なんと言ってもトゥルバとドラッヘは人間ではなく神なのだ。真由の考えが通じると限ったものではない。それでも——

「やるだけやってみましょうよ！　ダメだったらまた次を考えればいいんです」

前向きな真由の言葉に、ワラビは苦笑する。

「まあ、確かにそうだね。何もしなくちゃ変わらない。そういうことだろう？」

「はい！」

真由とワラビは笑い合う。

オルレアとミリアも笑ってくれて、モグリンもタッちゃんも嬉しそうに飛び跳ねる。

「では、ここに『第一回ワラビの宿杯・温泉ピンポン大会』の開催を決定します！」

真由は高らかに宣言した。

そのあと、次の日には帰ってしまうトゥルバとドラッへのために、真由たちは急いで温泉ピンポン大会の準備をはじめる。

『ラケットってこんな感じでいいの？』

「ちょっと小さすぎるわ、モグリン。それはあなたの手にはちょうどいいかもしれないけれど、私たちだと絶対ボールに当てられないもの」

『ボールって、中に水を詰めちゃダメぇ？』

「水なんて入れたら弾《はず》まないじゃない。絶対ダメよ！」

多少苦労したが、その甲斐《かい》あってなんとか準備が整った。

モグリンとタッちゃんは一度精霊界に戻り、真由たちはいつも通りの旅館の業務をこなす。

翌朝、朝食の準備が整ったところに、トゥルバとドラッへがやってきた。

「昨晩は呑みすぎて迷惑をかけたようだな。すまない」

「酔ってほとんど記憶がないの。こんな失態はしばらくぶりだわ。何か失礼をしなかった？」

どうやら二人とも昨夜の記憶はないようだ。神妙な顔で謝ってくる二人は、心の底から反省しているように見える。

「大丈夫です。こちらこそ、お客さまの体調の変化に気づかず、申しわけございませんでした」

ワラビは丁寧に謝った。

トゥルバとドラッヘは、安心したように大きく息を吐く。

「ならよかったわ。本当に普段はあれほど酔ったりしないのよ。きっと一緒に呑んだ相手が悪かったせいね」

トゥルバはそんなことを言い出した。

「まったくだ。分別のない者と一緒に呑むと、自分まで分別をなくすらしい。気をつけないとな」

『こう言えばああ言う』だ。

ドラッヘはジロリとトゥルバを睨《にら》みつける。負けじとトゥルバも睨《にら》み返し、周囲に不穏な空気が流れはじめた。

穏やかな朝の食堂の空気が急に不穏なものに変わり、どうしようかと思った時——

『もう！　トゥルバさま、いい加減にしてください！』

『おじぃちゃんもぉ、そんなことやっていると、僕が朝食をみんな食べちゃうよぉ～』

そこにポン！　と現れたのは、モグリンとタッちゃんだった。

二体の精霊の出現にトゥルバとドラッヘは大慌てする。

「わ、私の愛《いと》し子《ご》！　どうしてここに？」

「精霊は近づくなと命令したのに⁉」

『トゥルバさまが酔って、大暴れなさるからでしょう』

小さなモグラは腰に手を当て、メッとトゥルバを叱りつけた。

『昨日の夜、暴走したドラッへおじぃちゃんを止めたのは、僕なんだよぉ～』

フヨフヨと宙を泳ぐタツノオトシゴを、ドラッへは呆然と見つめる。

覚えていない出来事の真実を突きつけられ、二柱《ふたはしら》の神の顔色は瞬《またた》く間に青ざめた。焦ってお付きの人たちに視線を向けるが、全員からそっと目を逸《そ》らされる。

「そんな。……本当のことなのね」

「ということは、我らの正体はばれているのだな？」

愕然《がくぜん》とするトゥルバとドラッへに、誰も声をかけられなかった。

みんなが黙り込む重苦しい空気の中、いつもマイペースのタツノオトシゴが、いつの間にか朝食用の温泉卵を食べはじめている。どうやっているのかトロトロの温泉卵を宙に浮かせ、ポタポタと滴《したた》り落ちる白身と黄身に端から吸いついていた。

『う～ん！　やっぱり真由の作った温泉卵は最高だよねぇ』

上機嫌にクルクル回るタッちゃんの姿に、その場の空気があっという間に軽くなる。

ちなみに朝食はバイキング方式で、旅館自慢の料理が、大皿や大鍋で所狭《ところせま》しと並べられていた。温泉卵も二十個くらい用意してあったのだが、見る間に数が減っていく。

『ちょっと！　朝食を食べ尽くすのはやめなさいよ！　少なくともあたしの分は残しなさい！』

食いしん坊のタッちゃんを、同じく食いしん坊のモグリンが叱りつけた。

『安心して。まだいっぱいあるからぁ。全部の料理を食べるのは、いくら僕でも二十分はかかると思うよぉ』

のんきに言い返すタツノオトシゴ。

（モグリンったら、最後の一言は余計でしょう？　それにタッちゃん……二十分で食べ尽くしてしまうのね）

真由は呆《あき》れたが、とりあえず注意する。

「モグリンもタッちゃんも食べすぎないでね」

『わかっているわよ。当然でしょう』

『はぁ～い。食べすぎないように食べ尽くすねぇ』

相変わらずの精霊たちの返事に、真由は苦笑してしまう。

「……〝モグリン〟と〝タッちゃん〟？」

「まさか、名を受け入れたのか？」

真由が二体の精霊を呼ぶのを聞いて、呆然としていたトゥルバとドラッヘがパッと顔を上げた。ひどく驚愕《きょうがく》している様子に、真由は首を傾《かし》げる。

『真由が名付けてくれたのよ』

『へへへぇ～、いい名でしょう！』

二神の驚愕《きょうがく》を気にした風もなく、モグリンはピョンと真由の肩に飛び乗った。タッちゃんも真由の周囲を楽しそうに旋回《せんかい》する。

「そんな！　この子の名は、私が数百年考えて、一番ステキなものを選ぶはずだったのに!!」

「やっと、ひ孫の名前の候補を三千にまでしぼって、先が見えてきたところだったのに!!」

トゥルバとドラッヘは、この世の終わりみたいな叫び声を上げた。二人とも、ガックリとうなだれその場に膝をつく。

「あのぉ？　もしかして、名前をつけたらいけなかったんですか？」

真由は心配になって聞いてみた。そういえば、最初に二体の精霊に名前をつけた時も、オルレアが『そんな安直な名を』と言って嘆《なげ》いていた覚えがある。

トゥルバとドラッヘは、黙って項垂《うなだ》れるばかりだ。

「精霊の名前って、そんなに簡単につけてはいけないものなの？」

仕方ないので、モグリンとタッちゃんに聞いてみた。

『そんなことないわよ。真由が考えてくれて、その名をあたしが気に入ったんだから、それで全然オッケーよ！』

『そうそう！　ドラッヘおじぃちゃんの考える名前は、み～んな覚えるのが面倒くさそうな長い名前ばかりで、嫌だったんだぁ～』

心配する真由に、モグリンとタッちゃんは大丈夫だと答えてくれた。

自分の考えた名前を面倒くさそうと言われたドラッヘは、かわいそうなくらいガッカリする。

トゥルバもわなわなと体を震わせていたが、最終的に「いいのよ」と真由に笑顔を見せてくれた。

「この子、モグリンだったわね。……モグリンの言う通りよ。精霊の名は受け取る精霊自身が気に入るかどうかが、一番の問題なの。気に入らない名を精霊につけようとした者は、手痛い報復を受けるのだけれど、そのリスクさえ背負えるなら誰でも精霊に名付けることができるのよ」

聞いた真由は、大きく顔を引きつらせた。

(手痛い報復って！　そんな話、知らなかったんですけど！)

もしも知っていたならば、絶対名付けをしようとなど思わなかっただろう。

「そこまでの覚悟を持ってひ孫につけてくれた名だ。ありがたく受け入れよう」

ドラッヘまでそんなことを言い出して、頭を深く下げてくる。

「や、やめてください！」

真由は慌てて制止した。神さまであることもそうだが、お客さまに頭を下げさせるなんてとんでもない。

「本当にやめた方がよさそうですよ。早く食べないと、タッちゃんが朝食をすべて平《たい》らげてしまいそうだ」

ポツリとオルレアが呟《つぶや》いた。

見ればつい先ほどまで真由の周りを回っていたタッちゃんは、いつの間にか料理のそばに移動して、野菜たっぷりの水炊きに頭から飛び込もうとしている。

それをモグリンが尻尾を引っ張って止めていた。

『ちょっと！　やめなさいって言ったでしょう。真由の作った水炊きは、じっくり煮込《にこ》んだスープが絶品で、あたしのお気に入りなんだから！』

『えぇっ⁉　仕方ないなぁ。じゃあ半分はぁ残すようにするよぉ』

『あんたが飛び込んだ時点で食べられなくなっちゃうって言ってるのよ！　あたしは嫌よ。タツノオトシゴのダシがきいた水炊きなんて！』

……確かにそれは食べたくなかった。

真由は慌てて二体の精霊のもとへ駆け寄る。

「タッちゃんの分は、別の器《うつわ》に取ってあげるわ！　もちろんモグリンもよ」

彼女がそう言えば、タッちゃんは『はぁ〜い』と待つ体勢に入った。

ホッとしながら真由は後ろを振り返る。

「さあ、皆さまもどうぞ朝食をお召し上がりください。腕によりをかけた当館自慢の料理ばかりですよ。……そして、食べ終わったら軽い運動をしませんか？」

そう言ってニッコリ笑った。

「軽い運動？」

「それはどんなものだ？」

トゥルバとドラッヘが揃って首を傾《かし》げる。

「温泉ピンポンです！　とっても楽しいですよ」

真由は自信満々にそう告げた。

「ハハハ！　確かに楽しいな！」

「こんなに楽しいのは久しぶりだわ！」

爽《さわ》やかに笑う老紳士と老婦人。キラキラキラとエフェクトがかかって見えるほどに上機嫌な二人は、卓球台を挟んで信じられない動きを見せている。

「どうだ？　これは拾えるかな」

老紳士――ドラッヘがラケットを一振りした。

次の瞬間、ゴォォォォッ!!　と唸《うな》ったピンポン玉は、卓球台の相手コーナーに激突する。そして当たった箇所を深くえぐりながらワンバウンドして、老婦人――トゥルバの真正面へと飛んで行った。

「まあ、ずいぶんゆっくりなスマッシュなのねぇ」

ホホホと笑いながら今度は、トゥルバがバックハンドでラケットを一振りする。

反対方向から力を加えられたひしゃげたピンポン玉は、見事完全な球体に戻り、ギュルギュルと回転しながら今度はドラッヘ側の卓球台へ飛んで行った。

ドコォッ！　と、ありえないほどの派手な激突音が上がる。

それでも健気《けなげ》に跳ね返ったピンポン玉は、九十度の角度に曲がって、すっ飛んで行った。

「ほほぉっ、スピンをかけたか？　なかなかやるな。では今度はこれでどうだ！」

余裕で反応したドラッヘは、真横にひとつ飛び。ピンポン玉の脇を擦《こす》るように、ラケットを振り抜いた。

ブルブルと左右にぶれながら、ピンポン玉は再びトゥルバサイドの卓球台を目指す。

『トゥルバさま、しっかり！　卓球台は破壊と同時に修復していますからね！』

『おじぃちゃ～ん、頑張れぇ！　ピンポン玉もラケットもネットも、みんな壊れないようにぃ、僕が守っているからねぇ～！』

モグリンとタッちゃんは、可愛らしく応援しながら嬉しそうに温泉ピンポンの試合を見ていた。

しかも二体の精霊は、トゥルバとドラッへの動きをスロウ再生で真由たちにも見せてくれている。

今まで見ていた二柱《ふたはしら》の神の動きは、その再生されたものだった。

そうでなければ、人間の目では神の動きは追いきれない。

真由たちは呆気《あっけ》に取られてしまい、ポカンと開いた口が塞《ふさ》がらなかった。

「温泉ピンポンっていうのは、ずいぶん激しい運動なんだねぇ？」

ワラビがしみじみと呟《つぶや》く。

真由は無言でフルフルと首を横に振った。

（いくらなんでも、これほど破滅的で恐ろしい卓球の試合なんて、見たことがないわ！　非常識すぎるでしょう！）

自分が思い描いていた、ほんわか和《なご》やかな温泉ピンポンのイメージとのギャップに、真由は今にも倒れそうだ。

しかし、そんな彼女の心境とは関係なく、神々による超絶温泉ピンポン対決は続いていた。

「くらいなさい！　真由直伝、天井サーブ！」

トゥルバは叫ぶと、ピンポン玉を高く高く放り投げる。次の瞬間、温泉旅館の天井に不自然な穴が空《あ》き、ピンポン玉はそこから空へと突き抜けた！

十秒くらいかけて落ちてきたピンポン玉を、トゥルバが見事にサーブする。その時には天井の穴は跡形もなく消えていた。

「あんな技を直伝したのか？」

驚きながら聞いてくるオルレアに対し、真由は再びフルフルと首を横に振った。

「教えられっこないわ」

真由が教えたのはせいぜい一、二メートルくらいの高さに玉を投げ上げる天井サーブだ。それだって真由は実演できないので、口で説明しただけ。

「そういえば『高く投げ上げて』とだけ言って、どれくらい投げ上げるかの説明はしなかったかもしれないわ」

だからといって天井よりも高く投げるだなんて想像できるはずがない。

「ほほぉ～！　いいサーブだ。だが真由から教えてもらったのが自分だけだと思わぬ方がよいぞ。くらえ！　必殺返し技チキータ‼」

チキータとは、手首の反動を利用した卓球の返し技の一つだ。ピンポン玉の軌道がチキータバナナのように曲がることからこの名前がついている。

言うまでもないだろうが、真由は説明しただけ。実演なんてできるはずもないスゴ技である。

(聞いただけで見たこともない技を使えるなんて、神さまって優秀すぎでしょう⁉)

真由の心の叫びはどこにも行き場がなかった。

ドラッヘの打ったピンポン玉は、目にも留《と》まらぬ速さで大きなカーブを描き、トゥルバ側へ飛んで行く。もちろんギュルギュル！　ブゥウゥ～ンッ!!　ゴゴゴォオッ!!　という効果音付きだった。

（もう、どうにでもなって）

真由は額《ひたい》を押さえて、天を仰《あお》いだのだった。

真由たち人間にとっては永遠とも思えるような長い時間のあと、ようやくトゥルバとドラッヘの戦いに決着がついた。勝負を決めたのは、ネット・インというネットに当たって相手コートにポトンと落ちるボールだった。偶然の産物で、狙ってできる人はあまりいない。

今回のものも偶然だったようで、勝ったトゥルバも負けたドラッヘも、呆気《あっけ》に取られたように押し黙った。

しばらくの沈黙のあと——

「いやぁ、ハハハ！　負けた負けた。これは参ったな」

ドラッヘがあっけらかんと笑い出す。

「い、今のはノーカンでよいぞ！　このような勝ち方、わらわも不本意じゃ！」

勝ったトゥルバは、どこか慌てたようにそう言った。

「いやいや、私の負けでよい。さすがにそなたは強いな」

負けた割には、ドラッヘは嬉しそうだ。

「な！　何を言い出すのだ!?　……そ、そなたも、なかなかに手強かったぞ。さすが、わらわの好敵手じゃ！」

口調は怒鳴《どな》っているが、褒められたトゥルバはまんざらでもない様子だった。二柱《ふたはしら》の神は見つめ合い、フッと同時に表情をゆるめる。

「本当に久方ぶりに楽しい時間を過ごした。こんなに楽しかったのは、そなたと喧嘩《けんか》して以来だ。そなたと共に過ごせぬ時間は、何をしてもつまらなかったからな」

しみじみとしたドラッヘの言葉を聞き、トゥルバは心持ち頬を赤くした。

「あ、当たり前であろう！　わらわは大地母神なのだからな。わらわと過ごす時間が何にも勝《まさ》るのは当然のことじゃ……ま、まあ、わらわもそなたのいない時間は、す、少しだけ退屈だったぞ」

横を向きながらトゥルバはブツブツと呟《つぶや》く。頬どころか耳まで赤いので、彼女が照れているのは間違いないだろう。

ドラッヘは嬉しそうに笑み崩れた。

「そうかそうか。では提案だが……どうだろう？　この温泉ピンポンの大会を、定期的に我らの間で開催しないか？　私もそなたも退屈なのだから悪い提案ではないだろう？」

聞いたトゥルバはパッと明るい顔をする。

「そ、そうだな。そなたがどうしてもと言うのであらば考えぬでもない」

それでも素直に「うん」と言えないのがトゥルバだった。

今までであればここでドラッヘが怒ったのだろうが、上機嫌な竜神は、大地母神の言葉を余裕を持って受け止める。クスリと笑って優しい目をトゥルバに向けた。

「そうか。では『どうしても！』だ。よいな？　トゥルバ」

「……わかった」

素っ気なく答えているものの、トゥルバが喜んでいるのは見え見えだった。

『うわぁ～い！　よかったねぇ。おじぃちゃん、大地母神さまと仲直りしたんだぁ～』

二神のやりとりを固唾《かたず》を呑んで見ていたタッちゃんが、大喜びで空中を泳ぎ出す。

『ホントによかったわ。ありがとう、真由のおかげよ』

モグリンはホッと息を吐き出しながら、真由に向かって頭を下げた。

「……え？　あ、ああ……よかったわ」

なんとか答えたが、真由はつい先ほどまでの壮絶な試合に度肝《どぎも》を抜かれていた。それほど神さまの試合はすごかったのだ。

(これからは迂闊《うかつ》に運動なんてすすめないようにしなくちゃ。一歩間違えたら、大惨事になりかねなかったもの)

今はなんともないが、先ほどまでポッカリと穴の空《あ》いていた天井を、真由は複雑な気分で見上げる。

それでも、じわじわと喜びがこみ上げてきた。

(よかったわ。私、ドラッへさまとトゥルバさまの仲直りに貢献できたのね)

「よくやったな」

隣にいたオルレアが、彼女の頭を撫《な》でてくる。

なんだかくすぐったくて、真由はとても嬉しくなった。

「そうか。この温泉ピンポンは、我らの仲を取り持つために真由が考えてくれたのだな？」

真由たちの様子を見て気づいたのだろう、ドラッヘが声をかけてくる。

『そうだよぉ！　僕は、仲直りにはおいしいものの方がいいんじゃないかって思ったんだけど、やっぱり真由の言う通りだったんだぁ！』

ものすごく嬉しそうにタッちゃんはクルクルと宙を回った。

一方、真由は緊張してしまう。仲直りをしてもらうためとはいえ、本当の目的を告げずにドラッヘとトゥルバを温泉ピンポンに誘ったからだ。

(騙《だま》していたようなものなのよね。そのことを責められたら、言いわけができないわ)

戦々恐々《せんせんきょうきょう》としていたのだが、どうやらその心配は杞憂《きゆう》のようだった。

ドラッヘもトゥルバも少しも怒らず、むしろ真由に対し感謝してくれる。

「きっかけを与えてくれてありがとう。私たちは二人とも、引くに引けなくなっていたのだな」

「そうね。あげくの果てに、周りまで巻き込んで……。二度とこんなことはしないわ」

殊勝《しゅしょう》に反省までしてくれた。

「今回私たちが素直になれたのは、温泉ピンポンがきっかけだったが……。それ以外にも気持ちのいい温泉とおいしい料理、そして何より、温かなもてなしが私たちを癒《い》やし素直にさせてくれたのだろう。何もかもこの旅館と真由のおかげだ」

「ありがとう。お礼がしたいのだけれど、何か望みはない？」

「お金や宝飾品などどうだろうか？」

「遠慮はいらないわ。綺麗なドレスでも高価な調度品でも、全部思いのままよ」

真由は驚きながらも大きく首を横に振った。

「宿代をきちんといただいていますから、大丈夫です。温泉旅館の目的はお客さまに笑顔になってもらうことですから。お客さまの笑顔が、私たちにとっては何より嬉しいご褒美です！」

日本にいた頃に真由は全国津々浦々《つつうらうら》の温泉旅館を回った。どの温泉でも一番喜ばれたのは『いいお湯でした』の一言だ。温泉で働く人々は自分のお湯に自信を持っている。自分の旅館の温泉で、お客さまが笑顔になってくれることに無上の喜びを感じるのだと、真由に語ってくれた人もいた。

（あの人の気持ちが、今の私にはよくわかるわ。私の温泉に入った人が癒《い》やされて幸せになってくれたなら、それ以上のことはないもの！）

「まあ、遠慮深いのね」

「ああ。でも真由らしい」

そう言ったトゥルバとドラッヘは、輝くような笑顔を見せてくれた。

真由の心に喜びと達成感がこみ上げる。

（温泉旅館をやってよかった！　一人でも多くの人がこんな風に笑ってくれるように頑張ろう！）

心に誓う真由だった。

◇◇◇

その頃、勇者一行は長く苦しい旅の末、魔王の住むという魔王城までたどり着いていた。

「うそうそ！　なんなの、この魔獣の数!?」

「口じゃなく手を動かせ！　そのために俺は、胸糞《むなくそ》悪いお前なんかの擁護《ようご》をして、ここまで連れてきたんだからな！」

悲鳴を上げるのはサラで、そんな彼女を怒鳴《どな》りつけるのはカロンだ。

城の内部の大広間。攻め込んだその場所に次々と現れる魔獣の姿に、カロンは騎士の仮面を脱ぎ捨て、サラを罵《ののし》っていた。

「言っておくが、転移石を使って自分だけ逃げようなんて考えるなよ。お前が懐《ふところ》に転移石を隠しているのは知っているんだ。懐《ふところ》に手を入れようとした瞬間、手ごと斬《き》り落としてやるからな！」

サラの顔色はみるみるうちに青ざめた。

「に、逃げたりなんてしないわ！」

「ならいい。とっととアベルの援護をしろ！」

変貌《へんぼう》したカロンに怒鳴《どな》られて、サラは必死に弓を射る。

その先では、アベルが魔獣の群《む》れから抜け出して、頭に角を生やした魔人と対峙《たいじ》していた。自分の背後の仲間たちを気にしながらも、視線は魔人から一瞬たりとも逸《そ》らさない。

二メートルは軽く超える長身で筋骨隆々《きんこつりゅうりゅう》、漆黒《しっこく》の髪と目をした魔人は、圧倒的な覇気《はき》を纏《まと》っている。

「お前が魔王か⁉」

アベルの問いかけには答えず、魔人はニヤリと笑うと、構えていた大剣を振り下ろした。

ブワリ！　と噴き上がる闇《やみ》の邪気。アベルはそれを打ち払うと同時に、聖剣で大剣を受け止める。

そしてそのまま、目にも留《と》まらぬ速さで打ち合った。

ガキッ！　ガキッ！　と、剣と剣が打ち合う音が広間に響き渡る。

力では魔人に劣《おと》るアベルだが、速さでカバーしていた。二人の剣圧で大広間の壁は崩れ、天井から瓦礫《がれき》がバラバラと落ちてくる。

「どいて、アベル！　――光刃‼」

鋭《するど》い声にアベルが横っ飛びに動けば、たった今彼のいた場所を通りすぎ、眩《まばゆ》い光球が魔人目がけて襲いかかった。

ドドォォ〜ン！　ゴォォ〜ン！　と派手な音と光を撒《ま》き散らし、光球は魔人に炸裂《さくれつ》する。

光の攻撃魔法を放ったのは聖女フローラで、大技を放った彼女は肩で大きく息をしていた。彼女に襲いかかる魔獣を、カロンが必死に防いでいる。

光球を受けた魔人は一瞬グラついたものの、傷を負った様子はなかった。軽く首を振り、大剣を持ち直す。

「くっ！　やっぱり前よりも威力が落ちているわ」

フローラは悔しげに呟《つぶや》いた。

それはアベルも常々感じていたことだ。

以前――最初に果ての荒野に入った頃は、アベルの体はもっと軽く素早く動き、剣もまるで自分の手の延長のように軽々と振るえていた。かつてないほどの絶好調だったが……ある日突然、体が重くなったのだ。

(あれはいつからだったか？　……そうだ。真由がいなくなった頃じゃなかったか？)

アベルの脳裏に、少しの間一緒に旅した女性の姿が思い浮かぶ。

異世界人ということで何か特別な力があるのではないかと思い、強引に仲間に誘った女性。予想に反しなんの力も持たなかった彼女は、しかしそのほかの面でアベルたちを大きく支えてくれた。おいしい料理に行き届いた世話。果ての荒野という最低な環境の中でも、思いのほか快適な旅だった。自分も仲間も絶好調だったのは、彼女のおかげもあったのかもしれない。

(だから真由がいなくなった途端、俺も仲間も調子が悪くなったんだ)

苦々しい後悔の念がアベルを襲う。

真由を害したのはサラで、そしてサラにそうさせたのはアベル自身だ。鈍感と言われているアベルだが、それでもさすがに、サラから向けられるあからさまな好意には気づいていた。

しかし、まさかそれが原因で、真由を無理やり一行から追い出すとは思いもしなかったのだ。

(今思えば、俺は順調な旅に油断しきっていたんだ。あらゆる事態を想定し、もっと自分の言動に慎重にならなければいけなかったのに、それを怠《おこた》った)

結果、真由はどことも知れない場所に転移させられてしまった。サラは『真由は無事だ』と言ったが、それが本当かどうか確かめる術《すべ》はない。

(勇者の使命を果たしたら、俺は真由を探そう。そして必ず謝るんだ)

そのためにも、まずは目の前の魔王かもしれない相手を倒さなければならない。

アベルは聖剣をグッと握りしめる。

「イヤァァァァァッ!!」

裂帛《れっぱく》の気合いを込め、魔人に踊りかかった。

そして一時間後。

アベルはやっとの思いで倒した魔人の首に、剣を突きつけていた。

彼の背後では満身創痍《まんしんそうい》ながら魔獣の群《む》れを倒したカロンたちが、ガックリ座り込んでいる。

(やった! なんとか魔王を倒せたぞ!)

安堵《あんど》しながら敵の首を掻《か》き切ろうとしたのだが——

「くっくっくっ……」

聞こえてきた笑い声に手を止めた。

笑っているのはたった今倒した魔人で、負けたというのに彼はとても楽しそうだ。

「何を笑っている?」

「いや。此度《こたび》の勇者一行があまりにも〝弱い〟ゆえな。想定外すぎておかしくなった」

「負け惜しみを！」

アベルの声に、魔人はなお笑い声を大きくする。

「俺は魔王さまではないぞ」

「なっ⁉」

「魔王さまどころか、俺は彼《か》の御方の足元にも及ばぬ雑兵だ」

「でたらめを言うな！」

アベルが怒鳴《どな》りつければ、魔人は少し考える素振りを見せた。

「いや、そうだな。確かに雑兵は謙遜《けんそん》が過ぎたか？　小さいとはいえ、砦《とりで》の一つを任せてもらえるほどには重用されている下級兵士だ」

言い直してニヤリと笑う。

「下級兵士？」

立ち上がりヨロヨロと近づいてきていたカロンが、呆然として呟《つぶや》いた。

「当然だろう？　このような果ての荒野の浅き場所に立つ小さな砦《とりで》に、上位魔人がいるはずもない」

「小さな砦《とりで》？　この城が？」

今度の呟《つぶや》きはサラだった。彼女の顔は血と埃《ほこり》で汚れ、見るも無残な容貌《ようぼう》になっている。

小さいと魔人は言うが、この城は王城の倍くらいの大きさだ。

「ああそうだ。魔王さまの居城はこの十倍ほどの大きさがあるからな」

クックッと笑いながら、魔人はそんなことを言う。彼は嘘をついているようにも強がりを言っているようにも見えなかった。

「……あなたが魔王でないのなら、本物の魔王は今どこにいるのです？　その魔王城ですか？」

厳しく問い詰めるのはフローラだ。彼女の長かった白髪は、途中で焼け焦《こ》げて短くなっている。

「はてな？　尊《とうと》き魔王さまのおられる場所など、下《した》っ端《ぱ》の俺にわかるはずもない」

「ならば死ね！」

聞くなり、アベルは魔人の首を斬《き》り落とした。

コロコロと転がった魔人の首は、斬《き》り落とされたにもかかわらず笑い続ける。

「ハハハ！　見事だ！　勇者。褒美に教えてやろう。嘘か真《まこと》か知らぬが、魔王さまは最近異世界から来た人間の娘がお気に入りだそうだ。姿を変え、人間界のその娘のもとへ通われているという」

「なっ!?」

その言葉を聞いた途端、全員が愕然《がくぜん》とした。

「本当かそれは!?」

「異世界から来た人間の娘って！」

「嘘よ！　そんなはずないわ!!」

カロン、フローラ、サラが次々と叫び声を上げる。

「魔王が通うとは？　いったいどこにだ!?」

アベルが焦って魔人の首に問いかけるが、すでに首はただの屍《しかばね》の一部に成《な》り果《は》てていた。生気は消え失せ、ゴロンと床を転がるばかり。

「今のは本当なのか？」

「間違いなく真由さんのことですよね？」

「そんなバカな。嘘よ、嘘よ、嘘よ」

カロンは眉間にしわを寄せ、フローラは心配そうに表情を曇《くも》らせる。

サラは、壊れたように『嘘よ』と繰り返していた。

「――確かめなければならない。行くぞ、みんな！」

アベルは踵《きびす》を返し、歩き出す。

「待てよ、アベル！　行くってどこへだ？」

「わからない。わからないが、最初に真由と会った村へ向かおう。彼女が無事ならば、きっと一度はそこに戻ったはずだから」

カロンの問いかけにアベルは足を止めずに答える。

（真由、俺は、今度こそ君を助ける！）

勇者は、心に堅く誓っていた。

第六章　千客万来！

竜神と大地母神という二神の仲を取り持ったワラビの宿。

その噂は、あっという間に精霊界のみならず、世界各地ありとあらゆる種族に広まった。

『人間界は久しぶりだ。そうだな百五十年ぶりくらいだろうか？』

『ここなのね。竜神さまと大地母神さまがお気に入りの温泉は！』

本日到着したお客さまは二人。

一人はスラリと背の高いエルフの青年で、その耳は長く先がとがっている。

もう一人は背中に羽の生えた小さな妖精族の少女だった。

「ようこそいらっしゃいました。当館の従業員で真由と申します」

多少変わった種族が来たくらいでは、真由はもう驚かない。完璧な笑みを浮かべて頭を下げた。

『あなたがあの真由さんか。私の種族は竜神さまを信仰しているんだ。竜神さまの憂《うれ》いを払ってくれたあなたは、私たちにとっても恩人だ。会えて嬉しいよ。ああ、本当にこの宿が取れてよかった。新しくできた旅館もなかなかいいとは聞いているが、やはり竜神さまと同じ宿に泊まりたかったからな。この日を首を長くして待っていたんだ』

エルフの青年は見惚《みと》れるような笑顔でそう話す。彼の声には嬉しさが滲《にじ》み出ていた。

『私は待ちきれなかったから、先月、隣町の小さな温泉旅館に行ったの。大浴場はなかったけれど趣《おもむき》の違う家族風呂が三つもあって、私みたいな小さな種族には十分の大きさだったわ。向こうの旅館も真由さんがアイデアを出してあげたんですって？　女将《おかみ》さんが真由さんにとても感謝していたわ』

妖精族の少女は、興奮して羽をパタパタと動かす。

彼女の言葉に真由は嬉しくなってしまう。

「私のしたことなんて大したことではありませんけれど、そう言ってもらえて嬉しいです」

真由とワラビの温泉旅館が大成功をおさめたため、村には活気が出て、国の内外から多くの温泉客が訪れるようになった。その賑《にぎ》わいぶりは、以前の村の様子を知る誰もが目を疑うくらい。

結果として同じ村の中や近隣の町村で、温泉旅館を営《いとな》もうとする者が増えていった。

真由はそんな人々に、自分の持つノウハウを惜しみなく伝えているのだ。お客は増える一方でワラビの旅館だけではとても対応できないのだから、ちょうどいい。

（日本の有名な温泉地でも旅館は複数あるのが普通だもの。それぞれの旅館が自分たちの特色を出して、切磋琢磨《せっさたくま》していくことで、温泉地は栄《さか》えるのよね。それは異世界でも同じはずだわ）

そういうわけで、真由のいるこの村を中心とした地域一帯は、今や押しも押されもせぬ一大温泉観光地へと変貌《へんぼう》していた。

温泉旅館だけでなく土産《みやげ》物屋や飲食店、娯楽施設もできて、人口は増えるばかり。しかも人口増加に伴《ともな》って道路や上下水道、通信網などのインフラ整備も進み、人々の暮らしはますます豊かになっていた。

ワラビの宿は順風満帆《じゅんぷうまんぱん》な営業を続けている。


そんなある日、ワラビの宿にこの地方の領主であるマダルディ伯爵から知らせが届いた。

なんと、伯爵が夫人を伴《ともな》い、宿に視察へ来るという。

急な知らせに、真由とワラビは慌てふためいた。

「なんでそんな偉い人が、うちみたいな一介の温泉旅館に来るの？」

「もう、真由さんったら、うちはただの温泉旅館なんかじゃありませんよ！　この村や地域の発展に多大な貢献をしている上に、神さままで泊まったことのある、世界で一番の温泉旅館です！」

焦る真由に対し、ミリアは堂々と反論する。それだけ自分の働く旅館に誇りを持っているのだろう。

オルレアは腕を組んで考えこんだ。

「今回の伯爵夫妻の訪問は、旅館のことだけでなく、領地全体が潤《うるお》ったことに対する褒美も兼ねた視察訪問かもしれないな。領主が泊まったとなれば、旅館の格は格段に上がる」

「領地全体？　そりゃぁ、確かにこのあたりは賑《にぎ》やかになってきたけれど？」

ワラビは戸惑《とまど》い首をひねる。

オルレアは、トンとテーブルの上を叩いた。

次の瞬間何もなかったテーブルに、この国全体の地図が浮かび上がる。

これは、真由も何度か見せてもらったオルレアの魔法だ。地図の上には現在地を示す赤い点が一つ光っている。その位置は地図のかなり端だった。村が田舎《いなか》にあるというのがよくわかる。赤い点から中央に向かっては、領主の居城のある都市への一本道があり、都市からは王国各地へ複数の道がのびていた。

「各都市からこの村や周辺の温泉に来るためには、まず領主のいる都市を通り、領地内を何日か旅する必要がある。精霊は道路など関係なく勝手気ままに現れるが、人間はそうもいかない。人やものが動けば、そこには必ず利益が発生する。つまりこの村が賑《にぎ》わうということは、領地全体が賑《にぎ》わうということなんだ。これほど大きな成果をもたらした旅館《もの》に領主自《みずか》ら箔《はく》をつけ、さらなる繁栄を狙う。今回の訪問の目的は、こんなところだろう」

淡々とオルレアは説明する。

「はあ～そんなもんかねぇ？　お偉いさんの考えることは、あたしらには見当もつかないよ」

ワラビは驚き、ため息をついた。

真由も、言われてみればそうかと思うが、普通に考えていたら絶対思いもよらないことだ。

「すごいわ。オルレアはそういうことに詳しいのね」

何気なく言ったのだが、オルレアは不自然なほどハッとした。

「い、いや、この程度のことは、少し学問を学んだ者なら誰だって思いつくことで」

「ごめんなさい。私、一応学校には通ったんだけれど、思いつかなかったわ」

真由がそう言えば、オルレアはますます焦った。

「あ！　いや。俺は、真由を貶《けな》しているわけでは決してなくて！」

しどろもどろで言いわけをはじめる。

真由はおかしくなってしまった。

「オルレアったら、大丈夫よ。別に貶《けな》されたなんて思っていないから。単純にオルレアがすごいなって思っただけ。気にしなくて全然かまわないわ」

真由の言葉にオルレアは安心したようにホッと息を吐く。

「でも、どうしたの？　オルレアったら、ずいぶん焦っていたわよね。いつものあなたなら『そんなこともわからないのか』って言うと思ったけれど？」

最近プライベートでは真由にとても甘いオルレアだが、こと仕事に関しては厳しい態度を崩していない。不思議に思ってたずねてみれば、彼は気まずそうな笑みを浮かべた。

「いや……ただ、すまない。偉そうに説明したが、俺は領主さまが来る日はここにいないんだ」

そう言うと逃げるように視線を逸《そ》らした。

「え？」

真由は、驚き声を上げてしまう。

「ちょうどその日は、遠くの知人に呼ばれているんだ。世話になった相手だからどうしても断れない。仕事がたいへんで忙しいのがわかっていて休むのは、本当に申しわけないが」

心苦しそうに話すオルレアに、真由は慌てて「気にしないで」と声を出した。

「誰でも都合の悪い日はあるもの。大丈夫、ワラビさんもミリアも、ほかのみんなもいるし。きっとなんとかなるわ！」

気丈に微笑む真由に、もう一度オルレアは「すまない」と頭を下げる。

本当はものすごく心細いが、まさか正直にそう言うわけにもいかない真由だった。


その日の夜、仕事が終わった真由は、一人部屋でもの思いにふける。

（オルレアがいないってだけで、こんなに不安に思うなんて……。オルレアは、勇者一行に追い出された時から……ううん、その前の勇者一行と旅していた時から、タッちゃんとモグリンを通してずっと私を守ってくれていたからかしら。私ったらすっかり彼に頼り切っていたのね）

真由は机の上に並べた二つの髪留めを眺《なが》める。どちらもオルレアがプレゼントしてくれたもので、真由の心の支えとなっていた。

（違うわね、髪留めじゃない。私にとって真の心の支えは、オルレア自身なんだわ）

この世界に来て出会った、無愛想で面倒くさがりの魔法使い。

でも、本当の彼は親切で面倒見がよく、いつでも真由を助けてくれた。

（そんな人を好きにならないはずがないわよね）

自覚した想いに、真由の頬は熱くなる。

（いったいいつから？　……って、そんなことを考えている場合じゃないわ！　オルレア抜きで、ご領主さまをきちんともてなさなきゃならないんだから）

真由は勢いよく首をプルプルと横に振る。領主への対応を考えようとするのだが、いつの間にかまた思いはオルレアへと戻っていく。

脳裏に浮かぶのは、オルレアの笑顔ばかりだ。

（もうもう！　どうしよう？　考えもまとまらないし、眠れないし――）

この夜、真由は生まれてはじめて、恋に悩む女性の眠れぬ夜を体験することになったのだった。


そして、どんなに不安に思っていても時は止まってくれない。

むしろ嫌だ嫌だと思う日ほど、あっという間に来てしまうのが世の常《つね》だ。

どうやらそれは、異世界でも変わりはなかったようで――

領主夫妻がワラビの宿に到着した日、天気はあいにくの雨だった。

「ようこそいらっしゃいました」

馬車から降り旅館の玄関ホールに入った領主一行に、ワラビが緊張しながら深々と頭を下げる。

真由も迎えに出た旅館の従業員一同も、続けて同じようにお辞儀した。

雨に濡れた外套《がいとう》を従者に預けながら、領主は穏やかな笑みを浮かべる。

「ああ、それほど緊張しなくてもかまわないよ。視察を兼ねているとはいえ、我々夫婦にとっては私的な旅行の意味合いの方が強い。ほかの客と同じように接してくれてかまわないから。……そうだろう、おまえ？」

同意を求めて領主が振り返れば、後ろに従《したが》っていた領主夫人も優しく笑って頷《うなず》いた。

「ええ。今評判の温泉と、見たこともないおいしいお料理を、楽しみに来たのですもの。あまり堅苦しくされては嫌ですわ」

おっとりと笑う夫人は、おそらく四十代後半くらいの年齢だろう。少しふくよかでルネサンス絵画の聖母像のような雰囲気を持っている。

一方の領主はやせ形で背が高く、年齢は五十代前半。いかにも貴族然とした紳士だった。名前はティオドール・アル・マダルディ伯爵。国内でも歴史のある由緒《ゆいしょ》正しい家柄なのだという。

(よかったわ。もっと威張《いば》り散らした人が来たら、どうしようって思っていたけれど)

湿気の多い天候に気分を害するでもなく微笑み合う伯爵夫妻は、いい人たちに見える。

ホッとしていると、伯爵が「ああそうだ」と言ってこちらを向いた。

「実は、私はお酒も楽しみにしてきたんだよ。この旅館のお酒は絶品だそうだからね。近衛《このえ》騎士のニデル侯爵子息がしきりに自慢しておられた」

真由は目をパチパチと瞬《まばた》きする。ニデル侯爵子息という名前に、まったく聞き覚えがなかったからだ。近衛《このえ》騎士などという偉い人が、どうして旅館の酒を知っているのだろう？

一方、ワラビは驚いた顔をした。

「ニデルさまと言ったら……ひょっとしてイザーク・リカワ・ニデルさまのことでしょうか？　濃い茶色の髪と青い目をした」

(イザークって？　どこかで聞いた名前よね？　濃い茶色の髪と青い目？)

真由は一生懸命、その特徴に合うイザークという人物を思い出そうとする。

「そうそう、その方だ。そういえばニデル侯爵子息は、あまりご自分の身分を名乗りたがらない方だったな。ひょっとしてこの宿でも、身分を隠して泊まっていかれたのかい？　私は余計なことを言ってしまったのかな？」

伯爵は「しまったなぁ」と頭に手を当てる。

（あっ！　イザークって、あのオルレアの知り合いだっていう、大柄で大食漢《たいしょくかん》で大酒呑みだった男の人？）

真由は、ようやく思い出したイザークという名の人物に、びっくりして固まった。

ブランデーを気に入ってガポガポ呑み、オルレアに叱られていた大男。

あの彼が貴族、それも侯爵子息だというのだろうか？

（確かに濃い茶色の髪と青い目をしていたけれど……うそっ！　イメージが合わなさすぎでしょう!?）

思わず叫びそうになり、真由は自分の両手で口を塞《ふさ》いだ。

「私が身分をばらしたということは、ニデル侯爵子息に内緒にしておいてくれるかい？」

胸の前で両手を合わせた伯爵が、「頼むよ」と頭を下げてくる。

「え、ええ。それはもちろんでございますが……あのイザーク……さまが、お貴族さま」

ワラビもどこか呆然と呟《つぶや》いた。たぶん真由と同じくらい驚いているのだろう。

「ニデル侯爵子息さまは飾らないお方ですものね。みなさんが驚かれるのも無理はないですわ。だからこそ〝サラ〟さまとあんなことになったのでしょうけれど」

伯爵夫人がもの思わしげに表情を曇《くも》らせる。

真由はビクリと震えた。真由が知っているサラは勇者の仲間で、真由を追い出し、果ての荒野に置き去りにして殺そうとした人物だ。

（サラさまって、あのサラのことよね？　確か王女さまだってカロンが言っていたし。イザークさんが侯爵子息なら、王女のサラと関係があっても不思議じゃないのかも？）

真由の胸には、なんとも言えない嫌な気持ちがせり上がってくる。

（もしもそうなら、いったい何があったのかしら？）

気になるが、伯爵が困ったような表情で夫人をたしなめた。

「いくら王都から遠いといっても、そういう話をみだりにしてはいけないよ。誰が聞いているかわからないのだからね」

夫に注意された伯爵夫人は、ハッとして申し訳なさそうに頭を下げる。

話はそこまでとなり、伯爵はワラビに向かって話しかけてきた。

「さあ、先に視察を済ませてしまおう。自慢の温泉施設を案内してくれるかな。仕事は早く終わらせて、そのあとはゆっくり温泉に浸《つ》かり、食事と美味《うま》い酒を味わいたいんだ。もちろん一個人としてね。かまわないかな？」

「もちろんです。では真由、ご案内を」

「はい！」

ワラビに指名されて真由は一歩前に出た。

「ほう、君が真由さんか。君に会うのも楽しみだったのだよ。いろいろ話を聞かせてもらえるかな？」

穏やかそうな伯爵の目が、キラリと光る。

真由は少し息を呑んだ。いい人そうに見えるのだが、やはり伯爵はこの地域を治める領主。気を抜いてはいけないのかもしれない。イザークの話題を出したのも、彼が自分たちとどの程度の知り合いか、探りを入れられた可能性がある。

（自分の領民がほかの貴族とあまり懇意《こんい》になることは、領主としては問題かもしれないわね。それともほかに何か気になることがあるのかしら？　まあ、私の方は気になることだらけなんだけど）

サラのことやイザークのことなど、真由が知りたいことはたくさんある。

（それにオルレアのことも。彼、イザークさんと仲がよさそうだったけど、正体を知っていたのかな？　もしそうだとしたら、オルレアは侯爵子息なんて偉い人といったいどんな関係なの？）

それが一番気になった。それでも、今真由がやらなければいけないことは、無事に領主である伯爵を案内すること。考えすぎては対応を失敗するかもしれなかった。

それだけは避けねばならない。

「どうぞ、こちらです」

背筋を伸ばした真由は、微笑みを浮かべて歩き出したのだった。

結果、真由は領主の視察に上手く対応することができた。

「ほぉ、これが露天風呂か。一部には東屋《あずまや》があるから、雨でも入れるのだな。風情《ふぜい》があって、これはこれで一興だ。湯温の管理は精霊石の力で行《おこな》っているのか」

「まぁ、想像以上に広くて清潔な大浴場ね。体を洗う場所も個々に鏡がついていて洗いやすそうだわ。そちらの花の浮かんだお風呂には、あとでぜひ入ってみたいわ！」

「食事処の衛生管理もしっかりしている。正直ここまで徹底しているとは思っていなかった。私の城の厨房《ちゅうぼう》にも見習わせないとな」

旅館内外を見て回った領主夫妻は、感心することしきり。

「こちらから指導することはほとんどない。案内も完璧だったし、ワラビの宿は領内屈指、いや国内屈指の施設と評していいだろう。今後もこの調子で励むように」

最後に領主自《みずか》ら太鼓判を押してくれ、視察は大成功に終わった。

(でも、本番はこれからよね)

その夜は、領主夫妻を招いての大宴会が開催される。もちろん真由たちの準備は万端だ。

「おお！　これがニデル侯爵子息一押しのブランデーか!!　噂に違わぬ美味《うま》さだな」

「あなた、こちらのアイスワインとやらも最高ですわ。甘くてとてもおいしいの」

「お酒が苦手なおまえがそんなに褒めるのは珍しいな」

「だって本当においしいのですもの」

伯爵も伯爵夫人も、ほどよく顔を赤くして上機嫌で杯《さかずき》を重ねている。

「まあ！　この天ぷらとかいうお料理、とてもおいしいわ！」

「こっちのシチューも最高だ。とても野生のシカ肉とは思えない。臭みもなくホロホロと蕩《とろ》けるように柔らかいぞ！」

天ぷらは、今やワラビの宿の看板メニュー。カラッと揚がった天ぷらを嫌う人はほとんどいない。

シカ肉のシチューも、まずハーブと赤ワインに一晩漬けて臭みを抜いて、そのあとで塩コショウ。表面に焼き目をつけてから、さらに赤ワインとたっぷりの野菜でコトコト煮込《にこ》む。そのうえいったん肉を取り出し、ハーブで蒸した上でまた煮込《にこ》んだ自信作だった。

（デミグラスソースも手作りしたし、仕上げにバターも入れたし、これでおいしくなかったら泣いちゃうわ）

かなり本気でそう思う真由だ。

ほかの料理も人気は上々で、伯爵夫妻は十二分に食べ、呑んで笑ってくれた。

真由とワラビは見つめ合い、大成功な宴会にホッと安堵《あんど》の息を吐く。

そして、伯爵夫人がワラビと意気投合し、ご婦人トークに花を咲かせる。

すると伯爵は酔って足をふらつかせながら立ち上がり、「少し呑みすぎたな。酔い覚ましに夜の露天風呂を見たい」と言い出した。

「どうやら女将《おかみ》は妻が独占してしまったようだ。真由さん案内してくれるかな？」

苦笑交じりに頼まれたので、真由は素直に「はい」と頷《うなず》いた。

請われるままに宿の外に出て、露天風呂へと案内する。

すでに雨は上がり、夜空には二つの三日月が輝いていた。

二つ月があるこの夜空だけは、真由はいつまで経っても見慣れない。自分がこの世界とは別の世界から来たのだと、月の輝きは教えてくれる。

それと同時に、二つの月以外では、異世界にいるということを真由は実感できなくなっていた。精霊はいるし、魔法はあるし、生活スタイルも違うのだが、なぜか違和感がないのだ。

(むしろ落ち着くっていうか。私って案外順応力が高かったのね)

もちろんそれだけではないということも、真由はわかっていた。

(だって、勇者一行といた時には、全然こんな気持ちにならなかったもの)

ここには真由を気にかけてくれているワラビやミリアたち従業員の仲間がいて、精霊のモグリンやタッちゃんたちもいて、そしてオルレアがいる。

彼らがいるこの場所だからこそ、真由は安心して馴染《なじ》んでいるのだった。

(そうよ。まるで本当の自分の家のように)

真由は自分で出した結論にとても満足した。知らず知らずのうちに笑顔になって夜空を見上げる。

「――真由さん」

声をかけられ、慌てて真由は伯爵の方を振り返る。彼の存在をすっかり忘れてしまっていた。宴会が成功し、安心しすぎていたのもいけなかったのかもしれない。

伯爵の方を見て、真由は（え？）となった。

旅館を出る前まで伯爵についていた護衛の騎士の姿がなかったのだ。

(なんで誰もいないの？　私、伯爵と二人きり？)

だからといって焦る理由はないはずなのに、真由の胸は大きく騒ぐ。

トプトプと露天風呂にお湯が流れ込む音が、やけに大きく聞こえた。

「伯爵さま、その……」

「真由さん……君は異世界人だね」

真由の言葉を遮《さえぎ》り、伯爵は静かにそう言った。

真由は、ハッと息を呑む。

別に真由は、自分が異世界人であることを隠しているわけではない。ただ勇者一行のようなこともあるため、自分から積極的に言うことでもないと思っていた。そのためワラビとオルレア以外の従業員や村人たちは、真由をワラビの遠縁なのだとなんとなく思っているようだ。

（精霊たちはみんな私が異世界人だと知っているけれど、でも言いふらしたりはしないわよね）

おしゃべりで自由気ままに生きている精霊たち。しかし彼らはああ見えて口が堅いのだ。少なくとも人が知られたくないと思っている秘密を、むやみやたらに言いふらしたりはしないはず。

それなのに、なぜ伯爵は真由が異世界人だと知っているのだろう？

（私のことを調査したってこと？　そういえば、勇者一行にいた時に、アベルが私を異世界人だと偉そうに周囲に説明したことがあったもの。私がワラビの遠縁じゃないことだって、調べればすぐわかることだし、ご領主さまならいくらでも調べようはあったはずよね）

伯爵が真由を異世界人だと知っていたことは、実はそれほど問題ではない。

問題なのは、真由が異世界人だと確認した伯爵がどうしたいのかということだった。

「それを聞いてどうなさるんですか？」

真由は真っすぐに伯爵を見返し、たずねてみる。

そんな真由を見た伯爵は、ほんの少し微笑んだ。

「そうだね。……とりあえず、君には私の城に来てもらおうかな？」

そう言うと、つい先ほどまで酔ってふらついていたとは思えぬほどしっかりした足どりで、真由に近づいてきた。

(酔ったのも演技だったってこと？　ご夫人がワラビと話し込んでいたのも、みんな計画の内なのかしら？　だとしたら、私はもう逃げられない!?)

なぜ領主の城に連れていかれるのかはわからない。ただなんとなく、連れていかれたら二度とここには戻って来られないのではないかという予感がした。

(そんなの嫌よ。私はここで温泉旅館をやりたいんだから！)

なんとかしなくてはと思ったその時――

「やめろ！　マダルディ伯爵！」

鋭《するど》い声が聞こえてきた。それは真由のよく知る声だ。

「オルレア!!」

闇《やみ》の中から、真由が一番助けてほしいと思っている人――オルレアが現れた。

「真由に手出しをすることは〝私〟が許さない！」

きっぱりそう断言したオルレアは、真由の前に出て伯爵を睨《にら》みつける。

「オルレア――」

真由は感動で言葉を詰まらせた。

遠くの知人のもとに行っていて今日は帰らぬはずのオルレアが、どうしてここにいるのかはわからない。しかし、彼が自分の窮地《きゅうち》に現れてくれたことがとても嬉しい。目の前の大きな背中が頼もしく見えた。

喜びで真由の目にはじんわりと涙がこみ上げてくる。

その涙を指先で拭《ぬぐ》えば、少しぼやけた視線の先、オルレアの背中越しに伯爵の顔が見えた。

（え？）

その顔が笑っているように見えて、真由は目を擦《こす》る。

呆然と見ていれば、伯爵は信じられない行動に出た。なんと彼は、その場に片膝をつき、頭を下げたのだ。

「やっとお会いできました。お久しぶりです。オルレア殿下」

この地を治める領主は、感じ入ったような低い声でそう言った。

真由は驚き、動きを止める。

（殿下？　今、殿下って言ったの？）

混乱する真由をよそに、オルレアは動じることもなく伯爵に対峙《たいじ》する。

「私は廃嫡《はいちゃく》された身。すでに王子でもなんでもない。殿下はやめろ、マダルディ伯爵」

自分に頭を下げる男を、彼が冷たい目で睨《にら》みつけた。

（廃嫡《はいちゃく》？　……って、いったいどういうこと？　すでに王子でないってことは、前は王子だったの？）

真由の頭の中で、グルグルと疑問が渦巻《うずま》く。

「殿下の廃嫡《はいちゃく》は国王陛下の独断です。王太子殿下も第二王子殿下もお認めになっておりません。我ら古参の貴族も同様です」

伯爵はきっぱりと首を横に振った。

オルレアは皮肉げに顔を歪《ゆが》める。

「国王陛下がお決めになったことだ。兄上やお前たちがどう言おうと、決定は覆《くつがえ》らないだろう。何より私は陛下の沙汰《さた》を受け入れた。離宮に軟禁され、人前に出られない妾腹《しょうふく》の第三王子など、もうどこにも存在しないのだ」

口調は苦かったが、オルレアは毅然《きぜん》としてそう言った。そのまま言葉を続ける。

「そんなことはどうでもいい。それよりマダルディ伯爵、お前は真由をどうするつもりだ？　返答によっては私にも考えがあるぞ。地位はなくとも、私には魔法の力があるからな」

きつい表情で問い詰めるオルレア。

伯爵は真剣な目で彼をジッと見返す。

「その魔法の才を我々は惜しむのです。世界でも類を見ないほど強力な一次精霊魔法の力。そして、異世界から来た女性のためにお姿を現してくださる、そのご気性も」

オルレアは黙ったまま何も答えなかった。紫の目は冷たく光り、伯爵に拒絶を伝えている。

伯爵は諦《あきら》める様子もなく言葉を続けた。

「国王陛下が此度《こたび》の勇者一行にサラ姫を同行させた件を、王太子殿下並びに第二王子殿下はたいへん憂《うれ》いておいでです。王族が勇者一行に加わるのは、本来、勇者に軽々しく王位を渡さないため。それなのに陛下は、勇者に恋心を抱くサラ姫のわがままをお聞きになった。あまつさえ、無事に勇者が魔王を討伐《とうばつ》した暁《あかつき》にはサラ姫と結婚させ王位を譲《ゆず》ってもいいと、周囲に漏らしておられます」

それを聞いたオルレアはさすがに顔をしかめる。

「勇者に王位を？　しかし彼は平民、しかも地方の農夫だったと聞いたぞ」

伯爵は大きく頷《うなず》いた。

「平民を貶《おとし》めるつもりはさらさらありませんが、いくら聖剣に選ばれた勇者とはいえ、魔王の討伐《とうばつ》と国の統治は違います。帝王学も何も学んでいない若者に一国を担《にな》うことなどできるはずもないし、させてはいけないことです。サラ姫に勇者を補《おぎな》う王佐の才がおありならまだ違いますが、あの方にそんなことができないのは周知の事実です」

きっぱりと伯爵は言い切った。

オルレアは苦虫を噛《か》み潰したような表情になる。

動揺していて何がなんだかわからない真由も、勇者アベルとサラの話だけはわかった。

（国王さまは、アベルとサラを結婚させて、自分の地位を継がせようって考えているっていうこと？　……うわっ！　ムリムリ、絶対ないわよね。アベルもないけど、あのサラが王妃さまなんて、国が滅《ほろ》んじゃうわ！）

自分の恋路に邪魔だというだけで、サラはあっさりと真由を殺そうとした。少なくとも真由は、そんな女性が治める国には絶対住みたくない。

真由が心の中で全否定している間にも、オルレアと伯爵の会話は進んでいく。

「それは確かな話なのか？」

「だから先日、サラ姫とニデル侯爵子息の婚約が破棄されたのです」

「イザークは単純に喜んでいたぞ。長年の自分の訴《うった》えが、ついに聞き届けられたと」

「ニデル侯爵子息にとってはそうでしょうね」

二人はなんとも言えぬ表情で視線を交わす。

「……ともかくそんなわけで、オルレア殿下の処遇についても納得しておられなかった王太子殿下と第二王子殿下は、ついに国王陛下を見限られたのです」

サラリと言われた言葉に、オルレアは唇を噛《か》んだ。

「兄上たちが――」

「王太子殿下と第二王子殿下は、近々国王陛下に退位をすすめられるご意向です。貴族の多くも殿下方に賛同するでしょう。陛下の信望は落ちていくばかりですから。陛下には何がなんでも頷《うなず》いていただきます。ついては、オルレア殿下にもぜひ王宮にお戻りになり、しかるべき地位に就《つ》いて力を貸していただきたいと、王太子殿下と第二王子殿下は考えておられます」

オルレアは首を横に振った。

「無理だ。私はすでに廃嫡《はいちゃく》された身。父王陛下が退位されても、決定を覆《くつがえ》す理由はどこにもない」

「理由はございます！」

伯爵は大きな声で否定した。そして視線を真由へと向ける。

「彼女——真由さんこそが、その理由です」

真由はポカンとしてしまう。

「私？」

思わず自分の人さし指で自分の顔を指さす。

伯爵は大きく頷《うなず》いた。

「そうです。異世界から〝オルレアさまが召喚した〟彼女は、我《わ》が領地に温泉の知識を授《さず》け、オルレアさまと一緒に温泉施設なるものを作り上げました。そしてこの辺境の地にいまだかつてない繁栄をもたらしたのです。精霊の覚えもめでたく、精霊と人間のかけはしともなっている彼女の高名は、人間のみならず様々な種族にも知れ渡っています。また、これはまだ確認中ですが、温泉に入った者たちの心身の不調が治ったという報告が、数多く集まりつつあります。治癒《ちゆ》と回復の力を与える真由さんを〝聖女〟とあがめる者たちも出ているほどに」

伯爵の話を聞いたオルレアは、ギュッと眉間にしわを寄せる。

一方、真由は思いもかけぬ話に、ますます驚き目を見開いた。

「聖女？　私がですか」

「治癒《ちゆ》魔法を使える者は、聖女以外にいないでしょう」

本当は聖女であっても治癒《ちゆ》魔法は使えない。以前アベルが言っていたように、聖女に対しては『遥か昔に異世界から召喚された聖女に、奇跡の力があった』という伝承があるだけだ。

しかしなぜかその伝承が、マダルディ伯爵の領内では『力の強い聖女なら治癒《ちゆ》魔法が使える』と伝わっているのだそうだ。

「今から五十年ほど前、領内をたちの悪い流行病《はやりやまい》が襲いました。その頃から我《わ》が領では、奇跡の力イコール治癒《ちゆ》の力と認識されているのです。――『もしもあの時、いにしえの聖女さまがおられたならば、愛する者の命が助かったかもしれない』と叶わぬ希望を抱《いだ》いた者が多かったのでしょう」

それはなんだか切ない話だった。

そう考えるほど、この領内の人々は治癒《ちゆ》の力が欲しかったのだ。

「私は聖女ではありませんし、治癒《ちゆ》の力もありません！」

それでも真由はきっぱりと否定する。領民には同情するが、だからといってありもしない治癒《ちゆ》の力を求められても、応《こた》えることなどできない。

「温泉に入った人の不調が治ったのは、温泉そのものの力です。温泉には泉質によってさまざまな効果があります。それでなくとも、体を温めることによる温熱効果や、いつもと違う温泉地に旅行することによる心理効果がありますから。温泉による治癒《ちゆ》は、私の力ではないんです」

きちんと説明し正しい認識を持ってもらえれば、根拠のない誤解は解けるはず。

(ひょっとしたら、私の作った食事にあるっていう体力回復と能力十パーセント増しの力が関係しているかもしれないけれど――ううん。今の私はほとんど厨房《ちゅうぼう》に立たないんだもの。関係ないわよね？)

旅館の料理レシピの多くを考案したのは真由だが、今はほかの仕事が忙しく、調理はほとんどしていない。だから今回の件には無関係のはず。

それなのに伯爵は納得いかないと言いたげに首を傾《かし》げた。

「私にはそれだけとはとても思えないのですが。百歩譲《ゆず》ってそれだけだとしても、温泉を広めたのは真由さんです。あなたが我《わ》が領地にもたらした恩恵は計り知れない。また精霊や他種族と縁が深まることは、領内のみならず人間すべてにとって価値あること。私は自信をもってあなたへの叙爵《じょしゃく》と、あなたを我《わ》が領地に呼び寄せてくださったオルレア殿下の復位を、王宮へ奏上しますよ」

「叙《じょ》……叙爵《じょしゃく》って？」

叙爵《じょしゃく》とは、国にとって功労のあった者に爵位を与え、貴族とすることだ。

（いやいや！　温泉を作ったくらいで、ありえないでしょう⁉）

考えられない事態に声も出せず、真由は口をパクパク開けては閉める。

オルレアは眉間のしわを深くした。

「私の復位に真由を利用するつもりか？」

「殿下にとっても真由さんにとっても、悪いお話ではないと思うのですが」

「そんなはずがあるか！　第一、真由は私が召喚したわけではない。彼女を王宮のゴタゴタに巻き込むな！　彼女を利用することを私は決して許さないぞ！」

声を荒らげて怒るオルレアに対し、伯爵は静かに息を吐き出した。そして落ち着いた仕草で一礼する。

「承知いたしました。これ以上話してもお怒《いか》りを買うだけでしょうから、今日はいったん引くことにいたします。ただ誤解していただきたくないのですが、今回私が王太子殿下から申しつけられたのは、現状をオルレア殿下にお伝えすることのみ。そのほかのことはすべて私の独断です。王太子殿下も第二王子殿下も、オルレア殿下がお健《すこ》やかであることだけを願っておられます。差し出がましいことを申しましたこと、お許しください」

「わかっている」

ムスッとしながらオルレアは頷《うなず》いた。

伯爵は小さく笑う。

「真由さんも、混乱させて申し訳なかったね。いろいろ話したが、この温泉旅館が素晴らしいもので、私が今回の視察に満足していることは本当だ。料理も酒も最高だったよ」

彼は領主の顔に戻り、そう言った。

真由は少しホッとする。

立ち上がった伯爵は、ポンポンと膝を叩きながら二つの月を見上げた。

「本当に美味《うま》い酒だったな。思い出したらまた呑みたくなった。私は戻って呑み直すことにしよう。ああ、案内はいいよ。殿下と話もあるだろう。女将《おかみ》には私から上手く言っておくから、ゆっくり話し合うといい。できることなら君から殿下に、『叙爵《じょしゃく》されてみたいです！』とか可愛らしくお願いしてもらえたら、助かるのだがな」

自分の口真似をされた真由は、焦って首を横にブンブンと振った。

伯爵は楽しそうに「ハハハ」と笑うと、背を向ける。そして振り返らずにヒラヒラと手を振って歩み去った。

あとには、真由とオルレアが残る。なんとなく見つめ合ったまま、真由は言葉に迷った。

「……どうしてここに？　遠くの知人に会うのではなかったの？」

聞きたいことはほかにもたくさんあったのだが、声に出たのはそんな質問だ。

(だって……怖い。王子だとか復位だとか聞いて、どんな答えが返ってくるかわからないもの)

真由の怯《おび》えを感じ取ったのか、オルレアは、困ったような笑みを浮かべた。

「悪い。知人に会うというのは嘘だ。マダルディ伯爵に会いたくなかったから、嘘をついて逃げたんだ。あの人は、俺を知っているから」

オルレアは視線を逸《そ》らし、頭を押さえた。月の光に輝く銀髪をクシャリと握る。

「……何から話したらいいのかな？」

小さな声で呟《つぶや》いたオルレア。

真由の胸は不安にドキドキと高鳴る。体が震え、クシュンとくしゃみが飛び出した。

オルレアはビックリした顔をする。

露天風呂のそばとはいえ、季節は早春。夜の空気は冷たくて、真由の体はすっかり冷え切っていたのだ。

「ご、ごめんなさい。私ったら」

「いや、俺が悪かった。こんなところで長話はダメだな。宿に入ろう。俺の部屋に来てくれるかい？　真由には全部話してしまいたいんだ」

苦笑したオルレアは、ためらいがちに手を差し出してくる。

真由もゆっくりと手を伸ばした。そっと彼の手に触れる。

「はい」

答えれば、ギュッと手を握られた。手をつないだまま二人は歩き出す。

空には二つの月が輝いていた。


そして、旅館にあるオルレアの部屋に場所を移し、真由は彼から話を聞く。

やはり彼はマダルディ伯爵の言った通り、この国の第三王子だった。

「でもサラと会った時、彼女はそんな素振りを見せなかったわよね？」

サラとオルレアは、真由が異世界召喚されたその日に、この村で顔を合わせている。しかしサラはオルレアを知っている風には見えなかった。オルレアが第三王子であるなら、サラにとっては兄になるはずなのに。

「当然さ。俺は王宮で王女に会ったことがないからな。王女も第三王子の存在自体を知らないはずだ」

「存在自体を知らない？　兄妹なのに？」

そんなことがあるのだろうか。

「王太子殿下と第二王子殿下、俺、そして王女は、母親が違うんだ」

オルレアは苦い表情で話しはじめた。

王太子と第二王子の母親は、国王の最初の正妃だ。由緒《ゆいしょ》正しい公爵家の息女で才色兼備《さいしょくけんび》。一国を統《す》べる者としては凡庸《ぼんよう》で、いささか頼りない国王を、完璧に補佐する女傑《じょけつ》でもあったという。

しかし王子二人が産まれてこれで王家も安泰《あんたい》だと思われた時に、王宮に忍《しの》び入った魔獣から国王を庇《かば》い、亡くなってしまった。

「その知らせを聞いた寵臣《ちょうしん》たちは、全員『亡くなったのが陛下の方だったらよかったのに』と言ったそうだ」

すでに王家の血を継ぐ王子が二人いる。国に必要なのは、政治に疎《うと》い国王より、民《たみ》や臣下から信頼の厚い王妃の方だった。中には『あんな凡王を庇《かば》われる必要はなかったのに』と嘆《なげ》く者までいたという。

陰でそう言われた国王は、当然面白くなかった。平凡だが人並みに自尊心のあった男は不満を徐々に募《つの》らせる。

そして国王は、なんと正妃の喪《も》も明けないうちに、別の女性を襲い、妊娠させてしまったのだ。

「それが俺の母親で、最悪なことに、母は王宮の神殿の巫女《みこ》だった」

この国の巫女《みこ》は神に仕《つか》える者として純潔を求められる。その巫女《みこ》を国王は無理やり犯《おか》した。

それはとてつもないスキャンダルで、公《おおやけ》になれば王に対する民《たみ》からの信頼が地に落ちるほどのこと。

結果、すべてが秘密裏に処《しょ》された。

同意ではない行為の結果、あってはならない子を身ごもったオルレアの母は、心身ともに衰弱《すいじゃく》したという。ギリギリの体力でオルレアを出産し、直後に亡くなったそうだ。

「すべて人伝《ひとづて》に聞いた話だがな。俺は離宮で存在自体を隠されて育てられたんだ」

とはいえ人の口に戸は立てられない。オルレアの存在は、王太子や第二王子、あと古くから王家に仕《つか》える古参の貴族たちには、公然の秘密として知られていた。

「国王は俺の顔を見に来たこともなかったが、兄上たち――王太子殿下と第二王子殿下は、俺に対して親切だった。俺が物心つく頃に離宮を訪ねてきて、自分の父の非を詫《わ》び『あんな父を持った兄弟同士慰《なぐさ》め合って仲よくしよう』と言ってくださったくらいだ」

七歳になったオルレアが一次精霊魔法の才を現した時も、二人の王子は我《わ》がことのように喜んでくれた。父王にかけ合い、オルレアを正式に第三王子として王宮に迎えるよう説得してくれたという。

「まあ、一次精霊魔法の使い手は精霊から好かれやすいからな。高位精霊との付き合いが多い王族にとって、有用な才能だったという理由もあっただろうけれど」

王太子や第二王子、それに古参の貴族からも説得された国王は、翌年しぶしぶながらもオルレアを表に出すことに同意した。

オルレアは第三王子として認知されたのだが、しかし直後に国王は態度を再び硬化させた。

国王に新たな縁談が持ち上がったためだ。相手はのちにサラの母親となる現王妃だった。

現王妃は、元は隣国の王女で、姿形は美しいがわがままで高慢《こうまん》な女性だ。自国で妻子のある男性とスキャンダルを起こし、それを隠すように国王の後添《のちぞ》いに出されたのだという。

この王妃に国王は年甲斐《としがい》もなく恋をした。

「新たな王妃を迎えるにあたり、正式な前王妃の子である兄上たちはともかく、俺のような存在がいることを知られたくなかったのだろうな。国王は、形ばかりの王籍をようやく得た俺を正式に廃嫡《はいちゃく》し、王宮から追い出した」

あまつさえ第三王子がいたことを誰も口にしないようにと、箝口令《かんこうれい》まで敷いたという。

王太子と第二王子、それに一次精霊魔法を使える王子の価値を知る貴族は猛反対したが、国王は意志を変えなかった。ついには『王命だ』『逆らう者は罰する』とまで言い出し、オルレアの廃嫡《はいちゃく》を押し通したのだ。

この時、オルレアは八歳になったばかりだったという。

「そのあと、現王妃が嫁《とつ》いできて、サラが産まれたんだ。あれが俺の存在を知るはずがない」

オルレアは静かにそう言った。

真由は、言葉に詰まる。

「そんな、ヒドイ。……オルレアは何も悪くないのに」

「俺は国王にとって、彼自身の過《あやま》ちの証拠なんだ。嫌われても仕方ない」

そう言ったオルレアは、両手を広げ、おどけた風にヒョイと肩をすくめてみせた。

「そんな！　そんな風に仕方ないなんて言わないで!!」

気づけば真由は泣いていた。あとからあとから涙がボロボロとこぼれる。

生まれてすぐに母を亡くし、父からは会いに来てさえもらえないオルレアの幼少期は、どれほど寂しいものだっただろう。しかも彼は八歳で、実の父から縁を切られたのだ。

怒《いか》りと悲しみで、真由の心はグチャグチャになる。拳《こぶし》を握りしめて唇を噛《か》み、涙をこぼした。

そんな彼女をオルレアがそっと抱きしめる。

「ありがとう。俺のために泣いてくれて。でも、本当にそんなに怒る必要はないんだ。俺には両親はいなくとも兄上や精霊たちがいたからな。……知っているだろう？　モグリンやタッちゃんみたいな精霊たちに囲まれたら、おちおち落ち込んでもいられない」

明るい声でオルレアは話す。確かに根が明るくてズバズバと遠慮のない精霊たちにつきあっていたら、悲しみに浸ってばかりはいられそうになかった。

(それでも傷つかなかったはずはないでしょう？　だってオルレア、国王を『父』と呼ばないじゃない！)

王太子や第二王子を兄と言うことはあっても、オルレアは国王を『父』と称しない。サラのことも決して『妹』とは言わなかった。

それは何より彼の悲しみを表しているのではないだろうか？

悲しみが胸にせり上がり苦しくなった真由は、下を向こうとした。

そんな彼女の頬を、オルレアの大きな手が包み込む。彼は真由に顔を上げさせ、のぞきこんできた。

「本当に大丈夫だから泣きやんでくれ。国王が俺を廃嫡《はいちゃく》したことは、俺にとって願ってもないことだったんだ。窮屈《きゅうくつ》で面倒な王宮から出られて、精霊たちと自由気ままに暮らせるからな。王宮を出てから成人するまでは、イザークの父のニデル侯爵が領地で俺をかくまって育ててくれた。そのあとは国内を自由気ままに旅して、数年前からこの村で暮らしはじめたんだ」

オルレアは優しく微笑んだ。

「おかげで、俺はお前と出会えたんだ。今なら俺は国王に感謝してもいいと思っているぞ」

感謝はさすがに言いすぎだろう。真由はプゥ～っと頬を膨《ふく》らませる。

「そんなことで感謝しないで！」

涙はいつの間にか止まっていた。

「そんなことじゃないさ。真由に会えたのは、俺の人生の中で最高に嬉しくて幸せなことだ」

紫の目に甘い光が宿《やど》る。

その目に見つめられて真由は頬を熱くした。

「…………私も」

気づけば小さく呟《つぶや》いていた。

オルレアは嬉しそうに笑み崩れる。

真由の頬を包む彼の手に少し力が入って、オルレアの整った顔が近づいてきた。

オルレアが目を閉じるから、真由もつられて目をつぶる。

唇に温かくて柔らかなものを押しつけられ、自分がキスされたのだとわかった。

さっき止まった涙が、またこぼれてくる。

（泣きたいくらいに幸せってこういうことなのね）

こんな時なのに、真由はそう思う。

唇が離れていって、目を開けた。

オルレアが真剣な表情で真由を見ている。

「マダルディ伯爵が何を言おうとも、俺は王族に戻るつもりはない。この村でこのまま真由と一緒に温泉旅館を続けていきたいんだ。伯爵にも誰にも、絶対手出しはさせない。安心してずっと俺のそばで笑っていてほしい」

そんな風に頼まれ、真由は嬉しくてますます泣いてしまう。

「ありがとうオルレア。私もオルレアと一緒にずっと温泉旅館をやっていきたいわ。爵位なんて欲しくないの。欲しいのはこのままの生活よ」

王族も聖女もそんなものはどうでもよかった。真由にとって大切なのはオルレアとワラビ、モグリンやタッちゃんたちと笑って暮らせる未来。そして大好きな温泉だ。

「わかっている。必ず守るから」

力強いオルレアの言葉を聞いて、真由は彼の胸に頬を寄せる。

心を一つにした二人は、そのままずっと抱き合っていた。


明けて翌朝、多少心配したものの、領主一行は何も言わずにあっさりと帰って行った。

そのあとも特に連絡はなく、真由は少し拍子抜けしてしまう。

「あれって、からかわれただけだったのかしら？」

「マダルディ伯爵はタヌキだからな。油断しない方がいい」

そうは言われても、真由的にはからかわれていたのだという方が、ストンと納得できる。なんの力も持たない自分に叙爵《じょしゃく》するなんて言われるより、はるかに説得力があった。

温泉旅館は相変わらずの人気で、毎日忙しい。この忙しさもあって、真由はマダルディ伯爵の言葉を現実として捉《とら》えられないでいた。

「クヨクヨ無駄に悩まないのはいいが、あまり無理はするなよ。たまには休みをもらって二人で出かけよう。真由に見せたい景色がたくさんあるんだ」

（へ？　そ、それって……ひょっとしてデート⁉）

オルレアはあれから一段と、真由に対して甘々になった。今も後半部分のセリフは顔を近づけ耳元でささやかれる。

真由はドキドキして顔を熱くした。周囲にはワラビやミリアもいるからなおさらだ。

（ま、まあ、キ……キスまでしちゃったんだし。こ、恋人の態度としては普通？　なのかしら？）

いかんせん真由には恋愛経験がないため、世間一般の普通がわからない。

心なしかワラビやミリアの視線が呆《あき》れているように見えるが、気のせいかもしれなかった。

「え……えっと、はい。……私も、い、一緒に出かけたいわ」

「嬉しいよ、真由。ありがとう」

真っ赤になって答えれば、オルレアは真由の頬にチュッと軽いキスを落とす。

（うきゃ〜ぁぁぁっ！）

真由は心の中で悲鳴を上げた。

「まったく、独り者のあたしの前で、よく見せつけてくれるね」

そんな二人の様子に、ワラビが大きなため息をつく。

「ホントです！　私なんて、庭師のケリーさんに振られたばかりなのに」

ミリアはいつの間にか新たな恋をして、そしてまた失恋したようだった。

(惚《ほ》れっぽいって本当だったのね。失恋がしょっちゅうだっていうのも)

そこまで切り替えが早いのは、ある意味尊敬してしまう。

感心してミリアを見ていれば、クスクスと背後から笑い声が聞こえてきた。

「相変わらず真由さんの周りは〝温かい〟ものばかりですね」

「アスワドさん！」

振り返った先には、領主と入れ替わりに旅館にやってきた、常連客のアスワドがいた。久しぶりにまとまった休みでも取れたのか、彼はそのままずっと滞在している。

声を弾《はず》ませアスワドの名を呼んだ真由の前に、さりげなくオルレアが体を滑《すべ》り込ませた。

「何かご用ですか？」

口元に笑みを浮かべ、オルレアはアスワドにたずねる。

「いえ、別に。特に用というわけでもないんですが……。今日は天気がいいので、その、真由さんに庭を案内してもらおうかと思って。椿《つばき》の花が見ごろだとおっしゃっていましたよね？」

そういえば昨日は雨が降っていて、晴れたら庭を案内すると約束したのだった。

椿《つばき》の木は今年も順調に花を咲かせ、秋には椿油《つばきあぶら》の原料になる実をたくさんつけてくれそうだ。

「ああ、そうでしたか。でも申し訳ありません。真由はこれから別の用があるんです。私が代わりに案内いたしましょう」

そうだったとアスワドを案内する気になった真由を背中に隠したまま、オルレアがそんなことを言い出す。

（え？　私、別に用なんてないわよ？）

真由はポカンとしてしまった。

ワラビとミリアが呆《あき》れ顔で顔を見合わせる。

「あ、いえその、私は別に少しくらい待ってもかまわないですから……その、真由さんに案内を」

「いえいえ、お客さまを待たせるわけにはいきません。さあさあ、どうぞこちらへ」

オルレアはかなり強引にアスワドを促《うなが》して、その場を離れようとした。

アスワドは困ったように真由を振り返る。

縋《すが》りつくような視線を受け、彼女は慌てて二人に駆け寄った。

「オルレア、私が昨日アスワドさんと約束したの。だから私がご案内するわ」

アスワドには人見知りなところがある。いつも対応する真由にはよく笑ってくれるようになったのだが、ほかの従業員の前ではしり込みしがちで、苦手としているようなのだ。オルレアは今、事務方で滅多《めった》に表に出ないから、アスワドはなおさら気詰まりだろう。

真由の言葉を聞いたオルレアは、わかりやすく顔をしかめた。

「でも――」

「ああそうだね！　真由が案内した方がいいよ。〝用〟はあたしが済ませておくから、アスワドさんのご案内をしておいで」

なおも反対しようとしたオルレアを、ワラビが大きな声で遮《さえぎ》った。そのままジロッと彼を睨《にら》みつける。

オルレアはムスッと黙り込んだ。

「いってらっしゃい、真由さん。アスワドさまと、どうぞごゆっくり」

おまけにミリアまでそう言って送り出してくれる。

真由は二人に感謝しながら、アスワドを促《うなが》してその場を離れた。

（もうもう、オルレアったらいったいどうしたのかしら？　用なんて何もないはずなのに）

突然おかしな行動に出たオルレアに対し、真由は心の中で首を傾《かし》げる。

「何かすみません、真由さん」

アスワドが申し訳なさそうに謝ってきた。

「そんな、こちらこそすみません。オルレアも普段はあんなに強引じゃないんですけれど。ご不快でしたよね？」

真由がたずねれば、彼はとんでもないと首を横に振ってくれた。

「真由さんみたいに可愛らしい恋人がいるのですから、彼の態度も当然でしょう。嫉妬《しっと》する気持ちもよくわかります」

真面目な顔でそう言うアスワド。

「へ？　え？　えぇっ？　……嫉妬《しっと》ぉ!?」

真由はびっくりしてしまう。

「え、えぇ。そうですよね？　どこからどう見ても嫉妬《しっと》する彼氏そのものでしたけど」

言われた真由はカッと頬を熱くした。

(嫉妬《しっと》？　オルレアが？)

戸惑《とまど》う真由を見て、アスワドは楽しそうに笑い出す。

「気づいていなかったんですか？　本当に真由さんは可愛らしい方ですね。……あなたのそばはとても居心地がいい。嫉妬《しっと》したいのは私の方ですよ」

「も、もう！　アスワドさんまで、からかわないでください！」

真由が怒鳴《どな》ればコテンと首を傾《かし》げる。

「……わりと本気なんですが？」

「からかわないでくださいって言いましたでしょう！」

真由の勢いに「まいったなぁ」と頭を掻《か》いた。

「もう、早く行きますよ」

先に立って歩く真由に、アスワドは「はい」と答えてついてくる。

庭に出れば、明るい日差しの中にも早春の冷たい空気が感じられた。椿《つばき》の花は美しいが、のんびり花見をするには寒かったかもしれない。

「すみません。寒くないですか？」

真由が聞くと、アスワドは笑って首を横に振る。

「いいえ。真由さん、あなたのそばはとても温かいですよ」

柔らかな光の中で笑うアスワドが、なんだか儚《はかな》く見えた。

思わず彼女はアスワドの方へ手を伸ばそうとする。

――その時、なんの前触れもなく突風が吹いた。

咲き誇っていた赤い椿《つばき》の花が、無残に散っていく。

「真由!!」

「どけ!!」

怒鳴《どな》り声が響いて、その場に突然、薄汚れた格好をした男が二人現れた。

驚いて見れば、それは魔王退治に行っているはずの勇者アベルとカロン。二人は抜身の剣で、アスワドに斬《き》りかかってきた。

真由は慌ててアスワドを背に庇《かば》う。

「いきなり何をするの!?　やめて!!」

真由の体が邪魔になったアベルとカロンは、いったん動きを止める。

「真由――」

アベルが何か言おうと口を開いた。

「風刃！」

しかし次の瞬間、キリリとした女性の声が響き、突風が巻き起こる。

風を刃《やいば》どなす魔法を放ったのはフローラで、彼女の白い髪は強風でバラバラに舞い乱れている。

フローラの隣にはサラも立っていて、赤髪の弓使い《アーチャー》はギリギリと引《ひ》き絞《しぼ》った矢を真由たちの方へと向けていた。

「痛っ！」

千切れた枝が真由の頬に当たり、思わず彼女は呻《うめ》く。

「真由さん！　血がっ!!」

真由の背後に庇《かば》われて立つアスワドが、悲鳴のような声を上げた。

痛む頬に手を当てれば、ヌルリと濡れた感触がする。どうやら当たった枝で頬が切れたらしい。

「大丈夫、かすり傷です。アスワドさんは絶対そこから動かないでくださいね！」

血のついた手を握りしめ、真由は必死に叫んで前を向いた。

果ての荒野で別れた勇者一行の四人と、あらためて向き合う。

「そこをどくんだ！　真由、俺たちは君に危害を加えるつもりはない！」

大声で叫ぶのは勇者アベルだ。別れた時より頬がこけ、ずいぶん痩《や》せている。青年は青い目をギラギラと光らせ、真由を――正確には真由の後ろのアスワドを、睨《にら》んでいた。

「真由！　お前は騙《だま》されている。お前の背後にいる男は危険なんだ！」

必死に言い募《つの》るのは騎士カロン。大柄な騎士の鎧《よろい》は泥まみれで、鈍《にぶ》い光を放っている。彼の剣が狙う先も、やっぱりアスワドだった。

真由は大きく首を横に振る。

「危険なのはあなたたちです！　そんな格好でいきなり押し入ってきて、問答無用でうちのお客さまを攻撃するなんて！　何を考えているんですか⁉」

負けずに怒鳴《どな》り返した真由は、両手をいっぱいに広げ、アスワドを庇《かば》う。

「俺たちは――俺は、君を助けにきたんだ！」

アベルの声は必死で、彼が嘘をついている様子はない。

「助けに？　問答無用で斬《き》りかかることがですか？」

しかし真由は冷たく聞き返した。勇者一行に元々いい印象のなかった真由だが、先ほどの攻撃でそれは地の底まで落ちている。

「お前を攻撃したわけじゃない。俺たちが狙ったのは、お前の後ろの人物だ！　――真由、それは〝魔王〟だぞ‼」

カロンが大声でそう叫んだ。

聞いた真由は、思わずポカンとしてしまう。

「……魔王？」

「そうです、真由さん！」

カロンの言葉を肯定したのはフローラだった。

「あんなひどい行《おこな》いをした私たちを信じてもらえないのは仕方ないかもしれませんが、私の持つ魔を探知する聖石は、先ほどから真由さんの後ろの人に反応しているんです。今までこんなに石が騒いだことはありません。果ての荒野で出会った魔王だと思った魔人より、ずっと反応が大きいんです！　その人が魔王で間違いありません！」

いつも寡黙で、一言二言しか話したことのなかったフローラが、懸命に真由に訴《うった》えかける。彼女の叫ぶ声はかすれ、震えていた。

悲痛な声を耳にして、さすがに真由も戸惑《とまど》ってしまう。

後ろを振り返れば、そこには静かに立つアスワドがいる。彼は無表情に勇者一行を見つめていた。その姿はいつものアスワドとまるで違っていて、真由の背中にゾワリと悪寒が走った。

（アスワドさん、否定しないの？　どうして？）

ほんの一瞬迷った真由に対して、アスワドが突然行動を起こす。

大きな手でグイッ！　と真由の腕を掴み、引き寄せたのだ。

（えっ!?　まさかアスワドさん！）

体を強張《こわば》らせた真由の耳に、ドスッ！　という音と「ぐっ！」という呻《うめ》き声が聞こえてくる。

「キャアッ！　アスワドさん!!」

驚いて見れば、アスワドの腕には矢が一本突き刺さっていた。

もしも彼が引き寄せてくれなければ、その矢は真由に刺さっていただろう。

「サラ！」

「きさま！　何をする!!」

勇者一行の怒声で、今の矢を射たのがサラだとわかった。

視線を向ければ、サラは憎々《にくにく》しげに真由を睨《にら》んでいる。

「魔王を庇《かば》うなんて、真由は魔王に寝返ったのよ。だから果ての荒野に置き去りにしたのに、生きているんだわ！　助ける必要なんてないもの！　私が成敗してやるわ!!」

赤髪を振り乱してサラは怒鳴《どな》った。興奮して目を血走らせ、弓に次の矢をつがえようとする。

そのサラの手を、アベルが弓ごと剣で薙《な》ぎ払った。

「ッ!?　ギャアァァ!!　痛い！　痛い！　痛い!!」

弓を真っ二つにされ、そのまま腕を斬《き》られたサラは、傷から血を流してのたうち回る。

「――果ての荒野に置き去りにした？」

アベルは冷酷な表情で、サラを睨《にら》んだ。

怒《いか》りを含んだアベルの冷たい声を聞いて、痛がっていたサラはハッとする。自分が言ってはならないことを言ったのだと悟《さと》り、ガタガタと震え出した。

「やはり、お前は真由を殺そうとしたんだな？」

「……あ、あ……ごめんなさい……許して！」

サラは尻もちをついたまま、ズルズルとアベルから逃げ出そうとする。恐怖に見開かれた緑の目からは涙が溢《あふ》れ、鼻水とまじってなんとも醜《みにく》い顔になっていた。

「アベル！　そいつの始末はあとだ。今はそれより魔王を倒すぞ！」

カロンの制止の声を聞いて、アベルはチッと舌打ちをする。まるでゴミくずを見るような目をサラに向けると、次の瞬間には存在しないかのように無視した。

「真由！　すまない。どんなに詫《わ》びても詫《わ》びきれないが、今はそこをどいてくれ！　俺は魔王を倒さなければならないんだ!!」

それこそが勇者アベルの使命だった。

そんなアベルの声を聞いても、真由はもう迷わなかった。

矢の刺さった腕を押さえ、自分を見つめるアスワドの視線を、しっかり捉《とら》える。

アスワドは相変わらず無表情で、黒い目は一見底知れぬ深い闇《やみ》をたたえているように見えた。

しかし、怯《おび》えずにその闇《やみ》をのぞきこめば、奥の深い部分に、いつもと変わらぬおどおどとした表情が見える。

（ああ、やっぱりアスワドさんだわ）

真由は、安心させるようにアスワドに頷《うなず》きながら、笑いかけた。

「矢から庇《かば》ってくださってありがとうございます。アスワドさん、もう少し我慢してくださいね。今度は私が助けますから」

アスワドの無表情が一瞬崩れ、泣いているみたいな顔になる。

力強く言い切った真由はキッと顔を上げた。そのますっくと立ち上がる。

「帰ってください！」

勇者一行に向かい大声で怒鳴《どな》りつけた。

「真由！」

「アスワドさんはうちの温泉旅館の大切なお客さまです。誰であっても、お客さまに手出しなんかさせません！」

「それは魔王なんだぞ！」

「だからなんです？　魔王だろうとなんだろうと、アスワドさんは、私や旅館のみんな、ほかのお客さまにひどいことをしたことはありません。私にひどいことをしたのは、あなたたちです！　私にとって魔王は、あなたたちだわ！」

背を伸ばし、胸を張ると、腹の底から声を振り絞《しぼ》って、真由は怒鳴《どな》る。

（異論なんか認めない！　認めてやるもんですか‼）

決意を込めて勇者一行を睨《にら》みつけた。

怒鳴《どな》られたアベルたちは、目に見えて動揺する。真由の言葉は真実で、反論の余地がないからだろう。

それでも彼らは引くわけにはいかないようだ。

「……仕方ない。真由にはあとであらためて詫《わ》びることにして、先に魔王を倒そう。フローラ、真由を避けて、上空から光の攻撃魔法を魔王だけに落とせるか？」

ギュッと聖剣を握りしめ、低い声でアベルが囁《ささや》く。

「難しいけれど……やってみます！」

フローラは頷《うなず》き、唇を噛《か》みしめた。

「ああ、頼む。カロン、お前はフローラの攻撃と同時に、二人に接近してくれ。魔王への攻撃は考えずに真由を確保するんだ。できるだけ遠くの安全なところへ避難させてほしい」

「それはいいが、お前ひとりで魔王と戦えるのか？」

「できるさ。……やってみせる。俺は勇者だ」

アベルは強い口調で言い切った。カロンは迷ったが、最終的に頷《うなず》く。

「わかった。本当なら真由を犠牲《ぎせい》にしても魔王を倒すべきだと思うが、それじゃ本当に真由の言う通り、俺たちの方が魔王になってしまうからな」

カロンの笑みは苦かった。

三人は視線を交わす。

「行くぞ！」

アベルの声に、強く頷《うなず》いたカロンとフローラだった。


アベルたちは腐《くさ》っても勇者一行だ。

対して真由は平凡な元ＯＬ。異世界トリップをしても、特別な力なんて何もない。

本気になったアベルたちに対し、真由が敵《かな》う可能性はハッキリ言ってなかった。

(でもでも！　負けるもんですか！)

聖石のついた杖を掲げ、魔法の呪文を唱えだしたフローラを見つめ、真由は決意を固める。

次の瞬間、真由の背後にいるアスワドに向かって、真っ白な光の矢が天から降り注《そそ》いだ。

「キャアッ!!　アスワドさん！」

真由は慌ててアスワドを庇《かば》おうとする。

しかしその前に、彼女の体を後ろから大きな手が掴んだ。腰をグイッと抱えてきたのは、大柄な騎士カロンだ。真由は問答無用でその場から引き離される。

「真由は確保したぞ、アベル！」

耳元で響いた大声に慌てて顔を上げれば、聖剣を掲げ、アスワドに斬《き》りかかるアベルが見えた。

「イヤァァァッ‼　やめて、やめて！　――アスワドさん！」

真由は必死で手を伸ばす。

もちろんアベルが止まるはずもなく、振りかぶった剣が無抵抗なアスワド目がけて落ちていく。

たまらず真由は目をつぶった。

(アスワドさん‼)

その時――ガキッ‼　と、剣と何かがぶつかる金属音が周囲に響いた。

(…………え？　金属音？)

驚いた真由は慌てて目を開ける。

音がしたのは、まさにアベルがアスワドに斬《き》りつけたあたり。

そこに新たな人物が立っていた。

「オルレア！」

それはオルレアだった。

長身の魔法使いは手に何かを持っていて、それでアスワドの聖剣を受け止めている。

パッと見には、映画のワンシーンみたいな、ものすごくカッコイイ立ち姿なのだが――

「え？　……えぇっ⁉　高枝切ハサミ？」

真由は素《す》っ頓狂《とんきょう》な声を上げてしまう。オルレアが手に持っているのは、庭園の手入れ用に使っている、高枝切ハサミだった。ちなみに村一番の鍛冶屋《かじや》が作った自慢の一品である。

「なんで高枝切ハサミ？」

「剣なんて持っていないんだ、仕方ないだろう！」

真由の疑問の声に、オルレアは苛立《いらだ》たしそうに怒鳴《どな》り返した。

紫の目が真由を捉《とら》え、次《つ》いで優しく細められる。

「悲鳴を聞いて来たんだ。遅くなってすまない」

オルレアの声を聞いた途端、真由の目から涙が溢《あふ》れてくる。安堵《あんど》して力が抜けた。

「あなたは⁉　あの時の一次精霊魔法使いか」

一方、自分の剣を受け止められたアベルは、驚いたように叫ぶ。

「その通りだ。勇者アベル、剣を引け！」

オルレアは凛《りん》として命令した。

「そちらこそ、そこを離れろ！　お前が庇《かば》っているのは魔王だぞ！」

負けずにアベルが怒鳴《どな》り返す。

オルレアは驚いたように動きを止めた。

「――魔王？」

チラリとアスワドを振り返る。

アスワドは先ほどのフローラの攻撃でダメージを受けたのか、顔を伏せ、地面にうずくまっていた。ピクリとも動かないが、気絶しているのだろうか？　真由は心配でたまらない。

「違うわ！　アスワドさんは何もしていないの！　なのにいきなり彼らが攻撃してきたのよ！」

必死にアスワドを弁護する。彼のそばに行こうと体を捩《よじ》るのだが、カロンの手は少しも真由から離れなかった。

「そいつが魔王だからだ！　俺たちは、魔王が異世界から来た娘のもとにいるという情報を得て、帰ってきたんだ！」

真由を捕まえたままカロンは怒鳴《どな》る。

「だからって無抵抗のアスワドさんに確認もなく、いきなり斬《き》りかかるのはダメでしょう！」

「相手は魔王だ！　先手必勝、隙を突かなければこちらがやられる！」

今度の声はアベルだった。勇者の声は真剣で、彼が嘘を言っているようには思えない。

そのせいか、アベルの言葉を聞いたオルレアは、迷うように下を向いた。

聖剣を受け止めている高枝切ハサミも、押され気味だ。

「アスワドさんは魔王なんかじゃないわ！　だって彼は、私をサラの矢から身を挺《てい》して守ってくれたんだもの！」

倒れているアスワドの腕には、矢がまだ刺さっている。傷口からは血が流れていて、彼の姿はあまりにも痛々しかった。

「そんなに弱って傷ついている人の、いったいどこが魔王なの!?」

「俺たちを油断させるために演技をしているんだ！」

相変わらずアベルは人の話を聞かない。思い込んだら一直線で、自分が間違っているとはっきりわかるまで、絶対止まらないのだ。

しかも今回はフローラの証言もある。アベルを説得するのは百パーセント不可能だろう。

真由は胸が痛くなる。

「お願いオルレア、アスワドさんを助けてあげて！」

真由の言葉を聞いたオルレアは、キッと顔を上げた。

「うおおぉぉっ！」

かけ声も勇ましく聖剣を押し返す。

オルレアとアベルはいったんそれぞれの武器を引き、睨《にら》み合った。

「勇者だろうと魔王だろうと、真由を傷つける者は許しておけない」

オルレアは強い視線でアベルを睨《にら》みつける。

真由を傷つけた自覚のあるアベルは、オルレアの言葉に一瞬怯《ひる》んだ。しかし首を横に振り、睨《にら》み返す。

「強がりはやめろ。あなたは一次精霊魔法使いなんだろう。攻撃のできない魔法使いが、そんな武器でどう戦うつもりだ？　俺たちはあなた方に害を加えるつもりはない。素直にそこをどいてくれ」

かつてアベルは、オルレアを魔王討伐《とうばつ》の旅に誘った。その時オルレアは、自分が一次精霊魔法使いであるため戦えないと言って誘いを断ったのだ。アベルはそれを覚えていて、オルレアに下がるように言う。

オルレアはニヤリと笑った。

「そうだな。一次精霊魔法では確かに攻撃ができないな」

自《みず》ら認めながらも、オルレアに焦りは見えない。彼は高枝切ハサミを片手に持ち、もう一方の手を服のポケットに入れた。

「だがな。俺がいつ、一次精霊魔法しか使えないと言った?」

ポケットから出したオルレアの手には、赤い石と青い石が握られていた。

「あれは!　精霊石です」

フローラが大声で叫ぶ。

「遅い!　炎よ薙《な》ぎ払え!」

オルレアの言葉と同時に、赤い石から噴き上がった炎が、アベルたちを襲った。

「まさか!?　あなたは二次精霊魔法も使えるの?」

フローラは驚愕《きょうがく》の声を上げる。

オルレアの放った炎に追われたアベルとカロンは、慌ててその場から逃げ出した。

その際、一瞬カロンの手が真由の体から離れる。

オルレアはそれを見逃《みのが》さなかった。

気づけば真由はオルレアの腕の中にいた。温かくて大きな体が真由を抱きしめている。

「オルレア、アスワドさんは？」
真由はオルレアに抱きついた。安堵《あんど》で体の力が抜け、へたり込みそうになる。

「大丈夫。気を失っているだけだと思う。さっき少し身動《みじろ》ぎしたからな」

その言葉に真由は心底ホッとする。

「よかった」

「ああ。だがまだ安心できない。早く勇者一行を片付けて手当てをしなければ」

そう言いながらオルレアは視線を勇者一行に向けた。

もはや使いものにならないサラを抜かし、勇者一行の三人がこちらを見ている。

「よもや二次精霊魔法まで使えるとはな」

「手加減はいらないってわけだ」

「先ほどの攻撃魔法はとても高いレベルでした。油断は禁物です」

アベル、カロン、フローラはそれぞれ自分の得物を握りしめた。

「真由、下がってアスワドを見ていてくれ」

真由は小さく頷《うなず》いてオルレアから離れる。自分が足手まといであることはよくわかっていた。

「頑張ってオルレア」

「ああ、任せておけ」

オルレアは力強く頷《うなず》く。

三対一の戦いが、はじまった――

オルレアは強かった。斬《き》りかかるアベルの聖剣をかわしながら、自分の周囲にばら撒《ま》いた色とりどりの精霊石で、次から次へと攻撃魔法を発動する。

赤い石は炎を、青い石は水を、茶色い石は石礫《いしつぶて》をそれぞれ生み出し、勇者一行に襲いかかった。

「こんなに何種類も同時に⁉　なんて魔法使いなの！」

フローラが驚愕《きょうがく》の声を上げる。

「クソッ！　きりがない」

カロンは防戦一方で、盾を離せなかった。

「頑張れ！　俺が隙を見て斬《き》りかかる！」

アベルはそれでも諦《あきら》めない。何度も何度も繰り返し、オルレアに迫《せま》ってくる。

そしてそれは確実にオルレアを追い詰めていくこととなった。いくら強い魔法使いでも三対一。

しかもその三人は勇者とその一行なのだ。勝てという方が無理だった。

「オルレア！」

胸の前で両手を握り、真由は懸命にオルレアの勝利を祈る。

それくらいしか真由にできることはなかった。

（……私はなんて無力なの）

それは悲しいほど残酷な事実だ。

真由の目の前で、勇者の聖剣がオルレアの銀の髪を切り散らした。

肩で息をするオルレアと、同じように疲労の色を濃くするもカロンやフローラを従《したが》え闘志満々なアベル。

(何か？　何か私にできることはないの⁉)

真由は必死で考えていた。

(せめてここにモグリンとタッちゃんがいてくれたら)

精霊は戦いを嫌う。しかし以前、モグリンとタッちゃんは真由をサンドワームから守るために土の壁を作ってくれたり水を出してくれたりした。

同じようにオルレアを守るためだけでも、力を貸してくれるのではないか？

そう思った真由は、先ほどから何度も二体の精霊に心の中で呼びかけていた。しかしいくら真由が強く念じても、モグリンとタッちゃんは現れない。

そういえば最近、精霊たちの姿を見ていない。思い起こせば、精霊たちがいなくなったのはアスワドが旅館に滞在することになった日からだ。

(……まさか、それってアスワドさんが本当に魔王だからなの？)

湧き上がってくる疑惑を、真由は必死に否定する。

その時、フローラの攻撃魔法がオルレアを吹き飛ばした。

二メートルほど飛ばされたオルレアは、椿《つばき》の茂みに派手にぶつかって止まる。赤い椿《つばき》の花が、まるで血のように周囲に飛び散った。

「今だ！」

好機と見たアベルが、オルレアに斬《き》りかかる。

「いやぁー!!　やめて！　やめて!!」

真由は声を限りに叫ぶ。

（誰か！　誰か!!　誰でもいい、オルレアを助けて!!）

心の中で必死に祈った。その時――

『その願い、叶えよう』

『ほかならぬ真由、あなたの真摯《しんし》な願いですもの』

厳《おごそ》かな声が周囲に響き渡った。

同時に、真昼の陽光を暗く感じさせるほどの眩《まばゆ》い光が爆発する。

「うっ！　なんだこれは!?」

たまらずアベルは剣を引き、両腕で目を庇《かば》った。

「すごい光だ」

カロンも盾を持ち上げ、少しでも光を遮《さえぎ》ろうとする。

「これは！　……信じられないくらいに強い神聖魔法の光です!!」

フローラは陶然《とうぜん》として呟《つぶや》いた。目をつぶりながら光を浴び、ボロボロと涙をこぼす。

『やったぁ～！　ようやく真由のところに来られたよ～!!』

『真由、オルレア、無事なんでしょうね？　あたしたちがいない間に怪我なんてしていたら承知しないから！』

光の中から男の子と女の子の声が聞こえた。

「タッちゃん！　モグリン！」

待ちわびていた声に、真由はその場で飛び上がる。

「助けて！　オルレアを!!　お願い!!」

見えない中でも精一杯手を振り回し、オルレアのいた方を指し示した。

『わかったわ！　ドンと任せておきなさい』

『オ～ケェ～！　すぐに助けるよぉ～』

可愛い女の子の声とのんびりした男の子の声が、こんなに頼もしく思えたことはない。

『我らもいるからには、もはや心配はないのだがな』

『私たちだけではないわ。真由を助けたいと思う者がこんなにたくさん集まっているのだもの』

厳《おごそ》かな声が楽しそうに周囲に響いた。

やがてゆっくりと光がおさまっていく。

眩《まぶ》しさが去り視力が戻った真由は、パチパチと目を瞬《またた》かせた。次《つ》いであんぐりと口を開ける。

「え？　え？　これって……何ごとぉっ!?」

真由の目に入る場所いっぱいに、ありとあらゆる精霊が集まっていた！

赤いトカゲや虹色の鳥、黄金の獅子《しし》や漆黒《しっこく》の狼《おおかみ》。タツノオトシゴやモグラもたくさんいて、どれがタッちゃんで、どれがモグリンかわからないほどだ。

そのうえ、精霊たちの上空にはやたらキラキラと眩《まぶ》しいドラッヘとトゥルバの姿もあった。

二柱《ふたはしら》の神はどこか得意げに笑っている。

『真由！　オルレアは無事よ！』

『オルレアに向かっていた人間はぁ、僕が捕まえておいたよぉ〜』

モグリンとタッちゃんの声が聞こえて、真由は慌てて振り向いた。

そこには小さなモグラを頭にのせてヨロヨロと立ち上がるオルレアと、シャボンの泡のようなものの中に入れられて宙に浮き、文字通り手も足も出なくなっているアベルの姿がある。

真由は急いでオルレアに駆け寄った。

銀の髪を不揃いに切られた魔法使いは、顔と言わず手と言わず、泥と血にまみれている。

それでも真由は力いっぱい抱きついた。

「オルレア、無事でよかった」

「ああ。助かった。真由のおかげだな」

突如《とつじょ》、神と精霊が現れて自分を助けてくれた。そんな奇跡が起こった理由を、オルレアはきちんとわかっている。

『あら失礼ね。オルレアが助かったのは、あたしのおかげでしょう？』

オルレアの頭にのりながら、モグリンがツンと口をとがらせた。

『僕やみんなのおかげでもあるんだよぉ〜！』

空中をクルクルと回りながらタッちゃんが笑う。

見ればカロンやフローラも、ほかの精霊たちの下敷きになって潰れていた。サラなどは黄金の獅子《し》に手足を踏まれ、頭を漆黒《しっこく》の狼《おおかみ》のあぎとの中に入れられている。鋭《するど》い牙《きば》を目の前にした彼女の恐怖はいかばかりだろう。

(まあ、ざまあみろとしか思えないけれど)

『仕上げは我らの出番かな』

『ええ。きちんと宣言しておきましょう』

二柱《ふたはしら》の神がゆっくりと真由のそばに降りてきた。

真由とオルレアを挟む形で両隣に立つ。

『勇者か王女か知らぬが、覚えておくがいい。――真由は我ら神と精霊の愛《いと》し子《ご》。真由の望まぬこと、真由の悲しむことをする者を、我らは許しておかぬ』

『真由が望むのならどんな願いも叶えるわ。人の国の一つや二つ、滅《ほろ》ぼしてもかまわないのよ』

とんでもない宣言をしてくれた。

精霊は争《あらそ》いごとを好《この》まないというけれど、神ともなればそんなこだわりを超越してしまうのか？

アベルたちは驚愕《きょうがく》を通り越して震え出し、オルレアも顔を引きつらせる。

真由の顔からは血の気が引いた。

「そんなお願いはしませんから！」

思いっきりお断りする。

『まあ、残念ね』

『遠慮はいらないぞ』

「全然、まったく、遠慮していません！」

真由の怒鳴《どな》り声に、ドラッヘとトゥルバは楽しそうに笑った。

真由とオルレアは顔を見合わせる。

「何はともかく一件落着かな？」

「ええ。……オルレアが無事でよかったわ」

勇者一行のことやアスワドのことなど気がかりはまだまだ多い。

しかし、とりあえず事態が収拾したことに、安堵《あんど》する真由だった。


そのあと真由は『もう戦わない』と誓わせた上で、アベル、カロン、フローラの拘束を精霊から解いてもらう。サラについては、どんなに言葉で誓おうと信じることなどできないため、拘束したままにしておいた。さすがにいつまでも闇《やみ》の精霊のあぎとの中では精霊の方が疲れるため、縄で手足も体もグルグル巻きにして地面に転がす。

「私にこんなことをして、タダで済むと思っているの！」

うるさかったため、猿轡《さるぐつわ》も追加した。自業自得だから仕方ないだろう。

『どんな目に遭《あ》わせても心配はいらぬぞ。我ら神の加護を失うことと王女一人の命とどちらが大切かなど、よほどの愚《ぐ》王でもなければわからぬはずはないからな』

『あらぁ、むしろわからない方が面白そうよね？　元々あの王には愛想が尽きていたのですもの。この際、一気に破滅させるのも楽しそうだわ』

ますます過激発言が加速する神々。

心配になった真由は、そっとオルレアをうかがう。

「………兄上たちがいるから大丈夫だ……たぶん」

オルレアは自信なさそうに言った。

そのうえで、もう一度アベルに話を聞いたが、彼らはあくまでアスワドが魔王なのだと言い張った。

「俺たちが倒した魔人がそう言ったんだ」

「聖石は嘘をつきません」

「っていうか、神さまならわかるはずだろう？　そいつが魔王だって！」

フローラも言い切り、カロンはドラッヘとトゥルバに訴《うった》えかける。

二柱《ふたはしら》の神は微笑むばかりで答えることはない。

当のアスワドは、真由から手当てを受けて三角巾でつるした自分の腕を、ジッと見つめていた。

アベルの言葉を肯定も否定もしない。

真由は、そんなアスワドの姿に、腕が痛むのかと心配になった。

「アスワドさん、大丈夫ですか？」

矢が突き刺さったのだ、痛くないはずがない。反応が乏《とぼ》しいのも、痛みをこらえているためかと思えば、真由の心配はますます募《つの》った。

「そのままじゃいろいろ不自由ですよね？　どうか傷が治るまで旅館に滞在してくださいね。私、心を込めてお世話します。傷口が開いている間はダメですが、塞《ふさ》がったら温泉療法《りょうほう》もいいですよ。ゆっくりきちんと治せば、後遺症は出ないはずです」

誠心誠意、心を込めて真由は話しかける。

わずかにアスワドが目を見開いた。口端が少し上がって笑ったような気もする。

しかし、それを確かめる間《ま》もなくアベルが叫んだ。

「真由！　そいつは魔王なんだぞ！」

たちまちアスワドは元の無表情に戻る。

真由は非難を視線に込めて、アベルを見返した。

「だから？　魔王、魔王ってさっきから言っていますけど、そもそも魔王ってなんなんですか？」

つい言い返してしまった。いい加減、我慢の限界に来ているのだ。

彼女の冷たい眼差《まなざ》しを受けたアベルは、驚いたように息を呑む。

怒《いか》りのままに真由は話し出した。

「この世界には魔王がいて、放っておけばやがて世界には災《わざわ》いが溢《あふ》れると、私は聞きました。……でもそれって、そもそも本当なんですか？　魔王が現れたら勇者が選ばれて、魔王討伐《とうばつ》をするんですよね？　ひどい時には異世界召喚までして。つまり、毎回魔王は討伐《とうばつ》されていて、まだ魔王が世界に本当に災《わざわ》いを溢《あふ》れさせたことはないんでしょう？　それでどうして、そんなことを言い切れるんですか？」

　真由の問いかけを聞いて、アベルはポカンとした。

　アベルどころかカロンもフローラも、オルレアさえも呆気《あっけ》にとられている。

「そ、それは、伝承にそう書いてあって――」

「書いてあったとしても、本当かどうか確かめたことがないんでしょう？　私は、アスワドさんは魔王じゃないって思いますけれど、百歩譲《ゆず》ってアスワドさんが魔王だとしても、そんな不確実な伝承のために命の恩人のアスワドさんを害するようなことはできません！　そんなことをしたら、私の方が魔王になってしまうわ！」

　真由の剣幕にアベルは怯《ひる》む。

　彼女はさらに追い打ちをかけた。

「そもそも！　毎回魔王討伐《とうばつ》を行《おこな》うって、そのこと自体がおかしいでしょう？　要はこの世界は魔王という現象に対して、対症療法《りょうほう》しか行《おこな》っていないってことですよね！　魔王が何かを真剣に考えて、その原因をなんとかしようと思わないんですか？」

「た、対症療法《りょうほう》？」

「根本的な解決にならない治療《ちりょう》法だってことです！　このままではいつまで経っても、この世界は魔王に怯《おび》えるだけですよ!!」

　鼻息荒く、真由は言い切った。

　アベルもほかの者も、驚きすぎて言葉が出ない。

いまだかつて〝魔王が現れ勇者がそれを討伐《とうばつ》する〟というこの世界の常識を、そんな風に考えた者がいるだろうか？

シ～ンと静まり返った中で――

『ハハ！　ハハハ！　これはいい！　さすが真由だ』

『ええ、本当に素晴らしいわ。魔王が現れることの本当の問題点に気づくなんて』

上機嫌に笑い出したのは、二柱《ふたはしら》の神たちだった。彼らには真由の考えに驚いた様子はない。

真由はドラッヘとトゥルバに視線を向けた。

「お二人は魔王が何か知っていらっしゃるんですよね？」

その質問に彼らは微笑みながら頷《うなず》く。

「教えていただけますか？」

『そうだな。ほかならぬ真由の頼みならば』

『隠していたわけでもないですものね。……ただ、今まで誰一人、私たちに聞いた者がいないだけで』

二柱《ふたはしら》の神は頷《うなず》き合い、ドラッヘが代表して口を開いた。

『魔王は元々、原初の光から生まれた特別な光の精霊だ。原初の光の精霊は、生き物の持つ怒《いか》りや憎《にく》しみといった負の感情を浄化する役目を持っている。ただあまりに負の感情が多くなりすぎると、浄化が間に合わなくなる精霊が出てくるのだ。自身の中に負の感情をため込んでしまい、それに蝕《むしば》まれる。そして、精霊の配下が魔族や魔人となり、精霊自身は魔王へと変化する』

「そんな！　精霊の中でも最も尊《とうと》いと言われる原初の光の精霊さまが!!」

聖女フローラが悲鳴のような声を上げる。

「魔王を生み出していたのは、我々の持つ負の心だったのですか？」

グッと拳《こぶし》を握りしめ、オルレアがたずねた。

『そうだ。平和な時代が続いている時は、魔王の出現頻度はそれほど高くなかったであろう？　魔王が頻繁に現れるのは、人間の世界で争《あらそ》いや政《まつりごと》の腐敗が激しくなった時だ』

心当たりがあるのだろう、オルレアは唇を噛《か》んで下を向く。

「そんな！　だったら俺たちは、自分たちの心が原因で魔王となった精霊を、討伐《とうばつ》していたのか!?」

アベルの叫びは悲痛だった。

ドラッヘは無情にその叫びを肯定する。

『魔王化した光の精霊を消滅《しょうめつ》させられるのは、聖剣だけだからな。しかし一体の精霊を消滅《しょうめつ》させても、ほかの精霊の負担が増えるだけ。原初の光から生まれた光の精霊は限られておる。今は時間を置いて現れる魔王も、このままいけば頻繁に、しかも何体も同時に現れるのは間違いないだろう。そうなれば、魔王討伐《とうばつ》が間に合わず、人間は滅《ほろ》びてしまうだろうな』

厳《おごそ》かな声が、人間の滅亡《めつぼう》を示唆《しさ》した。

この世界の人間全員が、顔色を悪くする。

そんな中、真由だけが強い視線でドラッヘを見つめていた。

「そのたまった負の感情を取り除くことはできますか？　魔王ごと討伐《とうばつ》するのではなく」

光の精霊が魔王となる原因が、たまった負の感情であれば、それを取り除くことで魔王は元に戻るはず。真由はそう考えたのだ。

ドラッへは、クスリと笑った。

『もちろん可能だ』

『っていうか、真由、あなたはもうそれをしているのよ。ほとんど魔王化していたアスワドが、徐々によくなっているのは、あなたとあなたの作った食事、そして温泉のおかげなのだもの』

「………へ？」

思いもよらぬトゥルバの言葉に、真由はちょっと間抜けな声を上げてしまう。

その様子に、二柱《ふたはしら》の神は楽しそうな笑い声をあげた。

『本当に気づいていなかったのね？』

『フム。さすがは真由だ。無意識で癒《い》やしの力を発揮するとはな』

「え？　え？　え？」

『もう、本当に真由ったら鈍《にぶ》いわね。あなたの作る食事には、体力回復と能力十パーセント増しの力があるって言ったでしょう。それは精霊にもちゃんと効くのよ！』

いつの間にか真由の足元の地面から顔を出していたモグリンが、ペシペシと真由の足を叩いた。

『そうだよぉ。元々力の強い原初の光の精霊なんだからぁ。浄化の能力が十パーセント増しになれば、たまっていた負の感情だってどんどん減っていくのさぁ～』

空中にポン！　と現れたタッちゃんは、クルクルとその場で回転をはじめた。

『今までたまりにたまっていた負の感情のすべてを一気に浄化することはできないが、アスワドが回復傾向にあるのは間違いないことだ。おそらく料理だけでなく真由自身や、真由が人々を癒《い》やしたいと願いを込めて作った温泉にも、治癒《ちゆ》の力が宿《やど》っているのだろうな』

『さすが私たちの真由だわ。――ねぇ、そう思うでしょう？　アスワド』

ドラッヘとトゥルバは楽しそうに笑い合った。最後の言葉は直接アスワドに向けられている。

真由の視線の先で、無表情だったアスワドが静かに笑った。

「はい。……何よりドラッヘさまとトゥルバさまのお声が聞こえますから」

真《しん》に魔王化へ向かっている精霊に、神の声は届かないのだという。二柱《ふたはしら》の神とこうして相対《あいたい》していることこそがアスワドの回復を表していた。

驚き立ちつくす真由の前に移動してきたアスワドは、その場に片膝をつき、頭を下げる。

「真由さん、あなたは暗闇《くらやみ》の中で見つけた私の光です。先ほどもあなたは、勇者一行の悪意に染まりそうになっていた私を助けてくれた。……あなたに心からの敬意と愛を捧《ささ》げます。これからもおそばにいていいですか？」

まるでおとぎ話の騎士がお姫さまに忠誠を誓うような態度で、アスワドは願った。

真由はあたふたしてしまう。

「え、えっと……あの、その、傷の治療《ちりょう》もありますし、温泉療法《りょうほう》が体にいいんなら……うちの旅館としては滞在してもらうのに……その、別に不都合はありません！」

やっとの思いでそう言った。

（もうさっき、長期滞在して治療《ちりょう》したらどうですかって言っちゃたもの。今さら断る理由もないわよね？）

真由の返事を聞いたアスワドは、クスリと笑った。そのまま一度うつむき、すぐに顔を上げる。

「あ……ありがとうございます。真由さん……その、とても嬉しいです」

遠慮がちにお礼を言う様子は、すっかりいつものアスワドだ。

気弱そうなその姿に、真由はちょっとホッとする。にっこり笑っていそいそとアスワドを立ち上がらせた。

隣に立っていたオルレアから小さな舌打ちの音が聞こえたような気がしたが、たぶん気のせいだろう。

『ふむ。やれ、めでたいな。アスワド、そなたの眷属《けんぞく》も今後はちょくちょくこのワラビの宿に通うがいいぞ。そうすれば魔人や魔王と化するものは出なくなる』

ドラッヘの言葉に「はい」とアスワドが頷《うなず》いた。

『これにて一件落着ね！　そうとなれば宴会よ。真由、あのお酒はまだあるかしら？』

トゥルバが嬉々として聞いてきた。

『おお、いいな。久しぶりに真由の料理を堪能したい。もちろん温泉にも入るぞ！』

ドラッヘも乗ってきて、二柱《ふたはしら》の神はすでに足を旅館へ向けている。

宴会と聞いたモグリンやタッちゃんなどの精霊たちは、ワッ！　と大きな歓声を上げげた。

真由とオルレアは顔を見合わせる。

「そんな！　急に宴会⁉」

「マズイ！　――お待ちください！　アイスワインのラッパ呑みは禁止ですからね！」

オルレアは、慌ててドラッヘとトゥルバのあとを追っていった。

勇者一行はポカンとしていて、アスワドはクスクスと楽しそうに笑っている。

「ちょっと！　この始末をどうつけるのよ⁉」

青空に真由の怒声が響いた。

エピローグ

その後、真由の環境が劇的に変わったかといえば、そうではなかった。

真由は相変わらず、温泉旅館ワラビの宿で、額《ひたい》に汗して働いている。何より真由がそう望んだからだ。

（旅館のお客さまの中に、なんだかやたらとキラキラしい精霊が増えたような気がするけれど？）

ともあれお客さまはお客さまだ。真由たちの対応は変わらないし、お客さまから不満も出ないので、問題ないのだろう。

あのあと、勇者一行は王都に帰って行った。

倒すべき魔王がいなくなったため、彼らの仕事もなくなったのだ。アベル、カロン、フローラの三人は、今後は〝新国王〟に仕《つか》えて働くという。

「それでよかったのか？　もっと厳罰を求めてもいいんだぞ」

オルレアに聞かれた真由は、苦笑しながら首を横に振った。

「土下座して謝ってもらったから。……それに道中かなりの数の魔獣を倒したのも事実でしょう。彼らは彼らなりに命懸《いのちが》けで戦っていたのだもの」

その努力は認めてあげなければかわいそうだ。

サラは王都から遠く離れた塔で、〝元国王〟と王妃共々、生涯幽閉《しょうがいゆうへい》されることになった。供の一人もつけられず、荒れ果てた土地での自給自足を課せられ、最低限の生活を強《し》いられるという。

「それで、お兄さん――国王陛下からの知らせはそれだけなの?」

領主経由で秘密裏に持ち込まれた新国王直々《じきじき》の手紙を読むオルレアに、真由はたずねる。

オルレアは、心からの晴れ晴れとした笑みを浮かべた。

「いや。嬉しい知らせだ! 俺のこの村での生活が、認められた!」

弟であるオルレアに対し、王宮に戻って自分の治世を一緒に支えてほしいと願っていた新国王が、ついにそれを諦《あきら》めたのだ。

「ホント! よかった」

「ああ。兄上が折れてくれた一番の理由は、真由の存在だな。精霊どころか二柱《ふたはしら》の神に愛された真由を放っておけなかったんだろう。俺にそばで守るようにと言ってきた」

新国王は、本当は真由を王宮に招きたかったらしい。最高級の待遇を約束すると申し出てきた。

しかし真由はそれをきっぱりと断った。王宮で暮らすなど、まっぴらごめんだからだ。

無理強《じ》いできなかった国王は、代わりにオルレアが真由のそば近くにいることを認めたのだった。

「これでずっと一緒にいられるのね」

「ああ。俺はお前のそばが一番心地いいからな」

「私も――」

手と手を取り合った二人は、視線を絡ませる。

二人の上空には、真由がこの世界に来た時と同じ、二つの月が輝いていた。

「いらっしゃいませ！」

異世界温泉には、これからもずっと真由の元気な声が響き渡るだろう。

この作品に対する皆様のご意見・ご感想をお待ちしております。
おハガキ・お手紙は以下の宛先にお送りください。

【宛先】
〒150-6005 東京都渋谷区恵比寿4-20-3 恵比寿ｶﾞｰﾃﾞﾝﾌﾟﾚｲｽﾀﾜｰ 5F
（株）アルファポリス　書籍感想係

メールフォームでのご意見・ご感想は右のＱＲコードから、
あるいは以下のワードで検索をかけてください。

アルファポリス　書籍の感想　検索

ご感想はこちらから

本書は、「アルファポリス」（http://www.alphapolis.co.jp/）に掲載されていたものを、
改題、改稿のうえ書籍化したものです。

追《お》い出《だ》され女子《じょし》は
異世界温泉旅館《いせかいおんせんりょかん》でゆったり生《い》きたい

風見くのえ（かざみ くのえ）

2019年　4月　3日初版発行

編集－見原汐音
編集長－塙綾子
発行者－梶本雄介
発行所－株式会社アルファポリス
〒150-6005 東京都渋谷区恵比寿4-20-3 恵比寿ｶﾞｰﾃﾞﾝﾌﾟﾚｲｽﾀﾜｰ5F
TEL 03-6277-1601（営業）　03-6277-1602（編集）
URL http://www.alphapolis.co.jp/
発売元－株式会社星雲社
〒112-0005 東京都文京区水道1-3-30
TEL 03-3868-3275
装丁・本文イラスト－漣ミサ
装丁デザイン－AFTERGLOW
（レーベルフォーマットデザイン－ansyyqdesign）
印刷－中央精版印刷株式会社

価格はカバーに表示されてあります。
落丁乱丁の場合はアルファポリスまでご連絡ください。
送料は小社負担でお取り替えします。

ISBN978-4-434-25791-9 C0093